# АЛЕКСАНДР ВАСИЛЬЕВ
# ОБЛИК

**Книги Александра Васильева:**

ОБЛИК
ISBN: 978-0957346291

РУССКИЙ СЕКТОР
ISBN: 978-0956401007

RUSSIAN SECTOR
ISBN: 978-0956401014

SPIES: THE RISE AND FALL OF THE KGB IN
AMERICA
(with John Earl Haynes and Harvey Klehr)
ISBN: 978-0300164381

THE HAUNTED WOOD: SOVIET ESPIONAGE IN
AMERICA – THE STALIN ERA
(with Allen Weinstein)
ISBN: 978-0375755361

Воскреси – свое дожить хочу!
*Владимир Маяковский*

## Глава 1

Гитлер отвернулся от окна, посмотрел вглубь комнаты. На улице было пасмурно, шел мерзкий мелкий дождь, невидимый, обволакивающий, ненавидимый. В сырых поверхностях ничего не отражалось, не блестели голубые лужи, не журчали весенние ручейки. А внутри царили теплота, полумрак, уютные домашние звуки. На кухне скребли ложкой о дно кастрюли, но толстая дверь и мохнатый ковер на полу смягчали эту неприятность. Скоро сюда проникнет запах готовящегося обеда. Надо будет сказать им, что он ест только вегетарианское.

– Сколько мне лет? – спросил Гитлер.

Человек на диване молча смотрел на него. Фюрер не мог определить его рост, возраст. Густая копна седых волос, немного взлохмаченных, налезавших на воротник белой рубашки, говорила о том, что мужчина вел свободный образ жизни, не принадлежал к аппарату. И не художник: хороший костюм, галстук. Скорее, архитектор. Гитлер улыбнулся, голубые глаза подобрели. Он сделал шаг от окна и слегка развел руками, разрешая ответ. Шагнул неловко, подвернулась нога в женском тапке на каблуке.

— Я думаю, вам где-то... пятьдесят.

— Пятьдесят! — радостно воскликнул Гитлер и хлопнул себя по правой ляжке. — Мой лучший возраст. Все еще впереди: Чехословакия, Польша, Франция...

— Россия, — подсказал человек с дивана.

Лицо Гитлера сразу помрачнело, глаза потухли, голова опустилась, левая рука задрожала. По всему телу распространился неприятный зуд, какой бывает, когда обожжешь палец. Но тут по всему телу! Казалось, за одну секунду он постарел на шесть лет.

Гитлер что-то забормотал себе под нос, что-то кому-то доказывая, приказывая. Вернулся к окну и принялся изучать улицу. Судя по архитектуре двухэтажных домов, это была не Германия. Не Франция, не Италия, не Бельгия... Он не хотел спрашивать, чтобы не нарваться опять на неучтивый ответ. Присмотрелся к припаркованным машинам. Модели, конечно, современные, но фирмы узнаваемые: вот "фольксваген", только побольше, вот "ауди", вот... Гитлер прищурил глаза, стараясь разглядеть и удостовериться. Не может быть! "Ницше"? Теперь называют машины именами немецких философов? Вообще имена великих немцев идеально подходят для машин: Ницше, Вагнер, Гете, Кант. Гитлер опять же... Он прищурился еще сильнее: нет, не "ницше", а "порше". Ну, тоже неплохо... Эта — "фиат", старик Муссолини втиснулся. Вот "БМВ".

— Мы что, победили? — спросил он с надеждой в голосе. — Где мы?

– Мы в Англии. Это Хэрроу-на-Холме, пригород Лондона. Справа от нас – знаменитая частная школа. Тут учились лорд Байрон, Джавахарлал Неру...

– Кто? Впрочем...

– Черчилль тут учился.

– Правда? Не люблю его. Очень агрессивный тип. И не очень умный.

Гитлер прижался левой щекой к оконному стеклу, чтобы разглядеть большие синие часы на башне из красного кирпича. Это было приятно, зуд прекратился хотя бы на щеке. Ему захотелось раздеться и прислониться к окну всем телом. По улице шли мальчишки в темно-синих курточках и серых брюках, прижимая к груди учебники и соломенные шляпы, такие плоские, что на головах они не держались.

– Плохо он тут учился, если английская улица уставлена немецкими машинами, – усмехнулся Гитлер, довольно потирая руки. – Передайте владельцу "ауди", чтобы к завтрашнему дню почистил эмблему. Ну, а вы чем занимаетесь, мой друг? Проектируете что-нибудь? Покажите чертежи, коллега.

Человек с внешностью архитектора неуверенно качнул ногой в отполированном черном ботинке. Давно прошли те времена, когда ему приказывали, но он не хотел осаживать фюрера, чтобы не травмировать его психику. С другой стороны, еще в школе генерала Вавилова учили, что соглашательская позиция западных держав в Мюнхене привела к началу Второй мировой войны. Он вдруг понял, что вот здесь, в этой уютной комнате старого английского дома, вот прямо сейчас он, лично он, русский генерал Вавилов, творит историю, как творили ее когда-то – правда, не очень удачно – Чемберлен, Даладье и Муссолини.

– Нет, вы не победили... Скорее, наоборот... Но у вас были удачные моменты. В Африке.

– Что вы там мямлите? – повысил голос Гитлер. – Я ничего не слышу. Докладывайте четко. Что значит "скорее, наоборот"? На фронте бывает либо победа, либо поражение. Вы воевали? Вы вообще кто?

– Я не воевал, но я генерал. Так что попрошу вас...

– Генерал?

– Мда, генерал. Невидимого фронта.

Гитлер на мгновение задумался. Он сделал несколько шагов к Вавилову, чувствуя под ногами успокаивающую упругость толстого ковра, и спросил вполголоса:

– Вы человек Канариса? Или Шелленберга? Что-то я вас раньше не видел.

– Я ничей человек. Я сам по себе. Влиятельные люди из разных стран попросили меня заняться неким проектом. Вот я им и занимаюсь.

– Судя по тому, что вы сидите в моем присутствии, Германия войну проиграла. Так?

– Ну в общем... да.

Гитлер пожал плечами. Он походил по ковру и сел в глубокое кресло.

– Тогда не беспокойте владельца "ауди", пожалуйста, – пробормотал фюрер. – Могу ли я попросить вашу хозяйку приготовить мне что-нибудь вегетарианское? Ведь это она на кухне там хлопочет?

Вавилов нахмурился, нерешительно потер подбородок, потом подвинулся на диване ближе к двери и открыл ее.

– Рита!

– А? – послышалось с кухни.

Голос был молодой, звонкий. Гитлер встрепенулся и сел в кресле так, как принято сидеть в обществе приличных женщин.

– Ты умеешь вегетарианское? – спросил Вавилов.

– Салат могу.

Генерал посмотрел на фюрера, на лице которого было написано, что не ел он очень долго и одним салатом не обойдется.

– Одного салата мало!

– Тогда у индийцев закажу. Сейчас позвоню!

– Индийцы? – спросил Гитлер. – Это этот... как его... ваш Джавахарлал после школы открыл харчевню?

– Нет, не он. Есть тут индийский ресторан, вполне приличный. Да, позвони! – крикнул Вавилов в сторону кухни и закрыл дверь.

Гитлер помолчал, улыбаясь своим воспоминаниям. Потом, поерзав в кресле, спросил, кивнув на дверь:

– Жена?

– Кто, Рита? Э-э-э... Ну типа того...

– Слушайте, а на каком языке мы с вами говорим?

– На английском, – ответил Вавилов.

– Почему не на немецком?

– Я не говорю по-немецки. Читаю и перевожу со словарем.

– Но я не говорю по-английски. Я не такой способный, как Муссолини, – усмехнулся фюрер.

– Вы говорите по-английски. И еще по-русски. Немного китайского. И иврит.

– Это еще зачем? – скривился Гитлер.

– Так надо.

– А арабский?

– Этого мне только не хватало! – воскликнул Вавилов. – Можем перейти на русский, если хотите.

– Нет уж, увольте.

Гитлер опять задумался. Он не смотрел на Вавилова, но глаза его активно двигались. Фюрер вглядывался в прошлое, пытался вспомнить свои последние дни. Вот бункер, духота, суета обреченных людей в узких коридорах, а снаружи – взрывы бомб и снарядов, погибающий народ, не сумевший исполнить свое историческое предназначение, не оправдавший доверия своего фюрера. Это он помнил. Дальше – ничего.

Гитлер провел пальцем над верхней губой, ощутил легкую небритость.

– Послушайте, генерал, а доктор Геббельс тоже здесь?

Вавилов понял, что Гитлер хочет спросить о более важном, о себе, но боится подступиться. Покачал отрицательно головой и продлил молчание.

Когда Гитлер во второй раз появился на свет, генерал предложил ему свой халат из "Маркс энд Спенсер". Тот отказался. Тогда генерал показал ему свой любимый халат из "Харродса" и вновь нарвался на вежливый отказ. Ну не ходить же фюреру по дому в простыне, как покойнику! Вавилов достал из шкафа с большим зеркалом темно-синий костюм в тонкую серую полоску, и Гитлер одобрил, хотя генерал был на полторы головы выше и в плечах значительно шире. И вот теперь фюрер сидел в кресле напротив в пиджаке с подвернутыми рукавами и брюках с подвернутыми штанинами, утопая в размашистых плечах и безбрежном воротничке рубашки, в розовых тапках с белыми помпонами – их выдала Рита, размер подошел. Таким смешным Гитлер выглядел только в кожаных коротких штанах, когда снимался в 1920-х годах для рекламных фотографий молодой национал-социалистической партии. Сейчас отсутствовали усики. Успеет ли он их отрастить, зависело от Вавилова.

Генерал удивлялся тому, что не чувствовал к фюреру никакой ненависти. Вот в розовых тапочках на каблуках сидит воплощение вселенского зла. И что? Отец Вавилова, командир танка, погиб в последний день войны в ста метрах от гитлеровского бункера, когда мальчишка с фаустпатроном на плече присел на середине дороги и выстрелил в упор, в лоб несущейся машины. Через секунду его маленький арийский череп хрустнул под гусеницами, загоревшийся танк врезался в стену разрушенного дома, стена обвалилась и похоронила танкистов в пламени. После войны неполная семья Вавиловых голодала, еле выжила. Он сам с удовольствием проехался бы на танке по белобрысой головке того мальчугана из "Гитлерюгенд", убийцы его отца. А Гитлер? Про вину Гитлера ему рассказывали десятилетиями. Только человек, выросший в потоках тоталитарной пропаганды, может понять равнодушие к официальному и страсть к запретному, желание самому разобраться в том, что было миллион раз объяснено. Хочется самому надкусить то, что для тебя жевали другие. Хочется сделать выбор. Разве не в этом свобода?

Ведь сейчас ложь кругом, одна ложь. Она пронизывает каждую секунду существования, как тот мелкий дождик за окном, от которого школьники не защищаются соломенными шляпами, потому что капель нет, но они все равно промокнут. Врут политики, чтобы удержаться у власти. Врут журналисты, юристы, политтехнологи, митрополиты, чиновники, историки, чтобы не потерять работу. Верить нельзя даже собственным глазам. Патриарх – патриарх! – убеждает, что носит дешевые часы. На фотографии за полированным столом он вообще без часов, но в столе отражается швейцарский "Брегет". Девочке-дизайнеру сказали убрать с патриаршей руки часы с помощью "Фотошопа" – она убрала, как велели. Они (Вавилов мотнул головой, мысленно обводя взглядом всех где-то там далеко) – они чувствуют, что им не верят, даже когда они говорят правду. И вводят уголовные наказания за сомнение. В Европе за отрицание Холокоста можно угодить за решетку года на три. Холокост – это сколько? Если сказать, что не шесть миллионов евреев, а пять – это отрицание? Четыре – отрицание? Три? Где кончается Холокост? И как насчет уничтоженных русских, поляков, украинцев, белорусов, сербов? Их можно отрицать? За это не сажают? Почему? Если вам (Вавилов опять дернул головой) – если вам одни человеческие жизни дороже других, то уж позвольте и мне тогда выбирать... Позвольте мне выбирать...

– Генерал, я не хочу прерывать ваши внутренние дискуссии, но честное слово, вы можете все обсудить со мной, – улыбнулся Гитлер. – Уверяю вас, я – интересный собеседник. И прожил весьма насыщенную жизнь.

Вавилов поднял голову. Действительно, у фюрера – завораживающий взгляд, поразительно глубокие голубые глаза. Его соратники об этом писали, а те, кто это отрицал, никогда не смотрели ему в глаза. И без усиков ему лучше.

– Нет, доктора Геббельса здесь нет, – задумчиво сказал Вавилов. – Посмотрим...

– А я – зачем?

– Я хотел с вами поговорить. Собственно, вы правы: разговаривать с самим собой глупо, когда рядом такой собеседник. Кроме того, мне поручен важный международный проект. Вы – первый опытный экземпляр.

– Как собака Павлова? – усмехнулся Гитлер. – А вы знаете, что Павлова сначала постигла неудача? Знаете, что это было? Кот Павлова!

Гитлер тихо засмеялся и потер руками.

– Ничего, да?

– Забавно, – кивнул Вавилов. – Если с вами ничего не получится, я вас уничтожу. Мне вас не жалко. И никто возмущаться не будет – вас никому не жалко. Отчасти поэтому я и выбрал вас для первой пробы.

– Слушайте, а как... – заволновался Гитлер. – Слушайте, а что вы со мной сделали в прошлый раз? Почему у меня жжение по всему телу?

– Вас сожгли. Облили бензином и сожгли. И не мы, и не наши. А ваши.

– А... А Еву?

– Тоже.

Гитлер тяжело вздохнул, рука опять задрожала.

— Слушайте, верните мне Еву, а?

— Это еще зачем? Баловство одно.

— Верните, генерал! Можете использовать для этого мое ребро, — горько усмехнулся Гитлер. — Или как там вы это делаете?

— Да зачем вам? Может, вообще ничего не выйдет, и завтра вас не будет. Еву Браун мне было бы жалко... Зачем вам?

— Я хочу, чтобы меня любили, — сказал Гитлер.

Вавилов молча пожал плечами.

— Если ничего не выйдет... как вы говорите... вы опять меня бензином обольете?

— Нет. Нажму на кнопку. Вы ничего не почувствуете.

— А-а-а... Хорошо. Ну тогда верните Еву. Она тоже ничего не почувствует.

— Не капризничайте! — вспылил Вавилов. — Хватит! Детский сад какой-то...

Генерал не понимал, как можно испытывать ненависть к идее. В результате многолетнего международного науськивания Гитлер превратился в идею, с которой можно бороться только с помощью других идей, и ее невозможно запретить. Идеи со временем меняются, и меняется отношение к ним. Вот сначала Сталин считался спасителем человечества, а Гитлер чудовищем — Вавилов был весьма немолодым человеком и застал то время. Потом, работая в Европе, листая в магазинах книги западных историков (сперва боязливо), он обнаружил вариации на тему: Гитлер чудовище и Сталин чудовище. Сегодня уже говорят: Сталин хуже, Гитлер хотя бы своих не убивал. Ну как же не убивал? А немецкие евреи — не свои? Ну-у-у... (лукавый взгляд,

переход на пониженные тона) вы же понимаете...
Ну допустим. Но и немцев убивал: коммунисты, со-
циал-демократы, физически неполноценные. Сейчас важно не это (хотя и это, конечно, важно: куча
народу погибла!), сейчас важно другое: если меня-
лось отношение к Сталину, то почему не может из-
мениться отношение к Гитлеру?

Генерал ненавидел конкретного белобрысого
мальчика с фаустпатроном. Он мечтал сесть в от-
цовский Т-34 и превратить мальчугана в раздав-
ленный помидор. Он мечтал отдать его мать и
старшую сестру на коллективное изнасилование
героическим бойцам 8-й гвардейской армии генерала Чуйкова (они-то и рассказали, как погиб
гвардии старший лейтенант Вавилов). Вариантов
казни отца белобрысого мальчугана насчитывалось так много, что генерал не мог остановиться на
каком-то одном. А Гитлер... А что Гитлер? Вот он
сидит напротив, в розовых женских тапочках.

Генерал испугался своих мыслей и поторопил-
ся объяснить их тем, что Гитлер надел костюм,
который Вавилов носил четыре года. Фюрер был
как бы внутри него. Рита использовала эту уловку,
чтобы раскрутить Вавилова на секс: надевала на
голое тело его рубашку, знала, что это возбуждает.
Лучше думать о сексе... Несмотря на космическую
разницу в возрасте, Рита не давала ему передыш-
ки. В Лондоне Вавилов пытался получить от вра-
ча справку о том, что трехчасовые сеансы секса в
самых извращенных формах могут довести его до
инфаркта. Какой там! Врачи говорили, что он здоров, как лошадь. Точнее, как жеребец – один прямо так и сказал. Да, лучше думать о сексе... Давать

взятку врачам Вавилов боялся. В Москве с этим не было бы проблем, но московской справке она бы все равно не поверила. Вот Рита, она не менялась и не обманывала. Не идея, а очень даже конкретная женщина. Предупредила, что лишит его во сне детородного органа, если он будет оказывать знаки внимания другим дамам. Так и сказала: "Я тебе яйца отрежу, если будешь пялиться на других баб!" И она это сделает.

— Вы знаете, генерал, мне иногда казалось, что мы разговариваем не сами с собой, а с умершими или еще не родившимися, – сказал Гитлер. – Что в принципе одно и то же... Мне хотелось обсудить эту идею с Гиммлером, но он был все время занят.

Вавилов с удивлением посмотрел на Гитлера.

— Вы спрашивали меня про мой научный проект.

— Я не успел спросить. Но расскажите, да. Пожалуйста.

— Идея русская, технологии американские, деньги китайские.

— А где немцы?

— Ну-у... Вот немцы, – протянул Вавилов и показал на Гитлера подбородком. – В 19 веке был в России такой философ – Николай Федоров.

— Русский?

— Да, русский.

— Николай Федоров, – попробовал Гитлер на язык. – Да, кажется, чистый русский.

— Основоположник русского космизма. Его идея состояла в том, что людей можно воскрешать. Ссылался при этом на Иисуса Христа. То есть в будущем появятся такие технологии. А возрожденные люди будут заселять другие планеты. И вот: технологии появились.

– У американцев?

– Да.

– А американские банкиры в этом участвуют?

– Нет. У них там сейчас... денег мало.

– Хорошо. Пожалуйста, продолжайте.

– Как я сказал, финансируют китайцы. Так вот, современные технологии позволяют отсасывать из окружающей среды молекулы, которые составляли тела умерших. Как пылесосом. Вы знаете, что такое пылесос?

– Конечно. Его изобрел Гесс.

Гитлер выдержал паузу.

– В Америке. В 1860 году. Даниэль Гесс.

– А, ну замечательно. Причем вот что интересно: чем больше у человека при жизни было... как бы это сказать... ну, жизненной силы, что ли... тем легче собрать его молекулы в одно целое. Молекулы лучше его запоминают и сильнее стремятся к воссоединению. С вами не было никаких проблем. Успех с первой попытки.

– Ха! – воскликнул Гитлер и опять хлопнул себя по ляжке.

Он вскочил на ноги и проковылял на каблуках вокруг кресла. Потом сел, перебросив ноги через подлокотник.

– Ха! Мои молекулы!

Фюрер погладил себя по груди, выражая молекулам благодарность за верность телу национал-социализма. Подумав немного (улыбка не сходила с его сияющего лица), Гитлер спросил:

– Кто еще в вашем списке?

Вавилов помялся:

— Ну зачем вам?

— Да бросьте вы, генерал! Какие могут быть секреты между коллегами! Ну хорошо, скажите хотя бы, кто номер два.

— Махатма Ганди.

— Ганди? Хм... Ганди... Ну-у... Странные идеи, конечно, но — тоже вегетарианец. Хорошо. Пусть будет Ганди. Дальше мы помозгуем. А когда лететь?

## Глава 2

Дом, который стал штаб-квартирой космического проекта, выбирала Рита. Она хотела "что-то чисто английское", в престижном районе, но "без этих русских", "обязательно с садиком" и чтобы рядом была открытая площадка для посадки вертолетов на случай экстренной ситуации. Вертолеты – много, и большие! – могли уместиться на полях для футбола, регби и крикета, которые принадлежали школе Хэрроу. На них арендованный домик выходил своей задней частью. Рита соскучилась по экстренным ситуациям. Глядя из окна на голые ноги вымазанных в грязи старшеклассников, бегавших за мячиком-дыней, Рита представляла, как будет давать по рации указания мужчинам в черной форме с короткоствольными автоматами. Она тоже во всем черном, с красивым пистолетом в правой руке. В левой – маленькая симпатичная рация. Губы и маникюр – ярко-красные; волосы – короткие, светлые; глаза – голубые. Выдала команду – и побежали мужчины к вертолетам. А чумазые старшеклассники разинули рты, удивляются; после уроков будут мастурбировать, мечтая о ней. И мячик-дыня валяется в луже, намокает...

Как типичный англичанин, домик старался не выпячивать свое богатство. На улицу он выходил узким фасадом из темно-красного кирпича. На тротуаре у ржавой металлической изгороди стояла красная тумба британской почтовой службы с буквами *G.R.*, что означало *Georgius Rex* – король Георг, либо Пятый, либо Шестой. В отличие от генерала Вавилова, Рита не владела латынью, но слово *Rex* ей было знакомо: несколько лет она пользовалась револьвером марки *MP412 Rex* производства Ижевского механического завода.

Домик соблюдал диету, и неопытный турист-террорист никогда не догадался бы, сколько в нем комнат. Комнат насчитывалось девять, некоторые крохотные, как кладовые, но агентство недвижимости убеждало, что это комнаты. Ну, комнаты так комнаты, кровать и ботинки помещаются. Ожидалась активная циркуляция людей, в основном мужского пола. Чтобы начитанные школьники Хэрроу не подумали, что в доме засела "ушедшая на матрасы" мафия, Рита пригласила электрика и попросила его установить несколько дверных звонков, потом над каждой кнопкой прикрепила бумажку с фамилией – разные фамилии, разные фломастеры и почерки. Так получилось несколько отдельных квартир.

Не существовало места на земле, которое Рита с Вавиловым назвали бы своим. Их жилища – череда домов, квартир, отелей, подвалов, гаражей, сараев, палаток, шалашей, пещер. Вавилов любил котов, и жалел, что не может завести своего полосатого Ваську. Когда они по долгу службы застревали в каком-нибудь месте, где стояли дома, а в домах жили люди, Рита приманивала соседского кота, стараясь выбрать полосатого, с большой головой и зелеными глазами. Вскоре новый Васька забывал о своем старом доме и весь день проводил у них; лишь поздно вечером Рита выставляла его за дверь, чтобы хозяева не волновались. Она кормила животное лучше, чем Вавилова, и представляла, как владельцы удивляются упитанности и шерстистости своего зверя. А когда им надо было переезжать на другое место, они устраивали Ваське торжественные проводы с шампанским и молоком, благодарили за дружбу и отправляли на улицу в последний раз. Вавилов всегда переживал, когда представлял, как Васька скребется в дверь, мяукает, просится, а их там больше нет.

Что же касается Риты, то она любила старые подсвечники. Канделябры, большие зеркала, дорогие бокалы, мужчины играют в карты, кто-то мухлюет, Вавилов бьет подлеца подсвечником в лоб, а она – в длинном белом платье, в очень открытом белом платье и в длинных белых перчатках... Когда они осели в Хэрроу-на-Холме, Рита сбегала через дорогу в антикварную лавку и купила два серебряных подсвечника. А еще – эстамп с изображением бородатого игрока в крикет и надписью *The older I get, the better I used to be.* "Чем старше я становлюсь, тем лучше я когда-то был." Она повесила эстамп в коридоре.

Утром, вскоре после того, как на машине скорой помощи привезли воскрешенного Гитлера, на кухне сломался кран. Сорвалась эта... как ее... эта длинная штука, которую поворачивают туда-сюда, чтобы регулировать температуру воды. Между прочим, удобная штука, воду можно открыть локтем, а не крутить грязными пальцами винтики с надписями *Cold* и *Hot*. Но вот сорвалась, вода хлестала через верх, хорошо еще, что не на пол, а в раковину. Рита, как бабка деревенская, бегала по кухне, охала и размахивала руками. Потом открыла шкаф под раковиной, встала на колени и нашла там два вентиля. Первый вообще не поворачивался, а из второго, который поворачивался очень легко, тоже хлынула вода. "Это имеет какое-то отношение к стиральной машине," – догадалась Рита и закрыла податливый вентиль.

Вавилов был генералом разведки, а не армейским. Это армейский, кочевавший по диким гарнизонам от лейтенанта до полковника, способен починить кран. Вавилов мог собрать бомбу, но в кранах он не разбирался (проверено!), поэтому Рита решила его не беспокоить. На Гитлера тоже не было никакой надежды. Она взяла с подоконника голубой телефонный справочник *Thomson Local (Ruislip, Harrow-on-the-Hill, Stanmore)* и нашла раздел *Plumbers*.

Водопроводчик сразу предупредил, что экстренный вызов обойдется в 137 фунтов. "Ничего себе!" – бессловесно возмутилась Рита.

– Да, я понимаю, – сказал мастер, угадав мысли хозяйки. – Но должны же быть какие-то правила!

– Ну да, ну да...

– Ну что, подходит вам это?

– Да, давайте, приходите. Что уж теперь... Вода-то течет. И у меня гости.

Водопроводчик явился через полчаса. Молодой парень лет 30, высокий симпатичный англичанин, похожий на тех, кто в порнографических фильмах пытается починить кран двум подружкам, а они ему мешают. "Смотри внимательно, что он делает, – прошептала себе Рита. – Записывай ходы!"

– Хм... Дом старый, а кран модерновый, – пробурчал мастер и сурово посмотрел на Риту.

"Неужели провал?" – подумала хозяйка.

– Я не могу починить такой кран. Надо специально детали заказывать.

– Ох, ну что же делать, что же делать! – всплеснула руками Рита.

– Могу поставить обычный.

– Это с двумя этими штуками, что ли?

– Да. Стоит 49 фунтов 99 пенсов.

Никогда двум полуголым подружкам не приходилось сталкиваться с такой прозой жизни.

– Ставьте, что ж теперь...

Мастер достал из старого саквояжа отвертку, залез под раковину и повернул два маленьких винтика. Вода течь перестала.

– Ах, вот оно как! – воскликнула Рита. – Вот эти винтики?

– Угу.

Мастер поднялся и заметил на подоконнике голубой справочник.

– Вы меня по этому справочнику вызывали?

– Да.

– Я должен дать вам скидку в 10 процентов. Таковы правила. Но это скидка со стоимости экстренного вызова, а не со стоимости крана.

Скидка почему-то сильно обрадовала Риту.

Когда мастер принялся за работу, хозяйка чуть не вскрикнула от радости: она увидела банальность, о которой много читала, – голую задницу английского водопроводчика. Так дети кричат в зоопарке, впервые увидев кенгуру. Когда парень встал на колени, джинсы сзади опустились и открыли симпатичное, в меру волосатое седалище с Марианской впадиной посередине. Женское сердце учащенно забилось, женщина поспешила отойти и сесть так, чтобы смотреть в окно.

Ни разу Рита не изменила Вавилову. Даже интересы службы не заставили бы ее так низко пасть. Впрочем, формально генерал был ее начальником, и он никогда бы не отдал такой приказ, а если бы отдал, она послала бы его подальше. Не проститутка же, которую подкладывают под дипломатов, а офицер разведки!

Она подперла рукой щеку для прочности и, глядя оценивающим взором в окно на шедшего по забору черно-белого кота с красным антиблошиным ошейником, завела разговор о политике:

— Ну так что, как оно? В целом?

— Да нормально. Работы на полчаса, не волнуйтесь. Новый кран у меня с собой.

— Я имею в виду — как жизнь? Бизнес как? Не чувствуете конкуренции со стороны польских водопроводчиков? Об этом сейчас часто в газетах пишут.

— Нет, не чувствую. Правда, когда работы нет, начинаешь волноваться, конечно. Свободный день, казалось бы, отдыхай, занимайся семьей, а вместо этого нервничаешь, думаешь, когда позвонит клиент.

— Ага. Неуверенность в завтрашнем дне. Понимаю. А тут еще польские водопроводчики...

— Я вообще считаю, что наше правительство все неправильно делает.

— Неужели?

– Не надо никому закрывать доступ в Британию. Пусть приезжает, кто хочет, работает, переводит деньги себе домой, ну там... в Африку, например... И тогда уровень жизни в разных странах постепенно выровняется. И все будут жить более-менее нормально.

От удивления Рита чуть не упала со стула. Разговор с английским пролетарием принимал неожиданный оборот.

– А вы англичанин, да? За какую команду болеете?

– Англичанин. За "Арсенал" болею. А вы?

– Я? Я пока не болею. Еще не нашла... свою игру. Слушайте... Мне странно это слышать.

– А чего тут странного? "Арсенал" – отличная команда. В этом сезоне мы...

– Я не про то. Ваше политическое кредо... в смысле... ваши взгляды кажутся мне необычными. Вы вообще много знаете людей с такими взглядами?

– Нет, я один такой, – усмехнулся водопроводчик.

Рита решила, чем будет заниматься в ближайшие полчаса. Ох уж эти английские домохозяйки! Насочиняли анонимных историй про молочников и водопроводчиков, которые приходят к ним по вызову, когда мужья на работе! Все брехня, плод репрессированной фантазии. Она займется с этим работягой интеллектуальным сексом. Марианская впадина ее не интересует – она проникнет в глубины его мозга!

– Чем занимается ваш отец? – спросила Рита.

– Строитель. Вот он ненавидит поляков! Польские строители сбили цены, ходят от двери к двери, предлагают свои услуги. Им легко: они поживут тут немного, заработают – и домой. А с такими ценами англичанину в Англии не прожить.

– А жена ваша что говорит?

– Моя жена согласна со мной. У меня жена из Турции. У нас двое детей.

– А-а-а! – протянула Рита. – Понятно. Чего жена делает?

– Работает кассиршей в *Homebase*.

– И в Турции была кассиршей?

– Не, в Турции она была экономистом. У нее университетский диплом. В Анкаре училась, в университете. Мы в Анкаре познакомились.

– Так что ж она тут работу нормальную не ищет?

– А так легче винить во всем правительство, – пробурчал мастер.

Это Рита не совсем поняла, но сделала вывод, что в мультикультурном браке отмечаются расхождения по вопросам семьи, частной собственности и государства.

– Вы где-то здесь в Хэрроу живете? – спросила хозяйка.

– Нет, в Уэмбли.

– Рядом со стадионом?

– Недалеко.

– И что там за народ? Небось, одни футбольные болельщики?

– Есть и болельщики. Это индийский район. Черных тоже много. У нас соседи черные. Хорошие люди – в прошлом году рождественскую открытку нам бросили. Одно только странно: одеваются они чисто, опрятно, машина чистая, даже две машины, но когда приезжают откуда-нибудь домой, дети бросают на землю пакеты из-под чипсов, обертки от конфет. Я заходил к ним пару раз, дома – чисто. Почему детям не сказать, что прилегающая территория – тоже дом? Может, у них в африканской культуре так заведено – что за дверью, то уже не мое, можно гадить? Вы не знаете?

– Нет, не знаю, – засмеялась Рита. – Но догадываюсь. А дом у вас хороший?

– Очень маленький. Да и не наш он – мы снимаем. Ипотечный заем в банке не дают, требуют первый взнос. А на взнос я накопить не могу, потому что все уходит на аренду этого дома. Если бы у нас сейчас был заем, мы платили бы в два раза меньше. Арендная плата очень выросла. Замкнутый круг какой-то.

– А как же другие устраиваются?

– Как устраиваются? Да очень просто. Многие индийцы сидят на пособии по безработице, им полагается бесплатное жилье. Они получают его за пару лет. На самом деле они работают, у них там куча своих ресторанов, лавок всяких, просто не говорят. Получают дом от местного совета, и у них есть право выкупить его за полцены. Вот они работают и получают пособие, копят деньги, а когда им дают муниципальное жилье, они выкупают его и потом продают кому-нибудь за полную цену.

– А вам почему не дают муниципальное жилье?

– Мне не полагается. Я же работаю.

Рита замолчала. Она смотрела на мастера, на его Марианскую впадину, но без вожделения. В недоумении. Спрашивать, почему водопроводчик не может сделать так, как делают индийцы, она не хотела. Ей было приятно сознавать, что где-то –

пусть даже в Уэмбли, а может, и в других местах – есть чистая душа.

– Так, понятно, – сказала она наконец. – А кто решает вопрос о жилье?

– Местный совет.

– А в совете кто сидит?

– Кого выберут.

– А кого у вас выбирают?

Мужик оторвался от работы и с удивлением посмотрел на женщину. Вроде приличная тетенька, историю знает, а такие вопросы задает.

– Индийцы выбирают индийцев. Кого ж еще?

Он опять застучал под раковиной. Рита привыкла находить выход из любой трудной ситуации. В этой она выхода не видела.

– А вы голосуете на выборах? – спросила она.

– Я ходил на участок. Вот когда последние выборы были. В мае. Но не голосовал.

– Почему?

– А я не знаю, за кого. В бюллетенях были три партии – консерваторы, лейбористы и либерал-демократы. От всех партий у нас в районе – индийцы. С такими длинными фамилиями, что я их даже прочитать не могу. Лица интеллигентные, все в очках, у каждого на лбу такая красная точка, знаете?

Рита промычала "угу". В детстве в кино видела, а в Лондоне – на каждом углу.

– Я уверен, что они все – приличные люди, – продолжал мастер. – Но как я буду голосовать за человека, которого я вообще не знаю и чью фамилию я не могу произнести?

– А другие партии?

– А других у нас в районе не было.

— И чего?

— Да ничего. Походил я, посмотрел и пошел домой.

Водопроводчик высунул голову из-под раковины и спросил:

— А вы за кого голосуете?

— Мы ни за кого. Мы тут недавно, права голоса пока нет. Но это и правильно. Я считаю, что мы не должны иметь права голоса.

— Почему?

— Мы тут в гостях. Это вы должны решать, а не мы.

Англичанин задумался, потом покачал головой.

— Мне странно это слышать, — сказал он. — Вы живете здесь, платите налоги... Какие же вы гости?

— Но это ваша страна! — воскликнула Рита. — Послушайте... Вот знаете, как было в Древней Греции?

— Нет. Я плохо историю знаю. Но в Греции я был. Мы с детьми ездили. Из Анкары.

— Великолепно. Слушайте. Демократия зародилась в Афинах. Голосовать могли только граждане Афин. Права голоса не имели рабы, женщины и иностранцы. То есть примерно 10-20 процентов афинян считались гражданами. И это правильно! То есть с женщинами, конечно, неправильно, но в целом идея верная. Демократия имеет смысл только тогда, когда избиратели объединены общими интересами и общими культурными корнями. Когда британские колонии получили независимость, все нормальные люди радовались: эти народы теперь сами будут решать свою судьбу. Почему же вы здесь даете иммигрантам право решать вашу судьбу? Кто вас заставляет?

– То есть вы считаете, что... что "Британия – прежде всего"?

– Коренные британцы прежде всего. Уж во всяком случае, прежде меня. Вот так вот, мой друг. Чаю хотите?

Когда водопроводчик поставил кран, Рита дала ему наличные. Могла выписать чек, но подумала: если чек, то – налоги, учет и контроль. Пусть у парня будет свобода выбора, пусть сам думает, как ему выживать в своем Уэмбли. Мастер пересчитал деньги и протянул две купюры Рите:

– Здесь слишком много. Скидка в 10 процентов. Забыли?

– Нет, не забыла. Но оставьте себе. Я получила истинное наслаждение от беседы с вами. Кстати, насчет истории: если пойдете направо, то увидите старое здание школы Хэрроу. Красивое. Там Черчилль учился. Ну, и много кто еще.

– Черчилль? – задумался водопроводчик, припоминая что-то. – Не, не пойду направо. Черчилль был расист и империалист. И очень агрессивный.

– Вы-то откуда знаете?

– Мне жена сказала. Она училась в университете в Анкаре, она знает.

И пошел налево, к своему белому фургончику.

Как хорошо, что заказали вегетарианское у индийцев! Рите ужасно не хотелось открывать и закрывать воду в новом кране пальцами, покрытыми оливковым маслом. И еще осталась уйма времени на то, чтобы одеться и накраситься для первой встречи с Гитлером. Вчера весь вечер просидела в интернете, готовилась... Еда из ресторана пришла пешком, официант принес. Рита расплатилась, быстро переложила все кушанья на блюда и в миски и пошла в гостиную звать к столу.

– Мужчины, можно? – пропела она медовым голосом, постучав в дверь.

Ей открыли. Она вошла. Навстречу из кресла поднялся небольшого роста человек, и Рита едва не потеряла сознание. Ой, девчонки, что было, вы не поверите! Вы же меня знаете, я не из робких, повидала кое-чего. А тут шагнули на меня все наши фильмы про войну, в которых "1941" встает пламенеющими цифрами, все горящие деревни и плачущие бабки на фоне печных труб, повешенные партизаны, веселые танкисты на черных танках с крестами, скульптурная группа пионеров в Сталинграде, выпадающие из самолетов бомбы и этот мужик, выкрикивающий речь перед рядами эсэсовцев до горизонта. В ушах у меня немецкие марши играют – мне они всегда нравились. Мне жутко – и страшно любопытно! Встал, подошел, поклонился. Встал энергично, но подошел неуверенно, как пацан на танцах, смешно даже (мой огромный Вавилов дал ему свой костюм, он штанины подвернул, а тапки мои надел, ну те, розовые), поклонился старорежимно, поцеловал мне руку. И вот тут, девочки, я чуть не рухнула на пол.

Поглощенная своими переживаниями, Рита не заметила, что и Гитлер был в шокс. Удерживая ее руку у своих губ, он бесстыдно рассматривал женщину с головы до ног, иногда переводя ошарашенный взгляд на Вавилова. Генерал сперва не понял, потом тоже присмотрелся к подруге.

Способность Риты изменять свою внешность Вавилов воспринимал как непременное требование их профессии. И все же она его порой изумляла. Вот и сейчас: вошла не Рита. Первым делом генерал обратил внимание на шею и щеки. Изящная, нежная, упоительная шея Риты стала короче, плечи набрали силу, приобрели более спортивный вид. Лицо как бы расширилось, скулы выступили вперед и округлились, как грудь древнегреческой богини под тугим свитером. Глаза... Глаза другие! В них и смирение в присутствии повелителя, и шаловливость, готовая вырваться на свободу в момент, когда любимый мужчина это позволит. Она красиво нырнет со скалы в воду, сделает стойку на голове или повиснет, уцепившись ногой за толстую ветку дуба, и выслушает вечером его рассказ о трудном, но плодотворном рабочем дне.

На Рите был белый брючный костюм, красивый, но, на взгляд Вавилова, несколько старомодный. В руках она держала белого игрушечного кролика. Гитлер спросил генерала робким взглядом: это Ева? Вавилов грустно помотал головой: это Рита. Вы, фюрер, даже представить себе не можете, насколько эта женщина непохожа на вашу Еву.

В течение многих лет Рита пребывала в непоколебимом убеждении, что генерал Вавилов был самым гениальным мужчиной в мире. Она скрывала от него эту деталь своего чувства, чтобы любимый не расслаблялся, но напряженно работала над собой с целью достичь абсолютного совершенства и быть адекватной. Рита въедливо изучала жен и основных любовниц всех великих людей XX столетия, их поведение и манеру одеваться, их капризы и достоинства, чтобы Вавилов был счастливее Муссолини, Кеннеди и Пикассо. Поэтому предстать в облике Евы Браун ей не составило особого труда; труднее было найти в Лондоне брючный костюм в стиле 1938 года.

— Господа, прошу всех к столу, — церемонно сказала Рита, хихикнула, взяла Гитлера под руку и мягко повела его в столовую. Фюрер покорно переставлял ноги, которые все время подвертывались в тапках на каблуках.

— Простите меня, фрау Рита, за мою бесцеремонность, — пробормотал Гитлер. — Меня так долго не было в живых.

— Фрейлейн, — поправила она и бросила лукавый взгляд на Вавилова. — Мы не венчаны. Живем во грехе.

В узком коридоре Рита слегка прикоснулась грудью к Гитлеру и прошептала:

— Вам без усов лучше. Это я вам как женщина говорю.

Усевшись за стол, шумно удивлялись красно-желто-зеленому великолепию индийской кухни, ее умопомрачительным запахам.

— Это... это вот... — говорила Рита, показывая пальцем в какое-нибудь кушанье и пытаясь угадать его в ресторанном списке.

Когда поделили все по-братски и отправили первые куски в рот, стало еще веселее. От ядрено-ядреных яств у Гитлера выступили слезы на глазах; Рита изящно махала ручкой перед своим открытым ртом; Вавилов держался.

— Индийцы — талантливая пассионарная нация, — выдавил из себя Гитлер. — Я всегда считал, что идеи Махатмы Ганди — это бред, в который могут поверить только второсортные европейцы. Мне рассказывали, что его как-то спросили, как он относится к моей программе по оздоровлению Европы. Он, как обычно, повторил эту белиберду про непротивление злу насилием и сказал, что немцы, мол, сами поймут свою ошибку и остановятся. Им, мол, стыдно станет. Ха! Что ж, спасибо! Может, в Индии его учение и дает какие-то локальные результаты, но только потому, что у отдельных английских колониальных чиновников не хватает силы воли и верности своему долгу представителей белой расы. Я уверен, что сами индийцы со своими врагами не церемонятся! Нация, которая поглощает такую еду и читает "Камасутру", умеет любить и ненавидеть. Не могут они верить этому полуголому сумасшедшему евнуху. Не могут! Один кусочек вот этого... попробуйте, фрейлейн Рита, это очень вкусно... один кусочек...

Гитлер хотел сказать, что вот это красное – что-то овощное – пробуждало в нем низменные чувства со страшной силой, но в присутствии хозяйки дома не решился.

– Чего уж тут удивляться, что они плодятся с такой удивительной быстротой! Генерал, не помните, сколько там сейчас народу живет?

Вавилов поспешил засунуть в рот ломкий хлебец и помотал головой: фюрера надо было вводить в реалии сегодняшнего дня постепенно.

– Я никогда не хотел воевать с Англией. Черчилль обманул свой народ. Я прекрасно понимал, что Германия после победы не сможет удержать под контролем Азию, особенно Индию. С этой задачей прекрасно справляется Англия. Поэтому англичанам – колонии, нам – континентальная Европа. Вот чего я хотел. А в случае поражения Англии Азия досталась бы кому-нибудь другому – Японии или вам, русским. А вы и японцы – не такие эффективные менеджеры, как англичане. Довели бы дело до революции. А международную торговлю контролировали бы американские банкиры. Вот почему я так хотел мира с Англией!

Вавилов и Рита время от времени переглядывались, и генерал говорил глазами: молчи, умоляю тебя, молчи. Потом все объясним. А может, и объяснять не придется – вот нажму на кнопочку... Ганди ему не нравится!

– Послушайте, дамы и господа, – сказал Гитлер, отдуваясь, – я с удовольствием посетил бы какой-нибудь индийский ресторан. Можно это устроить?

– Конечно, – кивнул Вавилов.

– Только надо заказать столик заранее. Если там так прекрасно готовят, туда не попасть. Даже если их в городе два или три. Заранее надо. Пожалуйста, позаботьтесь об этом, генерал. Интересно, что сказал бы мой дорогой доктор Морелль об этой диете? Вот еще один человек для нашего списка – доктор Морелль. Замечательный специалист! Очень мне помог. И вам поможет.

– Мне пока не надо. Я здоров... как жеребец...

– Я подтверждаю, – сказала Рита.

– Вы тоже доктор? – с уважением спросил Гитлер.

– Нет. Но я умею лечить мозг. Вы прекрасно выглядите, мой фюрер! – промурлыкала она и легонько дотронулась до висевшего на нем пиджака Вавилова. – Зачем вам доктор!

– Да уж, в аду вам прожарили все болячки, – сказал Вавилов.

— Хм... А почему вы думаете, что я был в аду? — загадочно улыбнулся Гитлер.

— А где же? В раю, что ли?

— Если Бог есть... Сам я его не видал... Но если Бог все-таки есть, то пути Господни неисповедимы.

— Ой, как интересно! — воскликнула Рита. — Расскажите, мой фюрер, как оно там... где вы были... Мне безумно хочется знать!

— Я всегда считал, что переселение душ на тот свет невозможно хотя бы уже потому, что каждый, кто глазел бы на нас сверху, испытывал бы страшные мучения, видя ошибки живых людей. И вот что странно: нам говорят, что на небеса попадает лишь тот, у кого мало грехов. Количество грехов с возрастом увеличивается, так? Однако попы не хотят расставаться с жизнью в молодости. Наоборот, даже старые кардиналы стремятся как можно дольше продлить свое пребывание на земле. Вот почему идея о загробной жизни представлялась мне сомнительной. Но я ошибался. Рай существует, и я там был. Впрочем, фрейлейн Рита, этот рай показался мне адом. Перед входом — несколько сараев для предметов, которые закапывали вместе с покойниками. В раю предметы личного пользования запрещены. Прекрасные украшения, дорогое оружие, домашняя утварь — все отбирают на входе и складывают в сараи. В самом большом сарае хранятся лодки, в которых хоронили. Викинги, например. Вокруг пасутся домашние животные — в рай их тоже, как оказалось, не пускают. Зря убивали. За ними там никто не смотрит, и они одичали. Гадят повсюду. Навозом воняет, как на свиноферме у Гиммлера.

— А рабы? – спросил Вавилов. – Рабов тоже не пускают?

— В том-то и дело, что пускают. Кто был никем, тот станет всем! Делить, правда, нечего. Все – и мужчины, и женщины – ходят в мешках из грубой ткани, которые скрывают прелести наших дам... чтобы не возбуждать...

Гитлер быстро пробежал глазами по прелестям хозяйки – быстро, но так, чтобы она заметила. Она заметила и поняла, что он хотел, чтобы она заметила. Он понял, что она это поняла.

— Косметика запрещена. Все лица серые, землистые. Шныряют разного рода проходимцы. Я разыскивал там величайшего из немцев – Мартина Лютера. Меня подвели к какому-то самозванцу, сказали, что он и есть Мартин Лютер, да еще и король. Пары слов оказалось достаточно, чтобы понять – это не немец. Свет там тусклый. Все одинаковые, страсти отсутствуют, все пассивны. Есть и пить не дают – в раю гадить нельзя, поэтому все ходят голодные.

— А куда ходят-то? – спросил Вавилов.

— Туда-сюда. А куда еще пойдешь? Оперы нет, музеев нет, кино нет. Газет не доставляют, даже радио нет. Это чтобы вредные идеи не проникали. Каждый день мать Тереза читает лекцию о любви. Явка обязательна. Мы с адмиралом Нельсоном садимся на последний ряд и играем в морской бой. Он все время выигрывает, я раздражаюсь, мать Тереза это замечает, подходит к нам и бьет меня указкой по голове. Ну что албанская монахиня понимает в любви! Это мы, немцы, должны читать лекции о любви! Мы – самая романтичная нация в мире!

Вавилов в недоумении покачал головой: что несет, что несет... Он сейчас встанет на стул и начнет молотить кулаком воздух.

— Я знаю, почему вас отправили в рай, — сказал Вавилов и добавил себе на тарелку чего-то зеленого.

— Да? Почему?

— Потому что в аду вы бы очень быстро пришли к власти. Демократическим путем.

Рита звонко расхохоталась. Гитлер смотрел на ее грудь, на ее рот и ерзал от нетерпения.

— Да, пожалуй, вы правы, генерал. Мой мир — это мир страстей, мир любви и ненависти. Одно невозможно без другого. В раю я пребывал среди существ с разжиженными мозгами. Там я неопасен.

— Мой фюрер, расскажите о романтизме немцев, — попросила Рита.

Гитлер ответил ей нежным взором.

— О себе говорить не буду — это нескромно. Расскажу про старика Бломберга. Он был военным министром. Вдовец, взрослые дети... Ему было около 60-ти, или уже перевалило за 60, не помню точно, когда, прогуливаясь по парку в Берлине, он познакомился с молодой привлекательной девицей. Лет 25 ей было... Начали встречаться, решили пожениться. Приходит Бломберг ко мне и говорит: так и так, мой фюрер, девушка из бедной семьи, чтобы поддержать мой статус, не могли бы вы взять на себя роль моего свидетеля. Я говорю: нет проблем! Позвонил Герингу. Свадьбу сыграли скромно: молодожены, свидетель со стороны жениха — ваш покорный слуга, свидетель со стороны невесты — Геринг. Ну, хорошо... Стали жить. Гестапо решило проверить, что за жену себе нашел военный министр Германии. И оказалось, что она снималась для порнографических открыток у какого-то еврея в Праге. Открытки продаются по всей Европе.

– Кошмар какой! – ужаснулась Рита.

– Не то слово! Это я сейчас так спокойно об этом говорю, а тогда... Сами понимаете... Затронута честь Германии! Вызываю Бломберга. Разговор на повышенных тонах. Я требую, чтобы он развелся или – в отставку. Старина Бломберг говорит: нет, фюрер, я люблю мою жену, никогда от нее не откажусь, я ухожу в отставку. Я предлагаю подумать, он говорит: я все решил. Так я лишился прекрасного военного министра на пороге великих событий. Они уехали в Италию.

– Потрясающе! – прошептала Рита, бросив взгляд на Вавилова. – Такая разница в возрасте – и такая любовь!

Вавилов хотел было дать историческую справку, позанудствовать насчет того, что отставка Бломберга позволила Гитлеру укрепить свой контроль над вооруженными силами, но задумался о другом. Попробовал представить подобную ситуацию при Сталине. Не смог представить. Вспомнил, как жена Молотова отсидела четыре года в ГУЛАГе – точнее, бывшая жена, Сталин заставил развестись. Такой вот коктейль...

– Душа народа лучше всего видна в его музыке и в его песнях, – сказал Гитлер.

Вавилов осторожно посмотрел на часы: фюрер, кажется, настроился на продолжительный монолог в тесном кругу особо приближенных лиц. А между тем в спальне Вавилова ждала интересная книга.

— Музыка и песни не врут. Это вам не либеральная английская печать, которая поссорила английский народ со мной. Э-э-э... сейчас... как же это? А! "Как нам стало известно из хорошо информированных кругов...," и дальше — ложь. Или: "По мнению экспертов..." — опять ложь! В своем вранье они докатились до такого: "Полагают, что есть основания полагать..." Как вам это нравится! В музыке, в песнях вы не найдете подобной белиберды. Немцы подарили миру таких гигантов, как Бетховен, Бах и Вагнер. Но даже в популярных песенках моего поколения вы разглядите честную, чистую душу немца. Ну вот, например. Я не поэт, поэтому изложу в прозе. Песенка состоит из трех куплетов. Первый куплет:

На лугу расцветает маленький цветочек, который называется Эрика.
Над Эрикой роятся тысячи маленьких пчелок,
Потому что ее сердце наполнено сладостью,
А ее одеяние испускает тонкий аромат.
На лугу расцветает маленький цветочек, который называется Эрика.


— Как замечательно! — вздохнула Рита. — Тебе нравится, милый?
— Внимание, второй куплет:

У меня на родине живет светловолосая девушка по имени Эрика.

Эта девушка – моя верная подружка. Эрика – это мое счастье.

Когда на лугу расцветает красно-сиреневый цветочек,

Я пою эту песенку и вспоминаю о ней.

На лугу расцветает маленький цветочек, который называется Эрика.

– Там много куплетов? – спросил Вавилов.

– Третий куплет. Последний, генерал, последний:

В моей маленькой комнатке тоже расцветает цветочек по имени Эрика.

При первых лучах утреннего солнца и на закате Эрика смотрит на меня.

И когда наши глаза встречаются, она спрашивает меня:

"А ты думаешь о своей невесте?"

В моей деревне девушка по имени Эрика плачет обо мне.

Гитлер умолк, с трудом сдерживая эмоции. Все молчали, уважая его чувства.

– Эту песенку написал Хермс Ниль. И мотив у нее простой, запоминающийся. Может быть, фрейлейн Рита, вы его знаете.

Гитлер проглотил слезу и робко запел.

– Ой, да, да! – всплеснула ладошками Рита. – Я знаю! В каком-то фильме слышала!

– Это марш Ваффен-СС, – бесцеремонно влез генерал Вавилов. – Войска СС. Зондеркоманды... и так далее...

– Генерал, вы же говорили, что не владеете немецким.

– Что такое Ваффен-СС, я знаю. Кроме того, я сказал, что читаю и перевожу со словарем.

Рита поняла, что Вавилов злится (он же нажмет на кнопку!), и заторопилась сменить тему разговора.

– Мой фюрер, по кому вы сейчас больше всего скучаете? – спросила она ласково.

Взор Гитлера замутился. Он посмотрел Рите в глаза. Она увидела неимоверное, глубочайшее страдание.

– Я поняла... – прошептала она. – А из мужчин? Я имею в виду, из ваших ближайших соратников?

Этот вопрос интересовал и Вавилова. Молодец девушка Рита!

– Рейнхард, – тихо сказал Гитлер.

– Кто?

– Рейнхард Гейдрих, – уточнил Вавилов.

– Генерал, будьте любезны, расскажите о нем фрейлейн Рите. Мне сейчас тяжело говорить.

– Хорошо, – пожал плечами Вавилов. – Ну, что же я могу сказать про Рейнхарда Гейдриха, начальника Главного управления имперской безопасности, второго человека в СС? Отец – композитор, сочинял оперы. Сам Рейнхард прекрасно играл на скрипке. Служил в военно-морском флоте. Женился на сельской учительнице. Четверо детей. Один из авторов проекта "окончательного решения еврейского вопроса." В 1942 году его убили в Праге чехословацкие диверсанты, которых забросили из Англии.

— Да не было никакого "окончательного решения еврейского вопроса"! — воскликнул Гитлер и довольно сильно хлопнул по столу. — Не было! Все это выдумки либеральных журналистов, которые боялись величия Германии. Они всегда боятся величия. Любого величия. Они — жабы, а не люди.

— Тогда сами рассказывайте, — надулся Вавилов.

— Рейнхард был как Заратустра! Может, не совсем как Заратустра, но близок к нему. Помните у Ницше? "Человек — это канат, натянутый между животным и сверхчеловеком, — канат над пропастью. Опасно прохождение, опасно быть в пути, опасен взор, обращенный назад, опасны страх и остановка." Э-э-э... Как там? "Я люблю тех, кто не умеет жить иначе, как чтобы погибнуть, ибо идут они по мосту. Я люблю... Э-э-э... Я люблю..."

— "Я люблю великих ненавистников, ибо они великие почитатели и стрелы тоски по другому берегу," — продолжил Вавилов.

— Да, правильно. Кстати, я был знаком с его сестрой.

— С сестрой Заратустры? — усмехнулся Вавилов.

— С сестрой Ницше. Ха-ха-ха, генерал. Замечательная женщина! Чтобы дать пример своим подчиненным, Рейнхард научился летать на боевом самолете. Участвовал в боях. Его сбили ваши в районе Березины, чудом спасся. А вот в Праге не уберегся. Он ездил без охраны, эти трусливые бандиты подстерегли его на дороге. Бомба взорвалась, а автомат у них заело. Они хотели убежать, раненый Рейнхард погнался за ними. Никого не боялся, не жалел себя. Заратустра! Он умер в госпитале. Человек с железным сердцем. 30 тысяч чехов вышли на центральную площадь Праги, чтобы почтить его память. Мы дали им все: работу, социальное обеспечение. Их армию мы распустили, но уволенным военным выплачивали пенсию.

Разговор о Гейдрихе оживил фюрера, глаза его заблестели, будто вспомнил любимого сына.

— Не забудьте упомянуть, что в ходе операции возмездия вы убили 1330 чехов, — вставил Вавилов.

— Мало. Я видел в Рейнхарде будущее Третьего рейха. За такое 1330 чехов — мало. Пожалели чехов. А ведь мерзавец Черчилль на это и рассчитывал — что будет акция возмездия, которая побудит чехов к сопротивлению немцам. Он прекрасно знал, что мы всегда так делаем, мы всех честно предупреждали. Все было предопределено. А 1330 человек — тьфу! В мире и так слишком много лишних людей. Спросите у Черчилля — он знает. Он для вас хороший, потому что выиграл войну. А я плохой, потому что проиграл. Но войну ведут всегда одинаково — убивая людей, разрушая города. Побеждает тот, кто больше убивает и разрушает. Сам, а еще и союзничков позовет. А памятники ставят тем, кто врет убедительно. Есть Черчиллю памятник в Лондоне?

— А то как же! — радостно воскликнул Вавилов, не отказав себе в удовольствии посыпать индийских специй на душевные раны собеседника. — В самом центре города!

Гитлер развел руками: ну вот видите...

— Да, Гейдрих... — вернулся он к приятной теме. — Рейнхард бы вам понравился, фрейлейн Рита. И вы бы ему понравились. Я уверен в этом! Правда, между вами могла бы быть только нежная, романтическая дружба.

– Да? Почему же? – спросила заинтригованная Рита. – Примерный семьянин?

– Совершенно верно. И еще: он не стал бы перебегать дорогу своему фюреру.

– Ах, вот оно что! – протянула довольная женщина.

Она скосила глаза налево и быстро оглядела свои владения. Состояние генерала Вавилова ей решительно не понравилось. Вот уже более часа она изо всех сил кокетничала с извергом рода человеческого, с погубителем шести миллионов евреев и кого-то еще, а ее суженый-ряженый не обращал на нее никакого внимания. Настоящий мужчина – да этот же генерал еще пять лет назад! – настоящий мужчина пнул бы ее ногой под столом очень больно, а еще лучше (ибо от ревнивых пинков синяки не проходят неделями) пошел бы в соседнюю комнату и нажал бы на "кнопочку смерти". Черт с ним, с экспериментом, зато соперник устранен! Вавилов же заметно наслаждался умной беседой с Гитлером, уж готов был с ним и водки выпить, если бы Гитлер не был трезвенником. Отвратительно!

И вспомнились фрейлейн Рите все тревожные сигналы, которые ловила она в последние годы, все эти попытки Вавилова сплавить ее с рук в другие надежные руки и остаться добрыми друзьями. Вращаясь с Ритой в светских кругах, Вавилов норовил запустить ее на самостоятельную орбиту и отходил за бутербродиком с черной икоркой каждый раз, когда к ним подходил неженатый предприниматель с достатком более 100 миллионов долларов. Потом, спровадив олигарха, отлавливала она Вавилова в зимнем саду, в библиотеке, в малой гостиной за подтаявшим ледяным лебедем. "Врешь, Вава, так легко ты от меня не отделаешься!" – шептала она ему на ухо и чувствительно щипала за хитрую задницу. А неженатые олигархи потом обиженно спрашивали: "Что вы с ним делаете? Он же вам в отцы годится!" А она отвечала: "Я делаю с ним все!" Так говорила фрейлейн Рита.

Вот и сейчас он нагло изображает наивность, якобы не замечая, как Гитлер заигрывает с ней. Белые помпоны на розовых тапках иногда касались ног молодой горячей женщины. Это были ее помпоны, ее тапки, и Рита чувствовала себя так, как будто она сама себя ласкает. Она возбуждалась.

– Да, мой фюрер, с вашим Гейдрихом у меня бы точно ничего не вышло, – сказала Рита. – Потому что у меня уже есть повелитель. Мой генераша! Прошу любить и жаловать!

Она театрально показала на Вавилова. Гитлер поджал ноги, дерзкие белые помпоны спрятались под стул. Вавилов неловко улыбнулся. "Что, Вава, сорвалось? – торжествующе подумала Рита. – Ничего у тебя не выйдет!"

– Вы знаете, мой фюрер, когда я была маленькой девочкой, я уже мечтала о генераше. Я прочитала о нем у моего любимого Бунина. Я сейчас принесу!

Она вспорхнула, улетела в другую комнату и вернулась с потрепанной книжкой в руках. Сразу открыла на нужной странице.

– Вот! "А среди всех прочих, сидящих и стоящих, возвышаясь надо всеми на целую голову, стоит великан военный в великолепной серой шинели, туго перетянутой хорошим ремнем, в серой круглой военной шапке, как носил Александр Третий. Весь крупен, породист, блестящая коричневая борода лопатой, в руке в перчатке держит Евангелие. Совершенно чужой всем, последний могикан.” И я ждала именно такого – русского генерала! И дождалась.

– А бороды-то нет! – засмеялся Гитлер. – Где борода? А шинель где? Можно?

Он протянул руку за книжкой. Рита отдала.

– Потому что конспирация, – ответила она. – Вот уйдем на заслуженный отдых...

– Хм... Бунин, “Окаянные дни”, – пробормотал Гитлер. – Не читал. Хороший писатель?

– Последний русский классик, – сказал гордый Вавилов. (Мол, только классик мог разглядеть меня в будущем сквозь толщу времен и так достоверно описать в нескольких строчках.) – Нобелевская премия по литературе.

– Ну, это не показатель, – махнул рукой Гитлер. – Они и Томасу Манну дали. В каком году Бунин ее получил?

– В 1933-м, – ответил Вавилов.

– А! Это хороший год!

Гитлер пролистал книжку, увидел пятна губной помады на полях. Нет, не пятна – пометки. Прочитал вслух:

– “Вообще, как только город становится “красным”, тотчас резко меняется толпа, наполняющая улицы. Совершается некий подбор лиц, улица преображается...” Хм... Интересно... “Голоса утробные, первобытные. Лица у женщин чувашские, мордовские, у мужчин, все как на подбор, преступные, иные прямо сахалинские. Римляне ставили на лица своих каторжников клейма: *"Cave furem"*. На эти лица ничего не надо ставить, — и без всякого клейма все видно..." Да, да... И у пленных ваших в 41-м году были такие же лица. Стадо животных...

Вавилов нахмурился.

— Что вы хмуритесь, генерал? Сами же сказали — хороший писатель, классик. Не я это писал, не я это отмечал. Вот еще: "А сколько лиц бледных, скуластых, с разительно ассимметрическими чертами среди этих красноармейцев и вообще среди русского простонародья, — сколько их, этих атавистических особей, круто замешанных на монгольском атавизме!"

Гитлер повертел книжку в руках, измерил придирчивым взглядом портрет писателя на обложке.

— Странно, что Нобелевскую премию дали честному писателю. А вот просто моими словами: "Газеты зовут в поход на Европу. Вспомнилось: осень 14 года, собрание московских интеллигентов в Юридическом обществе. Горький, зеленея от волнения, говорил речь: "Я боюсь русской победы, того, что дикая Россия навалится стомиллионным брюхом на Европу!" Теперь это брюхо большевицкое, и он уже не боится." Горький — это Максим Горький? Я то же самое говорил немцам, то же самое!

— В Советском Союзе Бунин был запрещен. Потом кое-что разрешили, но не это, — сказала Рита, как-то даже обиженно сказала, переживая за Иван-Лексеича.

Гитлер забурлил. Коснулись его главного нерва. Казалось, он начнет сейчас выступать, позабыв, что перед ним всего два человека. Ерунда! Он выступал и перед одним, перед своим единственным другом юности, рассуждая о сборе средств на улицах Линца для благотворительной лотереи, и тогда на берегах Дуная извергался настоящий вулкан.

– В 1917 году в России надо было только натравить необразованную толпу на интеллигенцию, которая и так была почти оторвана от народа. Это решило судьбу огромной страны. Вся неграмотная русская масса попала в полное рабство к еврейским диктаторам, которые хитроумно задрапировали свою власть в тогу "диктатуры народа". Большевизм лишил русский народ той интеллигенции, на которой держалось государство. Евреи погубили 30 миллионов человек, безжалостно перерезав одних и подвергнув бесчеловечным мукам голода других, – и все это только для того, чтобы обеспечить диктатуру над великим народом за небольшой кучкой еврейских литераторов и биржевых бандитов. А насчет того, что запрещали честного писателя Бунина – так это кто запрещал? Правители Советской России это – запятнавшие себя кровью низкие преступники, это – накипь человеческая. Они расправились с миллионами передовых интеллигентных людей и осуществляли самую жестокую тиранию в истории человечества.

Гитлер остановился. Рано остановился – за десятки лет небытия ораторские навыки потерялись. Рита смотрела на него, открыв рот: вот оно! Вот пришел человек и все объяснил. Просто, коротко, логично выстроил причину и следствие.

Вавилов заерзал на стуле. Рот закрой, дурында! Покраснела от удовольствия...

— Однако вы не договариваете, — сказал Вавилов. — Забыли упомянуть, что своей силой российское государство было обязано не славянам, а интеллигенции с германскими корнями. Что же вы? Боитесь обидеть славян? Не стесняйтесь!

— Совершенно справедливо. Германская интеллигенция России была уничтожена еврейской. Вы считаете, это — славянское лицо? — спросил Гитлер, повернув к Вавилову портрет Бунина на обложке. — Человека с таким лицом Гиммлер зачислил бы в СС без проверки родословной. А на себя вы в зеркало давно смотрели? Разве у фрейлейн Риты чувашское лицо? Вы оба — арийская кровь. Иначе я бы с вами не разговаривал.

— Не надо меня зачислять, — покачал головой Вавилов.

— А с кем вы останетесь?

Потом пили зеленый чай.

Генерал Вавилов был недоволен Гитлером. Два резона. Первый: фюреру не удалось заинтересовать собой Риту. Ну да, да, Вавилов заметил ее кокетство, но он же видел ее насквозь. Рита любила вращаться среди знаменитостей, а потом хвалиться подругам, но тут была такая знаменитость, которой она никак похвалиться не могла. Ага, Гитлер, знаем, ты сколько, мать, стаканов в тот вечер выпила? Кроме того, проект был суперсекретный, а в таких делах Риту хоть в гестапо пытай — не расколется. И потому удовольствие от общения имело ограниченный характер, а ее кокетство было очень целомудренным. Не то чтобы Вавилов хотел передать ее по наследству именно Гитлеру. Нет, зачем? Не до такой степени он мечтал о физическом покое и полноценном сне, чтобы завещать свою подругу этому чудовищу. Он просто хотел – как бы это сказать? – раскачать ее, открыть глаза на других мужчин, показать возможные варианты. Не впервой, и не впервой ничего не вышло. Вот она хохочет и строит фюреру глазки, а сама думает, как классно она бы выглядела в эсэсовской форме и понравилась бы она Бунину. Ребенок, девчонка еще совсем!

И второй момент: Гитлер остался самим собой – это озадачило Вавилова. Как и в предыдущей жизни, фюрер был излишне куртуазен с женщиной и проявлял непреклонную решимость в политических вопросах. И сжигали его, и закапывали, и отправляли в рай, который был для него адом, и собирали по молекулам – и хоть бы что! На подготовительном этапе космического проекта, изучая жизнь Гитлера по книжкам и документальным фильмам, Вавилов не раз с ужасом ловил себя на том, что восхищается целеустремленностью этого человека, его уверенностью в своей правоте, готовностью к самопожертвованию ради счастливого будущего Германии. Так гетеросексуального мужчину бросает в холодный пот, когда он вдруг обнаруживает, что возбуждается при виде красивого мужского тела. Вот как это происходит: рассматривая себя в большом зеркале, Вавилов задумывался: и что она во мне нашла? Старался посмотреть на себя ее глазами. Смотрел, смотрел – и находил "прелестные черты". Потом пытался представить: а каково ей с ним? Ставил себя на ее место в различных позициях, представлял, представлял... Нравилось! И оставался последний маленький шажок – вообразить себя не с самим собой, а с тем накаченным мужиком на картинке из Бразилии. И вот – холодный пот по спине, шок, стыд, раскаяние!

Примерно так Вавилов чувствовал себя с Гитлером. В своих фантазиях он видел себя немецким генералом, каким-нибудь Роммелем или Гудерианом, в 1939 или 1940 году, в молниеносной польской кампании. А потом французской. Очарование дерзости, успеха, стратегического таланта, молодой энергии 50-летнего фюрера оказывалось настолько мощным, что Вавилов боялся думать дальше.

Вот как сильно. Вот что пугало. И потому вечером, когда Гитлер попросил дать ему на ночь что-нибудь из Бунина, Вавилов предложил фюреру познакомиться с интернетом. Ничего, пусть все сразу узнает, пусть будет каша в голове. Это как размачивают твердый хлеб в молоке, чтобы сделать котлеты.

— Интернет?

— Ну это типа... типа газеты на экране... много газет... и еще кино... и еще радио... Трудно объяснить, это надо видеть. Идите сюда, фюрер. Вот.

Вавилов подвел Гитлера к стоявшему в углу гостиной антикварному столику с лэптопом, подвинул стул, поднял экран, нажал на кнопку.

— Что это?

— Компьютер. Вычислительная машина. В некотором роде...

— А! Мне Шпеер показывал.

Гитлер провел пальцами по клавишам, проследил провода, уходившие в стену.

— Это экран. А где сама машина? В той комнате? Там же кухня.

— Нет. Вот это — вся машина.

— Да? И кто ее обслуживает? Фрейлейн Рита? Очень умная девушка! Вам повезло, генерал.

— Никто не обслуживает. Этого не требуется.

– Написано "Окна", – ткнул пальцем Гитлер. – Там будут числа появляться?

– Там будет все появляться.

Суть вопроса Гитлер схватил моментально, как когда-то выхватывал и надолго запоминал самое главное из отчетов о производстве танков, кораблей и самолетов. Так, мышкой сюда, левая кнопка, правая, так, здесь у нас буквы, ха! смешная картинка, о! женщины, ладно, потом, колесиком прокручиваем страницу, щелкаем на то, что подчеркнуто синим... Как? Гиперссылка? Как ГУЛАГ у вашего Сталина?

Вавилов заложил для Гитлера несколько новостных сайтов, каждый сайт – как мина под однобокое видение мира.

– Кому принадлежит этот ваш... интернет?

– Никому. И всем. Каждый пишет, что хочет. Каждый читает, что хочет. Удивлены?

– Так не бывает. Ну кто там у них самый главный? Назовите несколько имен.

Вавилов назвал первые, которые пришли в голову. Гитлер снисходительно потрепал его по плечу: так уж никому и не принадлежит. Наивный вы, генерал. "Майн Кампф" давно перечитывали?

– Вы мне напомнили один случай, – сказал Гитлер. – В начале 1930-х годов мой предшественник на посту канцлера, доктор Генрих Брюнинг, провел расследование деятельности банков Германии. Выяснилось, что только один из крупных банков контролировался немцами.

– А остальные?

– Кем бы вы думали? – усмехнулся Гитлер.

80 процентов газет, добавил про себя Вавилов, 70 процентов кинотеатров, более половины юристов в Берлине и две трети во Франкфурте. Ну да, ну да...

– Доктор Брюнинг был так напуган масштабами коррупции в банковской системе, что засекретил данные расследования, – сказал Гитлер. – Чтобы не провоцировать общественные беспорядки.

– Ну и что из этого следует?

– Из этого, мой дорогой генерал, следует, что всегда надо искать. И думать. Никому не принадлежит – так не бывает. Даже в большевистской России все кому-то принадлежало. Вот что... Ваши эти... как вы их называете... сайты?.. я почитаю. Но меня интересует, что думает народ. Простой народ.

Вавилов побегал пальцами по клавишам и открыл сайт социальной сети "Облик".

– Вот. Это часть нашего проекта. Здесь люди – простой народ, если угодно – высказывают свои мнения по самым разным вопросам. Погружайтесь.

Генерал встал со стула и вальяжным жестом пригласил Гитлера занять место за лэптопом.

– Прошу! Весь мир – в ваших руках. Вы об этом мечтали, не так ли? Ну, а я пошел спать.

– Идете к женщине? – завистливо спросил Гитлер. – Не забудьте захватить плетку!

– Да, да, знаем... Читали... У нее в тумбочке их несколько.

Фюрер засел за "Облик". Слушайте, как будто не было войны и многолетней смерти! Простой народ мусолил те же самые темы, которые будоражили немцев в славные времена: гомосексуализм, автомобили, наглая политика Америки... Вот только манера дискуссий показалась странной. Гитлер знал, что такое дискуссия – с кулаками по столу, с хлопаньем дверьми (генералы на восточном фронте – ух!). Общественное мнение в его свободном выражении выглядело совершенно по-другому (о нем Гитлер узнавал из секретных сводок гестапо). А тут, хоть правила "Облика" и обещали откровенное обсуждение, все было туго замотано шерстяным шарфом, как маленький ребенок в морозную погоду.

Фюрер быстро сообразил, как надо регистрироваться на сайте, ввел "Адольф" в графе "имя", "Гитлер" в графе "фамилия" и "1889" в графе "год рождения". В сеть его не пускали. Несколько раз повторил эксперимент, нажимал, нажимал, нажимал на кнопку "ввод" – не пускали его в "Облик". Ага... Тогда по-другому: Адам Хэвенс, 1972 года. Пустили!

Та-а-к... О чем тут? Спорт в школе. Важная тема. Написал: "Чрезмерное внимание, которое уделяется духовному развитию за счет физического, нередко приводит уже в ранней юности к преждевременному пробуждению половых ощущений. Юноша, который закаляет свое тело спортом, приобретает железные мускулы, а его чувственные потребности меньше, нежели у того юноши, который сидит за книгами. Физически здоровый человек будет относиться к женщине не так, как эти испорченные, немощные молодые люди. И еще: пора покончить с предрассудком, будто физическое воспитание является частным делом отдельного человека. Нет и не может быть свободы, идущей в ущерб интересам будущих поколений."

Пока читал дискуссию об извращенности современного кинематографа, пост о спорте набрал 14 лайков. Вдохновленный, написал про кинемато-граф: "Современная жизнь является сплошным рассадником половых соблазнов. Посмотрите, что показывают в кино и в театрах! Разве это требуется нашему юношеству? Афиши и плакаты прибегают к самым низменным способам возбуждения любопытства. Все это наносит огромный моральный ущерб нашей молодежи. Атмосфера чувственности, господствующая у нас всюду и везде, неизбежно вызывает у мальчика неверные представления о жизни взрослых. Результаты такого "воспитания" мы видим на каждом шагу."

Сразу – восемь лайков! Так, на сегодня хватит. Надо изучить современность, чтобы не попасть впросак. Что тут у них было, пока меня не было?

В пятом часу утра, когда черно-белый кот с красным ошейником отправился по забору на прогулку, Гитлер без стука ворвался в спальню Вавилова и Риты.

– Генерал! – заорал фюрер шепотом на ухо Вавилову. – Генерал! Проснитесь!

Он потормошил генеральское плечо, потянул за одеяло, как верная собака в загоревшемся доме.

– Генерал! С добрым утром, фрейлейн Рита. Не стреляйте, это я – Адольф Гитлер. Извините меня, но дело срочное. Вы сегодня прекрасно выглядите. Генерал!

Рита положила пистолет на тумбочку с плетками и мощно пихнула любимого мужчину в бок.

– Вава, за тобой пришли!

Вавилов открыл сонные очи.

– Генерал, у них получилось!

Вавилов молча настраивал резкость в глазах.

– Он спрашивает, у кого получилось и что именно получилось, – подсказала Рита.

– У евреев! Государство Израиль! Я всегда хотел, чтобы у них было свое государство. Мадагаскарский вариант! Целый остров хотели им отдать, но война помешала. Ну, в Палестине тоже неплохо, все-таки их родина. Как им удалось договориться с англичанами и с арабами! Впрочем, чему удивляться? Евреи!

– Я не совсем понимаю, почему это вас так радует, – пробормотал Вавилов.

– Как почему? Как почему? Ведь у них теперь есть свой дом, они там живут. Нация обрела государство. Без меня никакого Израиля бы не было, вы хоть это понимаете? Надеюсь, они помнят мои заслуги. Есть мне памятник в Иерусалиме?

Вавилов и Рита переглянулись.

– Мы давно в Иерусалиме не были, – пожала плечами Рита.

Гитлер поспешил назад, к лэптопу, но у двери остановился.

– Вот что, генерал: первым номером в нашем списке будет Давид Бен-Гурион. Его надо вернуть. Он мне нужен. Величайший политик 20 века! После меня, естественно.

– А Сталина вы куда поставите?

– Сталин – умный человек. Вовремя разобрался с "пятой колонной" в своей армии, как раз накануне войны. Я это не сразу понял. И у себя сделать не успел. Но Сталин получил империю уже в готовом виде. Да, укрепил, защитил... от меня... Но все-таки Бен-Гурион создал государство с нуля. Так что воскрешать будем его.

И убежал. Вавилов что-то тихонько проворчал и завернулся в одеяло с головой. Рита разобрала: по жопе... в 45-м...

– Вава! Вава! Тебе тоже не спится? Слушай, а как ты думаешь, мне пошла бы эсэсовская форма?

– Да, – четко и немедленно ответил Вавилов.

– Точно? Почему ты так думаешь?

– Любой наряд тебе к лицу, душенька. Только вряд ли это понравилось бы Бунину.

– Мда? Почему?

– Не знаю. Мне так кажется.

– Но ведь тебе бы понравилось?

– Я лучше Бунина. Я современнее.

Рита улыбнулась и чмокнула генерала в теплую макушку. До обязательного утреннего секса осталось три часа. Вава должен выспаться.

## Глава 3

Какой-то провокатор попробовал зарегистрироваться на "Облике" под ником "Адольф Гитлер". Прямо так, по-наглому. Да еще и год рождения указал – 1889.

Алекс вздрогнул, опасливо посмотрел вокруг себя: не услышал ли кто его мысль? Ведь спросят: а зачем тебе помнить год рождения Гитлера? Зачем тебе помнить? Зачем? Улыбчивый безликий менеджер "Облика" поставит галочку напротив его фамилии и – нет, не карьере конец – всему роду Алекса, всем будущим поколениям конец. Так оно виделось в свете недавних секретных сообщений, в разрезе настоящего момента...

Провокатор – наивный. Провокатор не знает про фильтры, защищающие социальную сеть "Облик" от провокаторов. Не тронь маленького, убогонького, глупенького, черненького, желтенького, не тронь евреев, но и арабов тоже не тронь, не тронь секс-меньшинства. Фильтры дадут по рукам.

Но встречаются нынче хитрые провокаторы, поэтому у Алекса есть работа. Провокаторы изобретают слова, двойные смыслы, а еще напишут правильную фразу, а между буквами ухмыляются. Алекс для этого там сидел. Время от времени безликие менеджеры подбрасывали ему бомбочки, чтоб модератор не дремал. Проверка проверяющего, экспроприация экспроприаторов... И каждый раз, оценивая чей-нибудь пост (нет, это не цензура, в правилах форума ведь ясно сказано про свободный обмен мнениями), Алекс оглядывался на шесть миллионов евреев, которые шаркали колонной к одноэтажному строению и вылетали потом из трубы серым дымком в голубое небо. Все шесть миллионов говорили ему грустными глазами: "Не ошибись!"

Алекс "убил" Гитлера, встал со стула и подошел к стеклянной стене. Был второй час ночи, с начала ночной смены прошло два часа (он опоздал немножко), в магазине бытовой электроники на другой стороне улицы разворачивался грабеж. Беспорядки в Лондоне забурлили после того, как белый полицейский остановил беспорядочного черного парня, тот вытащил пистолет и получил пулю в черный живот от белого полицейского в бронежилете. Демонстрация протеста против нарушения гражданских прав чернокожего населения Британии довольно быстро – минут за пятнадцать – превратилась в акцию, направленную на достижение справедливого имущественного баланса между различными стратами общества. И вот уже грабили и жгли четвертый день, тащили в основном электронику и товары для детей, остальное жгли. С телевизорами и лэптопами интереснее сидеть дома в те дни, когда пособия не выплачивают, и детишки рядом играют, укутанные в уютные памперсы. Остальное можно – даже нужно! – сжечь. Спалили красивый мебельный магазин в Кройдоне. Над магазином были квартиры в несколько этажей, так оттуда даже телевизоры не успели вынести. Пожарные приезжали – их отогнали камнями. Загорелось несколько соседних домов. Теплый вечерок выдался в семьях экспроприаторов: в прямом эфире по новым телевизорам показывали красивый пожар в Кройдоне. И детишки гугукали, пальчиками в плазменные экраны тыкали. Да, крошка Мванаджума, "английская весна" расцветает в августе! Агу! Агу! Мама скоро родит тебе сестренку.

Полиция приезжала гасить "английскую весну", вылезала из фургончиков и начинала бояться. Им, наверно, тоже читали лекцию про белый цвет – цвет угнетателей, расистов, колонизаторов. Среди экспроприаторов суетилось немало белых (проходимцы всех рас соединились), можно было и по ним ударить, но ведь за них вступятся чернокожие братья! Так и стояла полиция, нагруженная исторической виной тяжелее бронежилетов, и смотрела полиция, как грабили и жгли...

Лекцию про белый цвет Алексу и его коллегам прочли на курсах повышения квалификации в Британской информационной службе давным-давно, когда никто еще не предполагал, что БИС переименуют в "Облик" и перевезут в новое здание. Пришел лектор, по цвету кожи – ни то ни се, глаза черные, волосы черные, вроде учился где-то. Провел логическую линию от белых строений афинской демократии только для коренных афинян через белые одежды крестоносцев и Папы Римского, через белые накидки Ку-Клукс-Клана к белым зданиям римского района Эур, построенного при Муссолини. Белый цвет – цвет угнетения, физического и духовного, он исключает многообразие красок и мнений, он подавляет свободу. Белый цвет – цвет фашизма. Лектор ушел. Всем осталось только пойти и повеситься.

Конкретную пользу из этой лекции извлек Федька Валуев. Он сразу же прошустрил в посольство
африканского государства Кензания в Лондоне и
предложил свои услуги по продвижению в Международный олимпийский комитет идеи черного снега. Чтобы проводить Зимние Олимпийские
игры на черном снегу! Члены МОК сначала громко
смеялись, потом, как водится, испугались сканда-
ла, потом согласились на проведение Африканской
Зимней Олимпиады в горах Кензании на искусственном черном снегу. Евросоюз обещал помочь
деньгами. Тогда Федька предложил еще и черный
лед, после чего за свои заслуги в борьбе против ра-
сизма на снежных склонах и ледовых площадках
получил из рук самого президента Кензании орден Золотого Жирафа второй степени. С тех пор в
официальной обстановке Федька Валуев представлялся как Фред де Валуа. Когда бывшие коллеги
спрашивали, как его теперь величать, он улыбался
и говорил: "Да ладно, ребят! Чего вы, в самом деле!"

Федька, когда получил заказ на проект по черному снегу и льду, из Британской информационной
службы уволился. Без него БИС переименовалась в
"Облик", без него переехала в стекляшку. Теперь на
своей стене на "Облике" Фред де Валуа выкладывал фотки с простыми душевными текстами. Например: "Никогда не видел такого голубого неба!
Давос." Или: "Утром обнаружил около нашего
шале заячьи следы. Гштаад." Или: "Запах навоза
возвращает меня в детство. Аскот."

Многие резвые и ушлые уволились, когда менеджеры БИС запустили "новую стратегию", предпо-
лагавшую сокращения. В тот день на белой пластиковой доске для объявлений и графиков наших

достижений, которая висела в большой новостной комнате, кто-то нарисовал виселицу с пятью повешенными, как Пушкин декабристов. Правда, никто не написал "И я бы мог". Написали "новая стратегия".

Аркаша Брик, самый резвый и самый ушлый, вернулся в Москву и работал там корреспондентом главной финансовой газеты Америки. Он, как и прежде, переводил десятую часть зарплаты в кассу кибуца Кфар-Блюм на строительство нового бомбоубежища. В свободное от международных финансов время Аркаша комментировал на "Облике" разборки между москвичами и кавказскими "тоже-россиянами". В каждой разборке Аркаша усматривал угрозу еврейского погрома, и каждый раз шесть миллионов евреев шаркали мимо по направлению к крематорию и умоляли его грустными глазами: "Не допусти!" Аркаша старался. Логическую связь он не объяснял, думал, что и так все всё прекрасно понимают: чеченцы порезали пассажиров в московском трамвае – возмущение русских – наведение русского порядка в городе – потом примутся за евреев. Чего тут рассусоливать, всегда так было. Порядок – это орднунг. Орднунг – это фашизм. Солдаты СС маршируют под "Эрику" мимо русских трамваев. Впрочем, чеченцев Аркаша тоже не любил, а потому повесил в аккаунте на "Облике" свою фотографию из "Жан-Жака" с подписью: "Я Аркаша. Я ничего не хочу решать. Я хочу в Лондон".

Про Витьку Ланского[1] ходили удивительные слухи. Одни говорили, что он стал главарем русской мафии в Лондоне, другие – что он заведует публич-

---

[1]     Один из героев романа "Русский сектор".

ным домом в Сохо, третьи – что он убил красивую англичанку из ревности. Поскольку одно другому не мешало, верили во всё.

Пока работали в старом здании БИС, Алекс ездил на ночные смены через станцию "Набережная". Он проходил через турникет, проскальзывая перед носом бестолковых туристов ("ой, а как тут у них засовывать?"), поворачивал направо, потом налево – на ночной тротуар. И шел по набережной в ночи. Очень любил, когда накрапывал мелкий дождик, и никого вообще вокруг не было. И вот он так шел... В одиночестве полностью сливался с городом, любовался на "Огурец" вдали ("Осколок" тогда еще не воткнули), слушал влажную тишину темного парка слева, улыбкой приветствовал мокрого лисенка, который деловито тащил в зубах огромную дохлую крысу размером больше себя. Только в минуты одиночества Алекс мог быть самим собой. Был только он и город, и он как продолжение города, и "Огурец" как часть его тела. "Все еще наладится, – говорил он себе. – Вон, про Набокова мир узнал, когда тому было под 60."

При виде "Огурца" Алекс ощущал запах своего тела. Ему это нравилось.

Справа, на той стороне дороги, стояли старые знакомые – сфинкс и "иголка" Клеопатры, а слева навстречу из-за кустов выходил памятник Фарадею. Привет, старина Фарадей! Это были последние мгновения в мире настоящих людей. После Фарадея, с грустью прощаясь с ним, Алекс сворачивал налево и шел в гору по переулку мимо паба "Савойский баран". Вечерами, чуть пораньше, это было очень неприятное место. Здесь на тротуаре собирались ненастоящие люди, пили теплое пиво, демонстрировали фальшивое дружелюбие. Но сейчас их уже не было. Зато, когда Алекс выбирался на оглушающий, ослепляющий Стрэнд, он попадал в толпу "ценителей искусства", выходящих из театров.

Два комильфотных господина, спустившись с мраморной лестницы: "Это действительно настоящая театральная виагра! Как в "Телеграфе" писали!"

Выбегает офицер, другой удерживает его за руку: "Тебе сегодня виагра не понадобится!"

Светская дама своей подруге: "Надо было мне все-таки затащить сюда Себастьяна! Может, помогло бы? Хи-хи-хи!"

Чиновник средних лет (выходя с растопыренными руками): "Это просто черт знает что такое! Этакая... этакая театральная виагра..." (Уходит.)

Нет, ну конечно, Алекс и сам лицемерил в подходящий момент. Он убеждал, например, что в романе "В поисках утраченного времени" ему больше всего нравится шестой том – "Беглянка", хотя на самом деле предпочитал первый – "По направлению к Свану". Ну как зачем? Могли ведь подумать, что дальше первого он не продрался. Или вот еще: настоящий "Пинк Флойд" – только с Сидом Барреттом, а потом уже чистая коммерция, хотя Алекс знал каждое слово, каждый вздох и стон на "Обратной стороне Луны". В общем, тоже непростой человек.

Охоту ходить в театр окончательно отбил "Вишневый сад". Постановка была модная, и Алекс рискнул пригласить Полину. На сайте театра билетов уже не было, пришлось ехать в кассу и покупать самые дорогие – по 40 фунтов. В последний момент

Полина заболела. До начала спектакля оставалось 10 минут, а Алекс стоял перед входом с лишним билетом в руках. Подошли двое банкирской наружности: дорогие костюмы (Алексу пришлось бы два месяца работать только на такой костюм, а там ведь часы и ботинки подстать!), аккуратные прически, аккуратные маленькие ушки, приделанные к аккуратным услужливым улыбкам, ласковые движения мягких ручек.

— Я готов купить ваш билет за 20 фунтов, а мой друг — за 25, — сказал первый банкир.

Типичная торгашеская тактика: два предложения, одно чуть выгоднее другого. Выбирай — ты ведь живешь в свободной стране.

Не говоря ни слова, Алекс протянул билет второму банкиру, получил 25, пошел в зал, сел. Вскоре появился второй банкир, изобразил удивление, словно случайно встретил доброго знакомого, приветливо улыбнулся и опустился в соседнее кресло. Алекс отвернулся, чтобы оглядеть балкон. В антракте банкир предложил угостить его стаканом буфетного вина. Алекс молча помотал головой. Всегда так: сделают гадость и постараются подсластить.

Самое противное в лондонских театрах — публика. Публика без рублика, интеллектуальный крем Европы. Они заплатили свои фунтики и намерены получить порцию развлечения согласно купленным билетам. Им все равно, что происходит на сцене, о чем говорит актер. Если реплика выделена интонационно, если за ней следует хоть крошечная пауза — они смеются. Смеются на любой пьесе, по любому поводу, чтобы не пропали деньги, отложенные на удовольствие. А потом они выйдут из театра и будут повторять друг другу фразы из статей газетных критиков. Никогда (Алекс напрягался вспомнить), никогда он не видел, чтобы в лондонском театре кто-то плакал.

Он не стал аплодировать, не стал дожидаться выхода актеров на поклон, отдавил дорогие ботинки банкиру и выбежал на улицу, как гоголевский чиновник средних лет – "с растопыренными руками". Шел быстрым шагом до станции "Ватерлоо" и сочинял "емелю" Полине:

"Позволь мне, душенька, поделиться с тобой своими впечатлениями от вчерашней пиесы господина Чехова.

Впечатления смешанные. Мне понравились актеры, это сборная англо-американская команда. Но постановка не понравилась. Сэм Мендес просто ничего не понял в АнтонПалыче. Первая половина спектакля выглядит как дешевый водевиль. Актеры дурачатся, публика гогочет (та часть, которая про Чехова ничего не знает; другая, включая твоего покорного слугу, сидит насупившись). Палыч назвал "Сад" комедией в 4-х действиях, но он явно имел в виду нечто другое, не "ха-ха, животики надорвешь". В тексте трагическая нота идет от начала до конца, персонажи говорят о своем, не понимая друг друга. А в спектакле они смеются, обнимаются, целуются, жмут руки. На самом деле им даже смотреть друг на друга не следует.

Лакей Яша массирует Раневской плечи, горничная Дуняша пьет вино при господах и ведет себя как девица ну очень легкого поведения. Декорации неплохие, но пожадничали – не купили нормальный книжный шкаф, поэтому реплику "многоуважаемый шкаф" Гаев произносит, обращаясь к тумбочке. Лопахин подает Яше руку, а Симеонов-Пищик обнимает и целует его в щеку. Лакея!

Но самый большой шок – от Лопахина. Его играет хороший актер, но у него солидное брюхо, седые волосы и борода. Выглядит лет на 50. Мне Лопахин всегда представлялся относительно молодым гаврилой лет 30. По тексту у Раневской 17-летняя дочь Аня, а пять лет назад утонул 7-летний сын, из-за чего она и уехала в Париж, где у нее остался любовник. То есть ей сороковник, не больше. К тому же она лет на десять старше Лопахина, поскольку он в самом начале пьесы вспоминает, как она утирала ему нос и называла маленьким мужичком. Если Лопахин у Мендеса выглядит на 50, то ей должно быть 60. Актрисе, которая играет Раневскую, – 61. Актеру, который играет Лопахина, – 48. Все сходится. Но в пьесе-то не так! В конце спектакля, после покупки сада, Лопахин лезет к Раневской целоваться, презрев разницу в возрасте и самое главное – в классе.

В общем, Мендес разочаровал, по крайней мере, в этой постановке. В целом театр мне понравился – небольшой, уютный. Надо будет туда походить."

Полина потом ответила: "Хорошо, что я не смогла пойти, потому что это кошмар. Яша массирует Раневскую? Пищик целует лакея? Ужас."

Он ей написал: "Насколько я понимаю, сцена, в которой Дуняша пытается сделать Яше минет, тебе бы не понравилась?"

Она: "Мерзость какая! Этого Мендеса к АнтонПалычу близко нельзя подпускать."

Он: "Сударыня, нынче без минета нельзя-с. Засмеют-с."

Алекс всегда думал о Полине, беззвучно разговаривал с ней, когда видел что-то замечательное, узнавал что-то неожиданное, сильно переживал. Прочтет что-нибудь интересное и представляет, как будет ей рассказывать. А в театр он больше не ходил. А она ходила с мужем.

Прежнее здание Британской информационной службы возвели на века во времена Империи и арт-деко. Справа от входа висела синяя табличка с надписью "Инвестор в людей". Табличка была относительно новая, постимперская. Ее значения Алекс не постигал. "Люди" – это он, что ли, и в него кто-то что-то вкладывает? Или он вкладывает в людей, работая на БИС?

В те времена Алекс в одной из темных уютных комнат огромного тихого здания регулярно вкладывал в симпатичную девушку по имени Синтия, которая норовила попасть в ночную смену вместе с Алексом.

Синтия приезжала на смену раньше положенного, чтобы как следует принять дела от предыдущей команды продюсеров. Она уже разогревалась в их комнате, когда Алекс только выходил со станции "Набережная" – направо, потом налево. Секс с Синтией начинался у Алекса сразу после поворота налево, как только на горизонте вставал "Огурец". Пульсировали окна в ночном молочном тумане, ритмично мигал красный огонек на самом верху, и каждый миг он слышал страстное "ах!" Синтии. Она любила, когда медленно... Алекс различал ребристую поверхность "Огурца" – Синтия приносила такие презервативы. Презервативы и ДВД с порнухой были ее заботой, за ним – шампанское и чего-нибудь закусить. Возле иглы Клеопатры Алекс ощущал такую мощную эрекцию, что боялся, как бы случайные туристы не разглядели достопримечательность в его штанах (он себе льстил). Фарадей подбавлял электричества, и уже мимо "Савойского барана" Алекс пролетал как иголка, притянутая магнитом. На Стрэнде он забегал в небольшой "Теско", брал бутылку шампанского и коробку "Ферреро Роше", на несколько минут погружался в толпу театралов ("А я трахаться иду!"), затем быстро входил в здание БИС.

Сначала они с Синтией честно трудились, быстренько выкладывали на новостную ленту сайта по две-три информашки каждый. Синтия работала энергичнее, и пока Алекс вымучивал в конце последней заметки традиционное "по мнению независимых экспертов, это решение повлечет за собой...", она уже открывала бутылку и вставляла в компьютер ДВД. Она любила жесткое порно.

Ночь пролетала быстро. Иногда они отрывались друг от друга, чтобы проверить, все ли в мире спокойно. О смерти Александра Литвиненко в лондонском госпитале читатели сайта БИС узнали на два часа позже других.

Поразительное дело: к утру Алекс был совсем никакой — затраханный, полупьяный, полусонный, а Синтия набиралась энергии, буквально высасывала из него калории. Она была мулаткой с семейными корнями в Доминиканской Республике, поколение *MTV*, телка Али Джи. Она отпускала его домой пораньше, в полседьмого, за полчаса до прихода утренней смены. И еще оставалась на пару часов, до утренней летучки в девять.

Так Синтия стала старшим продюсером (прекратились их страстные ночные смены), а потом и начальником всего новостного подразделения. Сначала это Алекса возбуждало, особенно когда Синтия ругала кого-нибудь на совещании: "А она у меня в рот брала!" Она знала, о чем он думал в такие моменты, и иногда бросала на него мгновенный взгляд, улыбалась глазами.

А потом Синтия исчезла, ее продвинули в недосягаемые административные высоты БИС. Нет, без всякого секса. Она была умной девицей, да и расовое происхождение помогало: каждое ее новое назначение украшало отчеты о мультикультурности на производстве. Еще и женщина. Три зайца в одном флаконе: умная, цветная, женщина. Задумываясь о карьере Синтии, Алекс вспоминал свою заметку о правосудии в Техасе, которую он давным-давно опубликовал на сайте БИС под заголовком "Казнь чернокожей лесбиянки". Заголовок простоял на ленте 17 минут, потом вмешались менеджеры.

Смотреть на Синтию было одно удовольствие: светлые туго обтягивающие джинсы, простая белая майка на красивой кофейной груди, белые кроссовки, белая улыбка на шоколадном лице. Подсаживать такую вверх по служебной лестнице доставляло истинное наслаждение. У нее была попка, которую хотелось нагнуть. Изредка Алекс замечал ее в баре БИС в компании с каким-нибудь очень высоким менеджером. Она всегда чуть-чуть кокетничала, натягивая узкую юбку на круглые коленки, а менеджер смотрел по сторонам, сияя отраженным светом, вопрошая взором: все меня видят? Это я, я ее продвигаю! В такие моменты Алексу хотелось подойти и прошептать менеджеру на ухо: "А она у меня в рот брала!"

Иногда Алекс встречал ее в лифте, в том самом лифте, в котором они когда-то целовались. Всегда был еще какой-то народ. Лишь один раз они ехали тет-а-тет. Лифт качнулся, и Синтии показалось, что Алекс шагнул к ней. Она сделала испуганные глаза и прошептала: "Видеокамеры!" Да господи, не было там никаких камер!

Своим первым указом на очень высоком посту Синтия ввела проверки службой безопасности БИС всех комнат в ночное время. Запираться на ключ запрещалось, в любой момент мог зайти мужик. Половая жизнь в новостном отделе прекратилась. На ночных сменах Алекс работал с Роксаной.

Роксана любила трудиться по ночам: за ночные смены платили больше, кроме того, часто приходилось работать одной, и это ее устраивало. Она приводила в офис своего пятилетнего сына, которого не с кем было оставить, усаживала его смотреть мультфильмы, давала фломастеры рисовать, а потом укладывала спать на красном кожаном диване. Роксане казалось, что ночной режим выделяет ее из толпы лондонцев. Утром все торопились на работу, запихивались в переполненные вагоны метро, сидели в пробках со скучными лицами, слушая бодрые голоса радиопрограмм для автомобилистов, звонили в офисы по мобильным предупредить, что опаздывают, а она с ребенком несуетливо ехала в противоположную сторону, и почти все места в поезде были свободны. Вечером, по дороге в офис, покрепче обнимая сына и разглядывая громко смеющихся женщин с пластмассовыми драгоценностями, Роксана убеждала себя в том, что смех у них ненатуральный, что спектакль в театре был провальный (она читала рецензии), что после плохого ресторана они измучаются животами и им будет не до секса.

Ночью, когда сын засыпал, уткнувшись носиком в кожаную спинку дивана, Роксана сидела в углу в большой комнате в полной темноте и модерировала форумы. Освещенное монитором, ее бледное лицо, обрамленное черными волосами, теряло индивидуальные черты, и от этого становилось еще более привлекательным. Это был типовой аватар девушки от 18 до 38 лет.

Форумы БИС в то время работали в режиме предмодерации. Роксана пробегала глазами посты и отбраковывала те, которые не соответствовали редакционным стандартам. К участникам форумов предъявлялись такие же требования, как и к журналистам. Объективной, сбалансированной журналистике форумчан никто не учил, их только приглашали свободно высказывать свои мнения, но они должны были сами догадаться, сравнивая свои отбракованные посты с теми, которые просачивались на сайт.

В задачу Роксаны входило также следить за событиями в мире и открывать новые дискуссии, если появлялись интересные темы. Она просматривала новостные сайты, выискивая катастрофы, нарушения прав человека, случаи геноцида. Когда она находила что-нибудь стоящее, ее большие карие глаза сужались и заволакивались какой-то непроницаемой пленкой, чтобы не впускать в сердце боль чужих далеких людей. Для тех же, кто не устал переживать за человечество, она открывала новый форум с заголовком в виде вопроса: "Дело Ходорковского: очередной позор судебной системы в России?"

В перерывах между цунами и геноцидами Роксана уходила в другую, маленькую комнату, чтобы вызвонить бывшего мужа, который мотался по планете, работая по пиаровским контрактам. (Кто бывший муж? Да вы наверняка встречали его на тусовках! Федька Валуев, он же – Фред де Валуа.) Только в эти минуты краска проступала на лице Роксаны. Если бы в той комнате были люди, они бы поняли, как она устала, как ей плохо, но там по ночам никто не сидел. Когда на смене вместе с Роксаной работали другие продюсеры, они не осмеливались туда войти. Это была "девичья комната" Роксаны. Из-за двери доносились рыдания и голос: "Но почему? Почему? А мне как жить?" Ее страдание настолько пугало коллег, привыкших к заморским геноцидам, что они даже не ходили по коридору мимо этой комнаты.

В ту ночь – последнюю ночь Роксаны на этой работе – из здания вывозили стеклотару, накопившуюся за неделю в огромных мусорных баках во внутреннем дворе; звон стекла со дна темного каменного колодца долетел до пятого этажа и разбудил сына Роксаны. Проснувшись, он увидел, что мамы в комнате нет, в темноте подошел к висевшей на стене белой пластиковой доске и начал что-то рисовать фломастерами. Мальчишка был симпатичный, очень смышленый; на маминой работе его все любили и обещали ему Нобелевскую премию либо по физике, либо по литературе.

– Я у мамы ежонок, у бабушки бельчонок, у дедушки попрыгунчик. А папа у меня политтехнолог, – приговаривал он, выводя фломастерами какие-то фигурки.

Мама не возвращалась, идти за ней в коридор было страшно – там жил зубастый тираннозавр из мультфильма. Ребенок опять улегся на диван.

Роксана вернулась в большую комнату, когда в колодец проник робкий утренний свет и начали противно кричать прилетевшие с Темзы чайки. От разговоров с мужем она обычно отходила, просматривая скидки и выгодные предложения в интернет-магазинах, иногда звонила в те, где был круглосуточный телефонный сервис и злым шепотом, чтобы не разбудить сына, жаловалась, что не может зайти в свой аккаунт. Если отвечали шепотом, то Роксана понимала, что и там на диване спит маленький ребенок, и там бывший муж неизвестно где или его вообще нет, и ей становилось легче. Еще было развлечение – изучать ситуацию на рынке лондонской недвижимости. Роксана хотела продать свою квартиру в Баттерси, чтобы купить такую же или лучше, и чтобы еще и осталось. Такие варианты не находились, поэтому она всегда была занята.

К концу смены в системе валялись непрочитанными двести с лишним постов на форумы. Роксана стала проверять одно из двадцати, а остальные, не открывая, сбрасывала в мусор как не прошедшие проверку на соответствие редакционным ценностям. В десять минут восьмого, с опозданием на десять минут, явился первый продюсер утренней смены и привычно извинился, сославшись на пробку в районе Риджентс-парка. Роксана разбудила сына, одела, собрала постель и повела его на первый этаж в "тошниловку", где накормила сосисками и жареным помидором, от которого осталась одна шкурка. Теперь отвезти чадо в детский сад – и спать.

Часа через полтора Роксана вернулась в офис. По дороге ребенок гордо рассказал, что он нарисовал на доске, и мама побежала уничтожать творение его маленьких ручек. Влетев в большую комнату, она не сразу всех узнала: некоторых она не видела уже несколько месяцев. И народ ее давно не видел, и с чувством глубокого удовлетворения удивился тому, как плохо она выглядит.

– Ой, Роксанка, какими судьбами!

– Мать, ты в отличной форме!

– Похудела!

– И свитерок какой симпатичный!

– Девушка, у вас очень сексуальные тени под глазами.

– Что вы делали сегодня ночью?

– Неужели новый любовник? А ведь еще совсем недавно...

Не отвечая, Роксана быстро подошла к доске. На ней яркими химическими красками была нарисована виселица с пятью повешенными фигурками, а рядом детским почерком было написано: новая стратегия. Роксана начала судорожно стирать картинку, но следы все равно остались. Роксана плевала, скребла пальцами – все, навечно, как наскальная живопись. Новые фломастеры, которые она купила сыну накануне, въелись в белую доску. Роксана опустила руки, уперлась лбом в эту проклятую доску, и плечи ее задрожали от беззвучного рыдания. Руками она стыдливо оттягивала вниз свитер – старый, серый, кошмарный свитер с прохудившимися локтями, который она обычно надевала на ночные смены и который никто не должен был видеть.

— Мать, не волнуйся, менеджеры пока сюда не заходили, — успокоил ее кто-то.

— Иди домой, мы ототрем. Не переживай.

Роксана перестала плакать, повернула красное лицо к народу и спросила срывающимся голосом:

— Слушайте, никто не пробовал эту новую систему с ваучерами? Скидки до 70 процентов в магазинах, ресторанах, даже в джимах. Никто?

Все помотали головами. Всем было жалко Роксану. Все были уверены, что теперь ее точно уволят первой, и потому сострадали ей от всей души и искренне желали ей быстро найти новую работу. Она молча вышла из комнаты.

Рисунок до конца стереть не удалось. Пробовали даже старшие продюсеры, но и у них ничего не получилось. Кто-то из старших сфотографировал виселицу на мобильный и по-дружески, в виде безобидной шутки (“Смотри, народ прикалывается! Скучаешь по старому месту? Мы тут все очень рады за тебя!”), переслал Синтии.

Роксану уволили. Сын ее Нобелевскую премию не получил. Через 47 лет он стал первым избранным президентом новой цивилизации землян на другой планете. Он попал туда еще ребенком, но дальше — все сам. Потом его именем назвали главный город, потом самую большую страну, потом всю планету. Мальчишку звали Энтони, и потому — планета Антония. Из воспоминаний родных было известно, что звали его также и Ежонком, и Бельчонком, и Попрыгунчиком. Но ведь Попрыгунчиком большое небесное тело не назовешь. На планету Попрыгунчик никто не захочет переселяться.

❧

Вообще хорошо, что Роксану уволили. Деньги получила – месячный оклад за каждый год работы. На новом месте, в абсолютно стеклянном здании, где "Облик" просвечивался от проходной до потолка, где вообще не было отдельных комнат для "позвонить и поплакать", где и колготки-то невозможно было подтянуть, Роксана сошла бы с ума через неделю и уволилась бы без выходного пособия. Так что Попрыгунчик виселицей маму спас.

После переезда Алекс чувствовал себя в новой стекляшке так, как будто носил мини-юбку без трусов. Офисный планктон сидел теперь тесно, плечом к плечу, перед длинными рядами одинаковых серых столов с одинаковыми компьютерами. У менеджеров отдельных кабинетов не было, размещались тут же, поэтому все тихо работали, уткнувшись в мониторы, как домашние животные в кормушки. Время от времени тишина вдруг прерывалась чьим-нибудь четким голосом, зачитывающим текст в микрофон: "27 лауреатов Нобелевской премии подписались под открытым письмом президенту России Владимиру Путину с требованием отменить закон "о запрете пропаганды нетрадиционных сексуальных отношений среди несовершеннолетних."" Это продюсер трудился, готовил аудио-материал для сайта. Даже в студию не надо было теперь идти, как раньше, с походом за кофеином и никотином на первый этаж. Все, не надо. Сиди у кормушки с микрофоном.

Алекс урвал себе место у стены, спиной к металлическим ящикам индивидуального пользования, в которых планктон прятал свои чайные кружки, сахар и печенье. Защитил себя хотя бы с двух сторон. На столе у самой стенки поставил крохотный горшочек с кактусом и прикрыл его от менеджеров портретом Нельсона Манделы.

Планктон словно подхватил чесотку. Каждый испытывал неудобство, каждый был постоянно раздражен, но не понимал причину. А если и понимал – как объяснишь? Подсматривать и подслушивать нехорошо, но просто смотреть – что ж тут такого? И ведь не скажешь: не смотрите на меня. Не выйдешь на середину футбольного поля и не крикнешь зрителям на трибунах: не смотрите на меня! Мне противно! Я сам себе противен!

Сидя около металлических ящиков, Алекс заметил необычное природное явление: планктон надолго задерживался около своих ячеек. Подойдет человек к своей ячейке, откроет ключиком дверцу и стоит, что-то там перебирает. Алекс попробовал так постоять – и действительно, полегчало. Он засунул в ящик обе руки – чесотка в руках прекратилась. На них никто не смотрел. Алекс погладил свою чайную кружку, перебрал печенье и сахар, подумал, что хорошо бы отнести кружку домой и помыть ее как следует. А еще подумал, что, будь ящик побольше, он засунул бы туда голову, чтобы не просвечивали мозг.

Кто-то из коллег разослал коллективные фотки еще тех времен, когда работали в старом здании Британской информационной службы. Алекс поразился: какими они тогда были разными! Разные выражения лиц, разные позы. У каждого своя поза. Вот девушка с красивыми ногами всегда садилась фотографироваться на подлокотник дивана и забрасывала ногу на ногу. Сейчас же она ходила в офис исключительно в джинсах. Алекс имел на нее виды после расставания с Синтией. А теперь уже и не интересно.

Алекс поднял голову и поверх монитора стал рассматривать коллег. Одинаковые серые лица под цвет столов. Одинаковые скучные глаза под всеобщую скуку. В стеклянном здании "Облика", где все невольно приглядывали за всеми, единственным средством защиты было – слиться с окружающей средой, со стеклянными стенами.

Два дня назад он оказался в одном лифте с Синтией. Поднимались в прозрачной кабинке на четвертый этаж, и Алекс в который раз почувствовал, как все смотрят ему под юбку. Но была и радость: Синтия тоже потускнела! Кофе разбавили молоком, получилось серое пойло.

– Как? – спросила она движением головы.

– Всё ништяк.

– Ты на дневной смене?

– Угу.

Она набрала на телефоне эсэмэску, отправила и показала глазами на карман Алекса. Он достал свой мобильник и прочитал: "19.15, итальянское кафе на *Great Portland Street*."

– Ну не знаю, как у меня получится, – протянул он лениво.

Выходя из лифта, Синтия жестко посмотрела ему в глаза: получится.

В итальянское кафе Алекс входил хозяином ситуации, итальянской кинозвездой. Он уже вступил в тот возраст, когда мужики, сохранившие фигуру и волосы на голове, любят встречаться со своими одноклассницами и однокурсницами. А помнишь, как ты мне не дала? Теперь видишь, как много ты потеряла? Сейчас было бы что вспомнить, чем похвалиться. Прощелкала ты, подруга. Твою молодость не вернуть, а моя — вот она, продолжение следует. Ох, как приятен этот робкий, заискивающий взгляд бывшей недотроги... Ладно, не переживай: следы былой красоты еще просматриваются. Можешь постоять со мной рядом.

Синтия соскучилась по нему, никаких сомнений. Ее шоколадная внешность помогла проникнуть в высокие сферы, но найти там себе надежную пару, не любовника, а мужа, было гораздо труднее. Алекс попытался вспомнить хоть одну смешанную пару в британском истеблишменте — не смог. Были вот эти, из шоу-бизнеса, толстая белая и высокий черный, но они развелись. Так что на личном фронте у девушки, видимо, полный провал. Как она попросила — нет, потребовала — эту встречу!

Алекс сразу заметил Синтию в углу за столиком, стоявшим в отдалении от других, дававшим подобие интима. Есть в Лондоне такие столики, мало, но есть; надо места знать. Он приметил уголок на будущее, на всякий интимный случай.

Игнорируя Синтию, подошел к стойке, заказал "черного американца". Бариста Синтию не игнорировал; заправляя кофейную машину, не сводил с нее своих наглых польских глаз. Алекс усмехнулся: а между прочим, старичок, она у меня... Нет, ладно, бисер перед баристами. Взял кружку (хорошо бы такую на работу!), два коричневых пакетика с сахаром, коричневую пластмассовую ложку и направился к кофейной женщине. Медленно направился, про себя напевая вдруг всплывшее: "Моряк вразвалочку сошел на берег..."

— Все хорошо? — спросила Синтия взмахом ресниц.

— Лучше не бывает!

— Ты в астрономии что-нибудь понимаешь?

Алекс присаживался долго, задумчиво. Какие тут возможны варианты? Приходи ко мне вечером на звезды с балкона смотреть. Или: мы с тобой по Зодиаку подходим. Ээээ... Подарили телескоп, не могу резкость навести — приходи, наведи. Он решил держать паузу. Известно, что от долгого воздержания у женщин с мозгами бывает непорядок. Придется наводить сегодня ночью резкость в телескопе. Синтия снимала квартиру в Блумсбери, рядом с Британским музеем. На работу завтра утром — пешком минут 15. Приятно. На щеках будет модная небритость. Ах черт, у него же выходной перед ночными сменами! Но все равно приятно.

— Слышал, что комета к Земле летит?

— Да, на форумах обсуждали. Но вроде мимо пройдет.

— Ничего не мимо. И прилетит она раньше, чем думают на форумах. Гораздо раньше.

— И чего?

Синтия взяла себе какое-то итальянское месиво в высоком бокале с соломинкой. Она припала к соломинке, и на ее щеках образовались милые ямочки. Ничего красивее этих ямочек он никогда не видел. Так вот как она выглядела, когда припадала к нему! Он погружался в физическое наслаждение, был занят исключительно собой, смотрел внутрь себя, ласкал себя изнутри, а оказалось, что в такие минуты высшую радость может подарить лицо любимой женщины, ее глаза, ее ямочки.

— Динозавры вымрут — вот чего.

— Не, серьезно.

— Сваливать надо.

— В смысле?

— На другую планету.

Пусть говорит, что хочет. Надо все повторить. Но по-другому. Он понял: самое изысканное блаженство секса – вне секса, выше секса. Самое изысканное блаженство – смотреть друг другу в глаза. Даже необязательно во время, вовсе нет! И до хорошо, и после. Память о близости может быть сильнее физического ощущения близости – вот как сейчас. И предчувствие близости может дать большее наслаждение, чем сама близость. Просто надо сидеть близко, думать об одном и том же и смотреть друг другу в глаза. И на ямочки. Сегодня ночью надо попробовать.

— Красиво, правда?

Синтия держала перед ним айпад с фотографиями, сделанными телескопом "Хаббл".

— Названия шикарные: туманность "Конская голова", туманность "Кошачий глаз", созвездие Хамелеона, туманность "Бабочка". Я живу в "Кошачьем глазу": таунхаус престижной планировки с подземным гаражом и видом на "Конскую голову".

— Но это безумно далеко! Ты знаешь, сколько туда лететь?

Да какая разница, сколько лететь! Лишь бы лететь вдвоем, лежать лицом к лицу. Пусть в скафандрах.

— Вот сюда ближе, – сказала Синтия, проведя пальцем по экрану и открыв галактику Андромеды.

— Да все равно!

— Нет, не все равно! Уже есть технологии, есть корабли. Просто это скрывали.

— А жить там как? В противогазах?

– Первое время – в герметических гигантских сферах. Нашли планеты, на которых есть атмосфера. Немного подвинтить – и все получится. Можно будет дышать. Говорю же – есть технологии.

– Просто все скрывали?

– Ну да.

– А ты откуда знаешь?

– Нам лекции в Кембридже читали.

– Нам?

– Ну... Топ-менеджерам ведущих компаний.

– С каких это пор наш гадючник считается ведущей компанией?

– На "Облик" возложена очень важная функция – отбор людей. Ты же прекрасно понимаешь, что все улететь не смогут.

Алекс поболтал в кружке ложкой и вспомнил, что забыл положить сахар. Его романтическое настроение быстро растворилось. Он ожидал ритуальной болтовни перед постелью, но надежды оказались ложными. Его окружили судьбоносные вопросы, сулившие несладкие перспективы.

– Это мы будем отбирать людей? Интересно, каким образом?

– Стекляшка "Облика" построена по чертежам зданий, в которых мы будем жить на других планетах. Это идеальный дизайн, продуманный специалистами в самых разных областях.

– Да, но стекляшку долго строили! И не вчера закончили. Мы уже там сколько?

– Но и комета не вчера полетела. Я же говорю: все держалось в секрете.

– И чего?

– За вами в стекляшке ведется наблюдение. Одновременно наблюдают за участниками форумов.

Сотрудники "Облика", как проверенные, будут в первых партиях. Потом полетят те, кто положительно зарекомендовал себя на форумах.

– А какие критерии?

– Действует система баллов, как при эмиграции в Канаду. Если говорить о личных качествах, то наибольшее количество баллов начисляется за интеллектуальные способности, психическую устойчивость и социальную совместимость. Очень важна толерантность ко всему и всем. Не идти на ненужный риск. Не иметь вредных привычек. Быть аккуратным, чистоплотным в одежде и в быту. Да, и уметь держать язык за зубами, когда надо! Надеюсь, ты не будешь трепаться об этом? Не, вряд ли. Ты же не захочешь увеличивать число конкурентов на одно место!

– А зачем же ты мне сказала? Ты не боишься, что я могу составить тебе конкуренцию?

– Ты сам-то веришь в то, что говоришь? – усмехнулась Синтия. – Ты бы лучше кружку свою в офисе почаще мыл! Или купи у них вот эту – в ней грязь не так заметна. У меня максимум возможных баллов.

– Опаньки! Это почему же? Вот поэтому? – спросил Алекс, повертев пальцем вокруг своего лица.

– Во-первых, я могу рожать. Да, да, не смейся! Тебе и в голову это не приходило, правда? Я прошла обследование. У меня и справка есть. Во мне много всего хорошего. И цвет кожи, – она повертела пальцем вокруг своего лица, – в том числе.

Синтия поколдовала над айпадом и протянула его Алексу. На экране выстроились в рядок паспортные фотографии каких-то собак, по виду – обычных дворняг. Алекс вдруг вспомнил южный город, центральную улицу с надписями "Ахлеб", "Апочта" и "Акинотеатр", сильные запахи магнолий и водосточной канавы, загорелых женщин в больших белых шляпах и бродячих собак. "Папа, это собачка беспридомная? Давай ее к нам возьмем!"

– Это что за звери такие?

– Первые русские астронавты. Альбина, Муха, знаменитая Лайка... Нам их на лекции показывали.

– Космонавты.

– Что?

– Космонавты. А почему они все белые?

– А, это специально отбирали! Киношники и телевизионщики сказали, что белые собаки лучше выглядят в кадре.

– То есть ради красивого шоу пожертвовали белыми?

Синтия с изумлением посмотрела на Алекса. Да он и сам себе удивлялся. В голове щелкнул механизм, о котором он давным-давно забыл. Но что тут, собственно, странного? Кто-то отправляет на казнь невинное живое существо за цвет его шкуры. Естественная реакция – определить, попадаешь ли ты в число приговоренных по этому признаку. "Беспридомная" собачка Альбина уже два раза летала по баллистической траектории, ее и в космос навечно хотели послать, но она была беременная. Пожалели. Алекс забеременеть не мог. Запустили бы его. Точно его. Присоединили бы датчики, тросики разные, приучили бы к кормушке – и давай, до свидания! Поехали!

– Это не самое важное, – сказала Синтия. – Важно то, что они дворняжки, полукровки.

Алекс начал вспоминать свою родословную. У него была приличная родословная, странно, что род его пробился сквозь сталинизм. Впрочем, не без потерь.

Русские ученые пришли к выводу, что у метисов степень выживаемости более высокая. Они менее требовательные, более спокойные.

— И чего?

— Ну вот, — Синтия ткнула пальцем себе в щеку. — Дворняга. Самая высокая вероятность успеха. Поэтому максимум баллов.

Механизм в голове Алекса раскручивался с бешеной скоростью. Значит, белых отправляли на верную смерть, а теперь, когда надо спасать человечество, первым делом будут спасать беспородных метисов? Он встал, шумно двинув стулом, пошел к стойке за добавочной порцией кофеина. Пока ждал, оглядывал зал. Публика была очень разномастная, не скажешь, кто из какой страны и даже кто с какого континента. Людишки разноцветные, но в то же время очень похожие. Многообразие в заданных рамках, одежда как-будто из одного магазина, лица и жесты свидетельствуют о полной социальной совместимости. Маленькие столики, маленькие стульчики, курить запрещено. Мда, тут ловить нечего. Меня поставят в конец очереди.

— А тебе не кажется, что это расизм? — спросил он, вернувшись к Синтии.

— Какой же это расизм? Ни одна раса не провозглашается самой совершенной.

— Атеизм — это тоже религия, ибо отсутствие бога недоказуемо. Так и менеджеры этого проекта: уничтожая расы путем смешения, они создают новую расу дворняг.

– Никто никого не уничтожает! – возмутилась Синтия.

– Как же не уничтожает? Очень даже уничтожает! Искусственным отбором. На новой планете человечество будет совсем другим.

– Но все не могут сразу улететь! Приходится выбирать, основываясь на научных выводах, на принципе целесообразности. У тебя другие идеи? Предлагай, мы рассмотрим!

Алекс пожал плечами, поднял кружку к губам, спрятался.

– Ты, главное, не волнуйся, – улыбнулась Синтия. – Я в твоем файле записала очень высокую толерантность.

– На каком основании?

– Ну ты же... Мы с тобой... типа... были симпатико...

– И ты это в файл занесла?

– А почему нет? Тебе же лучше, глупый.

Она встала, пошла к стойке. Застеснялась, что ли? В принципе, на новой планете жить вместе с ней было бы неплохо.

– Твоя главная проблема в том, – сказала Синтия, вернувшись, – что ты какой-то... Ты только не обижайся...

Алекс сделал великодушный жест рукой.

– Ты какой-то деревянный.

– Деревянный?

– Ну да. Негибкий. Впрочем нет, даже не деревянный. Дерево плывет, а ты тонешь. Плыть в потоке перемен – это правильно. А у тебя в карманах гири: эта твоя русская литература, которой ты мне все уши в свое время прожужжал, эти размышления по поводу пакта Молотова-Риббентропа... Господи, кому это надо!

– А что надо? Как надо? Научи меня, как надо жить. Чтобы мне побольше баллов набрать.

– Легко! Записывай. Читать то, что читают все. Не копаться в вопросах, которые до тебя давно уже решили. Не загружать свой мозг железобетонными блоками. Быть готовым отказаться от устаревших мнений. Еще лучше – вообще их не иметь, они мешают ладить с людьми, тормозят успех. Если у тебя есть мнение, ты, скорее всего, неправ, потому что в мире найдется достаточное количество влиятельных людей, которые думают по-другому. Зачем с ними ссориться по пустякам? Надо со всеми дружить. И плыть! Огибать валуны и плыть! Раствориться – и плыть в потоке!

Алекс молчал. Вот, значит, как она выдвинулась. Гибкая душа в гибком теле. А что у нас с сексом? Секс будет сегодня? Нет в жизни большего наслаждения, чем заправить за щечку топ-менеджеру.

– Я провожу тебя. Мне по дороге. Заодно и про комету договорим.

– У меня дома телескопа нет! – улыбнулась Синтия.

Нормально! Дворняги чужие мысли читают?

– У меня еще одна встреча, – сказала она. – Меня проводят.

По дороге домой Алекс анализировал свои мысли. Какая заразная штука – расовое мышление. Стоит только дверцу приоткрыть... Смешно разволновался из-за белых собачек. Здесь важнее смешанная кровь, а не цвет. Да, дверцу приоткрыть... Но если это так легко, значит, это естественно, так и должно быть. Распознавание своих и чужих не вчера придумали. Она – эта чемпионка мультикультурности – сама говорит, что не надо задумываться, надо плыть. Хорошо, тогда сведем все на уровень рефлексов. А мои рефлексы, хоть и залегают очень глубоко, кричат мне: "Берегись! Лицом не щелкай! Тебе пудрят мозг и готовят к уничтожению." Она говорит: в моем файле про мою высокую толерантность написано. Мол, не волнуйся, мы с тобой трахались, стало быть, ты на новой планете пригодишься. Это, значит, я от этой записи завишу? Весь мой род прекратится, если кто-то запись в файле зачеркнет?

Алекс жил один в узком двухэтажном таунхаусе с видом на серые облака, полицейские вертолеты и клинику для умалишенных. Эту клинику он не променял бы даже на роскошный парк. На море променял бы, но не на парк. Клинику окружали большие красивые деревья, между которыми никто не гулял, главное – не гуляли шумливые капризные дети. И наркоманы не собирались. Стучали дятлы, водились лисы. Пациентов было очень мало, вели они себя тихо. Лишь пару раз Алекс слышал какие-то вопли. По вечерам в окне коридора появлялся человек и тихо курил в форточку, разглядывая дом Алекса. Занавесок у Алекса не было, и когда приходил курильщик, он выключал в комнате свет и смотрел на курильщика из темноты. Кое с кем из пациентов Алекс здоровался, когда шел в супермаркет. В ответ худой доходяга-англичанин, сидевший на завалинке (на низком кирпичном заборчике), поднимал костлявую руку с неизменной банкой "Стеллы Артуа". Был еще огромный индеец, поразительно похожий на "Вождя" из "Гнезда кукушки". Впрочем, тот был индеец, а этот – индиец, но как две капли воды! Лондонский индиец куда-то подевался, вылечили или тоже сбежал. Сомнительно, однако, чтобы индийцы бежали из Англии, даже психованные. 47 процентов населения хотят эмигрировать, но вряд ли среди них много индийцев, пакистанцев, арабов, африканцев, поляков и русских. Англичане, конечно.

Справа от дома Алекса был забор, за забором – еще дома. Раз в неделю в каком-то из них рано утром начинала лаять собака и не умолкала до вечера. Скулила, хрипела, но успокоиться не могла. Алекс собаку жалел. Потом подумал, что это, скорее всего, сигнализация от грабителей. Люди уезжали на день и включали электронного пса, который сводил с ума весь район.

Слева жили индийцы – отец с дочерью. Очень тихие. А может, это его жена? У них там все возможно... Слева от индийцев жили негры с двумя детьми. Пацаны-подростки каждый день бросали на тротуар пластиковые бутылки, картонки от *Kentucky Fried Chicken,* коробки из-под пиццы, хотя перед каждым домом стояли мусорные бачки. Их родители, заботясь о чистоте, спихивали бутылки и картонки направо, к двери индийцев. Гордость бывших рабов не позволяла им нагибаться на виду у всего гетто. Индийцы тоже были людьми приличными, не желали жить на помойке, но уборка чужих отбросов, видимо, унижала их человеческое достоинство. Они переправляли мусор Алексу. У них там есть специальная каста мусорщиков и, наверно, те, кто не в этой касте, бумажку с земли не поднимут. У них там все возможно... Одним словом, бремя белого человека – поддерживать порядок – легло на плечи Алекса.

Открыв дверь своего дома, он взял с полки перчатки, надел, собрал бутылки и картонки, положил в свой мусорный бачок и вернулся в дом. Руки помыть, туалет, опять руки помыть, перекусить чего-нибудь – и к компу.

Первым делом Алекс заменил у себя на стене в "Облике" свой портрет (Рим, остров на Тибре, хорошая погода, снято сексапильным фотографом с большой грудью и тонкой талией) на фотографию собаки Лайки. Подписал по-английски "Лайка – первый космонавт". Переправил на "астронавта". Добавил по-русски: "Ребята, на ее месте должен быть я." Подумал и стер русскую фразу. Сразу появился коммент на английском: "Лайка, э? Странное имя. Наверно, от слова "лайк". Чтоб всем нравилась?" Алекс ответил: "Лайка принадлежит всему человечеству."

Потом набросал в ленту мимимишных фоток: рыжий котенок обнимает черного со словами "не расстраивайся, вовсе ты не плохая примета". Белый котенок и лисенок гуляют вместе и делают мимими. Обезьяна тащит в лапах маленького леопарда. Собака идет, за ней семенит выводок цыплят. И целый сериал: собака подбегает к забору, ждет чего-то; из чердака вылезает кот; кот спрыгивает на землю к собаке; вместе они гуляют по улице, делают мимими. В любимых певцов, актеров и писателей добавил Стивена Фрая, Элтона Джона, Джорджа Майкла, Оскара Уайльда. О, Фредди Меркури! Чуть не забыл!

Чем бы еще улучшить свой облик? На форуме о Ближнем Востоке написал: "Когда же кончится этот трагический конфликт? Ведь гибнут невинные дети. Как мне хотелось бы, чтобы все люди жили в мире!"

Весь следующий день думал, как жить дальше, как повышать свой рейтинг толерантности, как обогнать других. Так прошел выходной. И на следующий день размышлял. Надо было выспаться перед ночной сменой, как обычно, две таблетки снотворного принял, но не заснул. Зато в стекляшку "Облика" приехал с программой дальнейших действий.

Алекс рассудил так: если он пропустит на форумы какого-нибудь "Адольфа Гитлера", то заработает выговор от начальства за невнимательность. А может случиться еще хуже: кто-нибудь подскажет, что это он нарочно, что он на самом деле питает симпатии. Вдруг его книга попадется менеджерам в руки? Дело давнее, но кто его знает. Тогда он точно никуда не полетит. Даже если все улетят, его оставят вымирать, как динозавра. Однако, если взглянуть на это дело с другой стороны, то интересная картина обрисуется: тщательно модерируя и редактируя, он своими же мозолистыми руками онлайн-продюсера будет плодить себе конкурентов на "Облике". Ему это надо? У него и так слабое место – омерзительно белый цвет кожи, тошнотворно голубые глаза. Выход один: пропускать на "Облик" цивилизованных пользователей, но таких, у которых есть твердое мнение по обсуждаемому вопросу и желание отстаивать его с пеной у рта. Вот Адам Хэвенс, к примеру. Замечательный пользователь. Пиши чаще, Адам!

Алекс опубликовал на сайте размышления Хэвенса о современном кинематографе, встал со стула, чтобы размяться, и подошел к стеклянной стене. Был второй час ночи, лондонские гопники грабили магазин бытовой электроники на другой стороне улицы. Там были и черные, и белые, и всякие, и парни, и девчонки. Алекс почесал левую щеку. Вот они сейчас пограбят и пойдут трахаться. У девчонок родятся дети-дворняжки, которых они будут воспитывать в одиночестве, сидя на пособии и наркотиках. У детишек рейтинг толерантности будет на недосягаемой для Алекса высоте. Будущее человечества...

## Глава 4

Гитлер был невыносим. Он вообще не спал. Ночами сидел перед лэптопом, читал, искал, комментировал, скачивал. Овладел торрентом, да; очень любил советские фильмы про войну, особенно "Белорусский вокзал".

— Война раскрывает прекрасные глубины человеческого характера, — говорил фюрер, вытирая влагу в уголках глаз. — Боевое товарищество, братство ветеранов... Они помогли мне в первые годы нашей борьбы за возрождение Германии. Почему доктор Геббельс не сделал такой фильм!

Слабые глаза были у Гитлера; сказывались последствия газовой атаки в районе Ипра в 1918 году. Когда зрение переставало работать, он отходил от компьютера и ложился в темноте на диван. Однажды сказал Вавилову:

— Генерал, как вы думаете, фрейлейн Рита согласилась бы помогать мне в моей деятельности?

— Что вы имеете в виду?

— Видите ли, у меня болят глаза от экрана. Вам, наверно, известно, что когда-то давно я чуть было не ослеп из-за этих проклятых французов. Или англичан. Не знаю точно...

— Да, печальная история. Мир был бы сейчас совсем другим...

— Вот именно. Чтобы не подвергать опасности свое здоровье, мне хотелось бы, чтобы фрейлейн Рита делала для меня выписки из интернета, с которыми я мог бы потом работать. Все-таки бумага не так напрягает глаза, как монитор. Да, и еще: вы не знаете, она умеет стенографировать? Нет? Надо научить. Мне сейчас очень нужны секретарши, хотя бы одна. Я уверен, она сама будет очень рада. Нет ничего прекраснее, чем воспитывать красивую женщину. Они податливы, как воск. Мужчина должен уметь наложить на любую женщину отпечаток своей личности. Женщина только этого и хочет. Поговорите, пожалуйста, с фрейлейн Ритой.

Вавилов прекрасно понимал Гитлера. В свое время ему удалось наложить отпечаток на характер Риты, это был упоительный процесс, результаты которого теперь пугали самого творца. О выписках и стенографии не могло быть и речи. Гитлеру купили принтер. И теперь, просыпаясь в ночи от кошмарных снов, основанных исключительно на реальных событиях его штормовой жизни, генерал прислушивался к звукам неизвестного происхождения – нет, не отдаленная стрельба, не крики верблюдов, не вопли захваченного в плен упрямого ваххабита, не хлопанье паруса на ветру у Лазурного берега – это фюрер трудится, пока мы все спим. Распечатывает тексты.

Утром, когда по улице проходил первый двухэтажный автобус 258-го маршрута, взобравшийся на Холм с опозданием на 40 минут (следующий на самом деле будет через час, но по расписанию – через 12 минут), когда бело-зеленый электромобиль развозил свежее молоко в стеклянных бутылках кремового цвета, Гитлер запускал в дом соседского черно-белого кота с красным ошейником, прикормленного Ритой, и накладывал ему в миску корм из консервной банки, на которой был изображен точно такой же кот, только без ошейника. Чуть позже приезжала курьерская машина, доставлявшая книги, которые Гитлер заказал по интернету. Рите или Вавилову приходилось открывать дверь, чтобы получить посылку и расписаться. Фюрер читал много и быстро, но не все. Он просматривал начало и конец, пролистывал середину, и лишь потом решал, стоит ли тратить время на эту книгу.

Рита хотела через Вавилова договориться о том, чтобы каждое утро Гитлер варил для всех кофе и поджаривал хлеб в тостере. Генерал согласился поговорить об этом с фюрером после того, как Рита научится стенографировать.

— Слушай, если он может обходиться без сна, так, может, его и кормить не надо? — спросила Рита, поджаривая на сковородке бананы по индийскому вегетарианскому рецепту. — Он сам говорил, что в раю ничего не ел. Не знаю, как ты, а я не могу есть эту гадость!

— Еще не хватало фюрера голодом морить! — отвечал Вавилов. — Он не в раю, а у нас в гостях. Корицы добавь, ангел мой.

Гитлер любил кота, даже согласился называть его Васькой, но начал поговаривать о собаке. Хотел овчарку, лучше суку — красивую, смелую, злобную и преданную хозяину.

— В 1921 году зимой мне подарили такую овчарку. Мне казалось, что она тоскует по прежнему хозяину, и я решил ее отдать. Но когда ее уводили, она бросилась ко мне и положила лапы мне на плечи. Я ее оставил. А потом была Блонди. Собака — древнейшее домашнее животное. Вот уже 30 тысяч лет живет она рядом с человеком. Хочу собаку.

Но еще настойчивее Гитлер капризничал по поводу Давида Бен-Гуриона.

В какой-то момент Вавилов понял, что на Гитлера сильно действует женская красота. Впрочем, нетрудно было догадаться, когда фюрер сказал:

— Мы как-то в Бремене сидели в погребке. И тут вошла такая женщина! Словно к нам богиня спустилась с Олимпа. Она была удивительно хороша собой! Все побросали ножи и вилки, уставились на нее и глаз не могли отвести.

И вот тут-то Вавилову пришла в голову мысль: через красавицу Риту напомнить Гитлеру о его ненависти к евреям.

— Слушай, а может, ему бабу лучше? — спросила Рита. — Он и забудет про своего Бен-Гуриона. Как там дела с Евой Браун?

— Ничего не получается. Слишком слабый характер. Невозможно собрать ее молекулы.

— Ну тогда... Я не знаю... Кто там у них был? Марлен Дитрих, например.

— Враг национал-социализма.

— Лени Рифеншталь?

— Вот ее, я думаю, можно было бы слепить. Но нашему клиенту она не подойдет. Слишком независима. Понимаешь, он придумал себе идеал, в котором фигура одной женщины сочетается с волосами другой, умом третьей и глазами четвертой. А еще — его мама, с которой вообще никто сравниться не может. Жила ради мужа и детей и подарила Германии великого сына! Ну куда тут? Так что давай, обсуди с ним еврейский вопрос.

Гитлер возродил традицию долгих бесед за обеденным столом, которая существовала в его бункере "Волчье логово" в Восточной Пруссии. Говорил он сам, присутствовавшим полагалось слушать, что очень даже устраивало Риту: высокий гость не обращал никакого внимания на ее стряпню. Еще не хватало, чтоб он ее со своей мамой сравнивал! Иногда шутил по поводу того, что они ели. Она сварит бульон для себя и Вавилова – он назовет его "трупным чаем". Как-то захотела побаловать Ваву деликатесами и купила в "Уэйтроузе" раков и угрей. Гитлер сообщил, что угрей ловят на дохлых кошек, а когда она внесла в столовую миску с раками, из которой исходил вкусный пар, самый известный в мире вегетарианец заговорил о мертвой бабушке, которую внуки бросили в ручей в качестве приманки. Уж лучше тогда про евреев.

– Мой фюрер, ненавидите ли вы евреев, как ненавижу их я? – спросила как-то Рита, задумчиво откинувшись на высокую спинку стула.

– Это интересный вопрос. Вот все думают, что я антисемит.

– Неужели? – вставил Вавилов.

– Да, да, генерал, я такого в вашем интернете о себе начитался! Настоящие антисемиты – это Гиммлер, доктор Геббельс. Но не его прелестная жена Магда. Я был в шоке, когда гестапо доложило мне, что она была любовницей Хаима Арлозорова. Они разошлись только потому, что Арлозоров был слишком фанатичным сионистом. Но это случилось еще до Геббельса. Очень красивая женщина! И прекрасная мать!

Вавилов подал Рите знак седыми бровями: клиент уклоняется от темы. Рита сделала большие глаза: а что я могу? Но Гитлер сам вернулся.

– Я вырос в Линце, и евреев у нас жило тогда совсем мало. У них была совершенно европейская внешность, они были похожи на людей; я даже думал, что они немцы. Нелепость, конечно, но в то время я считал, что нас отличает только религия, что евреи подвергаются гонениям именно из-за их религии. Это даже внушало мне почти отвращение к антисемитам.

– А в Вене они тоже были "похожи на людей", как вы это называете? – спросил Вавилов.

– Сначала, когда я приехал в Вену, я интересовался только венской архитектурой. Ни о чем другом я думать не мог. В Вене на два миллиона жителей было почти 200 тысяч евреев, но я не замечал их. Представляете?

– Поразительно! – вздохнула Рита.

– Я потом сам себе удивлялся. В первые недели на меня обрушилось так много новых впечатлений и новых идей! Только когда я успокоился и перешел к более детальному ознакомлению с жизнью в городе, я наткнулся на еврейский вопрос. Я все еще продолжал видеть в еврее только приверженца определенной религии и по-прежнему отрицательно относился к гонениям по религиозному признаку. Тон антисемитской прессы казался мне недостойным культурных традиций великого немецкого народа.

– А какие газеты вы тогда читали? – спросил Вавилов. – Откуда получали информацию?

– Интернета тогда не было. Я усердно читал так называемую мировую прессу. Э-э-э... Как они назывались? "Нейе фрейе прессе"... Потом "Нейес винер таглат"... Мне нравился благородный тон этих газет, лишь иногда напыщенность их стиля оставляла неприятный осадок. И еще раздражало то, что они создавали культ Франции. Эти сладкие гимны в честь "великой культурной нации" порой заставляли меня стыдиться того, что я был немцем. Поэтому я все чаще читал антисемитскую "Народную газету", которая была, конечно, гораздо более слабой, но в то же время, в некоторых вопросах, более чистой. Ее резкий антисемитский тон я не принимал, но некоторые статьи заставляли меня задуматься. Мои взгляды постепенно менялись. Чувство боролось во мне с разумом, и только после очень длительной внутренней борьбы разум одержал верх. Спустя два года и чувство последовало за разумом. Мои взгляды по еврейскому вопросу определились навсегда.

Рита заерзала на стуле от удовольствия.

– Недооценивать значение чувств в любом серьезном деле – огромная ошибка, – сказала она. – Вот я чувствую, что не люблю какого-то человека... или какую-то нацию... и не могу понять, почему. Как будто запах от них какой-то исходит. Объяснить не могу, но знаю, что права. И вот этот ваш Бен-Гурион... если он здесь появится, то я не знаю...

– И со мной такое было, фрейлейн Рита! – обрадовался Гитлер. – Правда, к вопросу о воскрешении Бен-Гуриона я все-таки подходил бы с точки зрения разума... А вообще – да, конечно... Однажды в центре Вены я внезапно наткнулся на фигуру в длиннополом кафтане с черными локонами. Первой моей мыслью было: неужели он еврей? В Линце евреи выглядели по-другому. И чем пристальнее я всматривался в черты этого человека, тем настойчивее я спрашивал себя: и это тоже немец? Как всегда в подобных случаях, ответ на свои вопросы я стал искать в книгах. Впервые купил антисемитские брошюры. Форма и тон изложения в них были, к сожалению, такие, что я опять начал сомневаться: аргументация была страшно упрощена, отсутствовало научное обоснование. Однако я уже не сомневался в том, что мы имеем дело не с немцами, у которых просто другая религия, а с самостоятельным народом. Я увидел Вену в совершенно новом свете. Куда бы я ни пошел, я встречал евреев. И чем больше я приглядывался к ним, тем рельефнее отделялись они в моих глазах от всех остальных людей. Их особенно много было в центральной и северной частях города. Эти кварталы кишели людьми, которые даже внешне ничего общего не имели с немцами. И вы совершенно правы, фрейлейн Рита, – запах! Даже с закрытыми глазами было ясно, что эти люди не особенно любят мыться. Меня часто начинало тошнить от запаха этих господ в длинных кафтанах.

– Но как же быть с теми, которые "похожи на людей"? – спросил Вавилов. – Вы же до приезда в Вену считали их немцами. Сами сказали.

– Я ошибался. Есть много световолосых и голубоглазых евреев, это правда. Но дело не во внешности, а в человеческой сути, в душевных наклонностях. Стоит так называемым высоко образованным евреям из западноевропейских городов – врачам, адвокатам и т. д. – две недели прожить в гетто, как они тут же проникаются его духом и начинают ходить в кафтанах. И это лучшее доказательство того, что еврей в конце концов все-таки азиат, а отнюдь не европеец.

– А вы бывали в гетто, мой фюрер? – спросила Рита. – Должно быть, неприятное зрелище.

– Сам я не бывал. Мне Гиммлер рассказывал. И в кинохронике показывали. Согласен, зрелище отвратительное.

– Но ведь очень просто сделать так, чтобы врачи и адвокаты не ходили в кафтанах, – сказал Вавилов.

– Это как же?

– Не загонять их в гетто.

– А еврейский дух? – воскликнул Гитлер. – Вы забываете о духе, генерал! Я не спорю, не все евреи – мошенники и мерзавцы. В Линце мою матушку лечил доктор Блох. Его весь город любил. Многие евреи просто не сознают деструктивного характера своего бытия. Я не знаю, почему так заведено, что еврей губит народы. Но факт остается фактом: еврей действует подобно бацилле, проникающей в тело и парализующей его!

Они давно опустошили свои тарелки, но Рита не торопилась на кухню. Об обязанностях хозяйки ей напомнил Васька, который вошел в столовую и начал тереться о ножку ее стула и требовать еды. Она встала, собрала посуду и вышла.

С умилением разглядывая толстую мохнатую задницу Васьки и его пушистый хвост, кончиком которого он легонько, в медленном ритме, бил по полу, пока опустошал купленную специально для него миску, Рита чувствовала спокойствие и умиротворение. Приятно было флиртовать с Гитлером, но еще приятнее – с гитлеризмом. Она словно пришла в эксклюзивный частный клуб, где занимались чем-то нетрадиционным, пусть даже немножечко непристойным, вызывавшим осуждение плебеев, но где интеллектуал духа, свободный от скреп и пут так называемого "цивилизованного общества", мог расправить плечи и дышать полной грудью. Рита не считала себя антисемиткой, ее корежила базарная простонародная грубость в разговорах о "жидах" (она никогда этого слова не употребляла), но умные, утонченные беседы о подрывной роли семитов, невидимой даже им самим, ласково щекотали ее мозг.

Она вернулась в столовую с подносом, на котором уместила чашки и заварной чайник.

— Помню, как в октябре 1938 года ко мне пришел польский посол и сказал, что если мне удастся решить проблему евреев в Европе, мне в Варшаве памятник поставят, — говорил Гитлер. — Черт бы побрал Сталина! Если бы не ваши дикие дивизии, сейчас был бы мне памятник. Надо было вашим остановиться на советско-польской границе. Никто бы тогда не обвинял советских солдат в том, что они изнасиловали миллионы немок. А с поляками мы бы как-нибудь разобрались. Их Мадагаскарский вариант решения еврейского вопроса меня вполне устраивал.

— Мадагаскарский вариант? — спросила Рита, разливая чай. — Это что еще такое? Никогда не была на Мадагаскаре. Мы мимо проплывали. На подводной лодке. Поэтому ничего не увидели. Ты помнишь, милый?

Лицо Вавилова приняло выражение "ну кто тебя за язык тянет, женщина?".

— Ой, я думала, об этом можно уже говорить! В газетах же было. Нельзя? Я умолкаю. Пойду принесу печенье.

Гитлер сделал движения руками и бровями, означающие: не бойтесь, я вас не выдам; мы ведь с вами одной крови, вы и я. Рита одарила его очаровательной улыбкой и вышла.

– Генерал, у вас есть фотоаппарат? – спросил фюрер.

– Вам для каких целей?

– Мне не нужны ваши шпионские приспособления. Обычный фотоаппарат. Хочу сфотографировать Ваську и выложить его на "Облике". Это очень популярный вид современного искусства. Коты много лайков набирают. Никакого упадочничества, что приятно.

Вавилов достал из кармана мобильный телефон и протянул его Гитлеру.

– Что это? "Минокс"? Нечто подобное мне показывал Шелленберг. Между прочим, их делали в Латвии, на заводе ВЭФ. Придумал, конечно, немец – Вальтер Запп.

Фюрер покрутил штуковину в руках. Телефон вдруг завибрировал, раздался звонок. Гитлер мгновенно отбросил его в угол комнаты, соскочил со стула и спрятался за его высокой спинкой. Вавилов сдержал улыбку.

– Не волнуйтесь. Это не бомба. Это телефон. И фотоаппарат. И устройство для передачи текстовых сообщений. И еще много чего. Мобильник называется.

– Мобильник? Не мобильник, а могильник, – усмехнулся Гитлер, усаживаясь на стул. – Я подумал, опять заговор генералов.

– Ну что вы, какой заговор! Я не Клаус фон Штауффенберг. Кроме того, он был всего лишь полковником.

– Да, но за его спиной стояли...

– За моей спиной генералов нет. Только сервант.

Вошла Рита с печеньем. Она подняла телефон, приблизилась к Гитлеру и, протягивая мобильник гостю, сделала легкий шутливый книксен. Гитлер засиял от удовольствия: он словно вернулся в венское кафе.

— Вот на эту кнопочку, мой фюрер. Наводите это окошечко и щелкаете.

— Я хочу сфотографировать кота для "Облика". И вас, фрейлейн Рита, вместе с ним. Пусть мне френды завидуют.

— Ой, меня не надо! Васька, иди сюда! Меня... Я вся растрепана... Васька, Васька! Кыс-кыс-кыс! Меня не надо... Я плохо накрашена...

— Ну что вы, фрейлейн Рита, вы прекрасно выглядите! И потом – это ведь не памятник. Если фотокарточка плохо получится, мы ее порвем. Это с памятниками у женщин проблема. Женская одежда быстро выходит из моды, и женщинам кажутся смешными и нелепыми те модные вещи, которыми они еще десять лет назад так восторгались. Единственная одежда, над которой не властно время, – античная туника. Но всех женщин в туники не оденешь, не так ли? Для женщины красивое платье теряет всю свою привлекательность в тот момент, когда другая начинает носить такое же. Я однажды наблюдал, как женщина покинула оперу лишь потому, что увидела, как в ложу напротив входит женщина в таком же платье. "Какая наглость! Я ухожу!" – возмущалась она. Так что туника вопрос не решает. А потому не остается другого выхода, кроме как изготавливать женские бюсты. Вот так-то, дамы и господа.

Явился Васька, и Гитлер сделал несколько снимков. Здоровый кот энергичной национал-социалистической окраски. Чудесно, чудесно...

— Мой фюрер, вы обещали рассказать про Мадагаскар, — напомнила Рита.

— Ах да! Мадагаскарский вариант. Году в 37-м, если мне не изменяет память, мы начали всерьез обсуждать эту идею. Мы ведь не собирались делать с евреями то, что большевики сделали с русскими после революции. Задача была освободить от евреев территорию Третьего рейха — только и всего. Выяснилось, что поляки уже обсуждали этот вариант с англичанами и французами. Мадагаскар был французской колонией. Поляки хотели вывезти всех своих евреев на Мадагаскар и вели соответствующие переговоры с французами. Как известно, еврей, будучи паразитом, лучше всех на этой земле переносит любой климат и способен акклиматизироваться как в Лапландии, так и в тропиках. Из Ветхого завета мы знаем, что еврею не может повредить ни долгое пребывание в пустыне, ни переход через Красное море. Я пришел к выводу, что переселять евреев в Сибирь было бы неразумно, ибо при их умении приспосабливаться к любому климату они там только закалятся. Нас устраивала и Палестина, но этого не хотели арабы, а англичане боялись ссориться с арабами. Еще Теодор Герцль предлагал всем евреям ехать в Уганду. Хорошо, я был согласен и на Уганду. Отправить их в Африку и сделать так, чтобы их интересы никогда больше не пересекались с интересами европейцев. Прошу заметить: если бы они переселились на Мадагаскар или в Уганду, мир был бы сейчас намного спокойнее.

— Так почему же не получилось? — спросил Вавилов. — Кто был против?

– Да все были за! Геринг, Розенберг, Риббентроп, даже Шахт! Франсуа-Понсе и Жорж Бонне умоляли Риббентропа не выгонять евреев из Германии во Францию, поскольку у них своих хватало. Когда мы присоединили Австрию, то увидели, что в Вене было много польских евреев. Чтобы они не рванули назад в Польшу, польские власти быстренько приняли закон, по которому их евреи, находившиеся за границей, теряли польское гражданство. А с Мадагаскаром война помешала. Мы боялись, что англичане будут топить наши транспортные суда. И чем большие территории мы завоевывали, тем больше евреев у нас было! Ирония судьбы! Гиммлер начал перебрасывать их на восток. Возникла идея до окончания войны разместить их в концлагерях ГУЛАГа: еврейские комиссары лагеря построили, пусть теперь сами в них и живут. Ну, а когда Сталин начал контрнаступление, они оказались между молотом и наковальней. Гиммлер решил их уничтожить.

Рита молча покачала головой: действительно, ситуация запутанная. Чай весь выпили.

– Фрейлейн Рита, вы не могли бы помочь мне напечатать фотографии кота и засунуть их в интернет?

– Мой фюрер, сейчас мое место на кухне, – лучезарно улыбнулась Рита. – Вам генерал поможет. Он владеет этим искусством. Я его всему научила.

Перед сном Вавилов читал третий том четырехтомного комментария Набокова к "Евгению Онегину". Знал ведь, что разволнуется (со многими мыслями он не соглашался), знал, что будет оставлять злые заметки на полях мелким почерком (он вообще считал, что с переездом в Америку Набоков как пи-

сатель умер), но не мог Вавилов заглушить зуд в руке
и зависть в сердце. Ибо европейский Набоков был
велик. Но человек он был дерьмовый. Так бывает.

— Опять будешь всю ночь ворочаться, — предупредила Рита, укладываясь в постель.

— Вот он, — постучал генерал карандашом по
книжке, как будто по лбу Набокова, — 15 лет прожил
в Германии, но так и не выучил немецкий. Знал на
уровне в магазин сходить и дорогу спросить.

— Угу. И женился на еврейке.

— Но она, кстати, немецкий знала. С другой стороны, если бы не Вера, он мог бы остаться в Европе.
Остаться великим. И не было бы этой педофиль-
ской пошлятины.

— Да черт с ним, что уехал, — махнула рукой Рита.
— Вот от таких людей фюрер и хотел очистить Германию. Прожить 15 лет и не выучить язык! Чуж-
дый элемент. Малый народ внутри большого народа. Личинка чего-то мерзкого... Бррр!

Они помолчали. Рита не хотела Вавилова. Она
хотела его каждый день, каждую минуту — но не
сейчас. Общение с Гитлером удовлетворило ее на
несколько ночных часов. Передача знаний — это
тоже половой акт, особенно когда тебя имеет человек страстный и убежденный в своем праве обла-
дать твоим интеллектом. В оба уха, сразу в оба уха,
и по всему телу разливается...

— Слушай, получается, он ни в чем не виноват?
— спросила Рита, показав подбородком на дверь
спальной.

— Почему же? Очень даже виноват. Виноват в том,
что создал систему, которая убила миллионы. А
лично нет, сам не убивал. Ленин и Сталин тоже не

стреляли. Оппенгеймер и Труман атомную бомбу не сбрасывали. Черчилль Дрезден не бомбил.

– А про Мадагаскарский вариант – это правда?

– Правда. Но сначала нацисты договорились с сионистами об эмиграции в Палестину. Разрешили евреям создавать специальные лагеря, где их учили сельскому хозяйству. Но большинство не хотели ехать! Их выдавливали антисемитскими законами, разбитыми витринами, желтыми звездами Давида... А они уперлись. Концлагеря создавали для всех, в том числе и для немцев. В газовые камеры первыми пошли немцы – по программе эвтаназии. С Мадагаскаром – польская идея – не получилось. Собственно, Гитлер ничего нового не придумал. Народы уничтожали и до него. В Америке разве не уничтожали индейцев? Разве войн до Гитлера не было? Про расовое превосходство умные люди массу книг написали. Чарльз Дарвин, "Происхождение видов путем естественного отбора, или Сохранение привилегированных рас в борьбе за жизнь".

– Во многой мудрости много печали. Гитлер любил почитать...

– Знаешь, что у него было в сумке для противогаза во время Первой мировой войны?

– Противогаз и еще что-то.

– Противогаз и пять томов Шопенгауэра.

– Блин...

– Прибавь сюда феноменальную память, ораторский талант, гениальность политического лидера, любовь к своему народу, веру в величие Германии. Нам всем, в том числе и немцам, офигенно не повезло!

## Глава 5

Обладая тайным знанием о ракете, комете, переселении избранных на другую планету, Алекс ощущал себя масоном, шпионом, сионским мудрецом. Хотя какие они, к черту, мудрецы со своими протоколами! Разве умный человек доверит бумаге сокровенные планы? Вот он, Алекс, никому про ракету и комету не сказал. И как же все-таки приятно наблюдать за глупостью человеческой сверху, с мраморного балкона, вытянув ноги на бамбуковый стул, потягивая коктейль зеленого цвета, щурясь от солнца! Народ на "Облике" защищает права геев. Пусть. Понятно же, что геев на другую планету не пошлют: как они там будут размножаться? Гей – враг всех народов, это очевидно каждому, кто знает про ракету и комету. В черный список "невыездных" попадают и те, кто слишком рьяно защищает их права, ибо в полете и в первых поселениях самое главное – единомыслие. Чтобы выжить.

Ноль меня... Иногда он вздрагивал от мысли, что дело до такого дойдет. Прочитал, что после утечки радиоактивных веществ на АЭС в Японии рождались дети без лица, и вздрогнул. Раньше он любил говорить: я прост, как Пруст. Раньше он внимательно вглядывался в лица, запоминая черточки для своих будущих романов. Однажды ехал в метро, рядом сидел черный мужик, напротив –

белый. Белый вдруг встал, подошел к черному и
со счастливой улыбкой спросил: "Вы чокве?" Тот
тоже улыбнулся и кивнул: да, мол, я чокве. "Я сразу по лицу понял, – сказал англичанин. – Я бывал
в ваших краях." Алекс приехал домой и прогуглил
"чокве". Оказалось, что это народ такой в Африке,
их всего два миллиона.

Раньше у него было два лица – общественное
и личное. Общественное появилось, когда давным-давно в Москве микроскопическим тира-
жом вышла его брошюра "Достоевский и Гитлер".
Скандально известный критик из журнала "Наш
современник" выявил в ней глубину и оригиналь-
ность. Личное имелось всегда. "Он так красив,
что женщины боятся смотреть на него", – шептал
подросток Алекс, рассматривая свой профиль (не
слишком ли длинный нос?) в зеркалах бельевого
шкафа, повернутых под нужным углом. Но рассу-
дительный алкоголик Миша в пивном "стояке" на
ВДНХ, разгрызая соленую сушку, сказал им, паца-
нам, что длинный нос означает длинный член. И
после этого: "не слишком ли короткий нос?"

А вот теперь появилось третье лицо – "облич-
ное", лживое, гладкое, как у несчастных маленьких япо-
шек. Он старался не смотреть на себя в зеркало,
брился на ощупь. Выкладывал на "Облике" котят,
поздравлял с днем рождения, восхищался младенцами, делал перепост о пропавших детях и
просьбах поделиться кровью редкой группы, ставил робкие лайки под философскими записками
усталых московских евреев, но воздерживался от
лозунга "не забудем, не простим!" и негодования
по поводу ОМОНа. Он перестал всматриваться в
лица окружающих, часто ловил себя на ощущении,

что говорит голосом собеседника, его выражениями и интонацией. Ноль меня... Зато он полетит.

Полина заметила, что он не смотрит ей в лицо.

– Почему ты все время стоишь сзади? – раздраженно спросила она, изучая расписание катеров, отправлявшихся по Темзе до Хэмптон-корта.

– Я мечтаю трахнуть тебя в попку, – нашелся Алекс.

Она рассмеялась, повернулась и посмотрела на него счастливыми глазами. Но не дала.

Она вообще ему не давала. Ни разу! Как-будто не замечала его длинного носа. Или просто не получила образования по этой части: алкоголик Миша не преподавал в музыкальной школе имени Гнесиных.

Они уже несколько раз собирались в Париж с двумя ночевками и смежными номерами – Полина наотрез отказывалась селиться в одном, оставляя за собой свободу для каприза. Каприз – приказ. И каждый раз в последний момент она передумывала ехать. Он ждал ее у поезда до Брюгге – она позвонила по мобильному... Английский муж Полины каким-то неведомым образом заработал себе репутацию эксперта по шпионажу и читал занимательные лекции о КГБ и ЦРУ на океанических круизах. Несколько раз в году Джереми надолго исчезал из Лондона, и тогда Полина непременно звонила Алексу, чтобы пригласить на выставку или чашку кофе. Никогда к себе. Адюльтер в Лондоне полностью исключался:

– Джереми говорит, что по количеству видеокамер на квадратный метр площади Лондон занимает первое место в мире.

– А у вас дома тоже видеокамеры?

– От него всего можно ожидать. Ну как вообще дела?

Он начинал рассказывать, как вообще дела. Если они заходили в дизайнерский магазин, Полина ускоряла шаг, словно боялась, что без нее купят самую модную вещь, а она ничего не увидит. Вдруг она останавливалась, смотрела на Алекса вдали и, когда он приближался, уверяла:

– Да, да, я слушаю.

Придя на место свидания с Полиной, он каждый раз доставал электронную книжку и погружался в чтение. Когда она подойдет, он прочтет ей фразу Флобера и строчку Цветаевой, и они будут вместе – их двое, Флобер и Цветаева, как две пары в изысканном ресторане. Полина ни разу не спросила, что он читает. Зато, посмотрев на него сбоку, советовала:

– Может, тебе носить свитера с горлом?

И Алекс понимал, что она смотрела не на него, а на его двойной подбородок.

Если сидели за столиком, она внимательно молчала, но никогда не помнила, что он рассказывал раньше. Иногда прерывала:

– Вот тот мужчина на меня смотрит. Не поворачивайся – ну что за дурацкая манера! Если он подойдет познакомиться, ты отойди куда-нибудь.

– Куда же я отойду? Если только пописать?

– Да, сходи пописай.

Они были безумно близки, так близки, что Париж или Брюгге ничего бы не изменили. Секс (даже если бы он состоялся, что не факт) принес бы новые ощущения в совершенно другом измерении. Он вполне мог обойтись без другого измерения – так насыщено было то, в котором они находились, нежностью и страстью. Его нежностью и страстью, а от нее – нежностью, страстью, ненавистью, восторгом, жестокостью, презрением, коварством.

– Я восхищаюсь тобой, я уважаю тебя и я хочу тебя. Что это, если не любовь?

Алекс никак не решался сказать это Полине. Она и без слов знала. И наказывала его за сильное, но робкое чувство. Он привозил ей из заморских городов симпатичные побрякушки на шею и в уши, но она никогда их не надевала. Всегда приходила в украшениях, которые дарил муж. Гладила их и улыбалась:

– Это Джереми!

Муж был в Лондоне, но Полина все равно позвала Алекса в Королевскую академию искусств на византийскую выставку. Он увидел ее на крыльце академии, как только свернул с Пиккадилли во двор. Сердце в его груди подпрыгнуло, грудь расширилась, чтобы дать побольше места прыгающему сердцу, ноги слегка согнулись, желая побежать. Она его тоже заметила и почему-то вошла внутрь здания.

Джереми умудрился достать пропуск на слушания в специальной парламентской комиссии по расследованию обстоятельств вступления Британии в войну в Ираке. Показания давал Тони Блэр. У Джереми место было за спиной бывшего премьер-министра, но слишком высоко, поэтому, когда Блэра показывали по телевизору, видны были только ноги Джереми в безупречно начищенных ботинках.

– Вот, купила ему красные и желтые носки, – сказала Полина, открыв сумочку для Алекса. – Ненавижу это дешевое тщеславие! Аудиогиды будем брать? Надо взять. Тут хорошо лекции делают.

Взяли аудиогиды, засунули в уши наушники, одноразовые, как презервативы. В эти целибатные дни Алекс открыл для себя наслаждение в утренней чистке ушей белой пластмассовой палочкой с ватой на обоих концах. Два фунта за коробочку в супермаркете, в коробочке 200 палочек, всего один пенс за удовольствие. Пенис отдыхал, удовольствие принимало возвышенный характер, на уровне интеллектуального. Он начинал медленно, осторожно, но терял контроль над собой, запихивал сильнее и глубже, постанывал; болела барабанная перепонка, и он останавливался, чтобы не потерять невинность. Я – андрогин, идеальный человек. Если бы я мог рожать, на новой планете меня назначили бы высшим существом.

В Королевской академии искусств, надевая наушники, он получил двойной кайф: ушной секс в присутствии живой Полины. Она даже дотронулась до него:

– Ну чего рот раскрыл? Пошли, что ли?

Они перемещались от одного экспоната к другому, усваивая одну и ту же лекцию, но в индивидуальном порядке. Полина убежала вперед, как в магазине, иногда выискивала его глазами: да, да, я слушаю. Потом, как было у них заведено, пошли в кафе за чашкой с плюшкой, и только там смогли поговорить. Он поведал ей о древней дискуссии о том, сколькими гвоздями прибили Иисуса к кресту – тремя или четырьмя. По одному в каждую руку, это понятно, но вот ноги – как? Одну ногу на другую, и одним гвоздем? Или раздельно? Согласно западной христианской традиции, ноги вместе, один гвоздь, так больней, мучений больше. Однако Елена, мать византийского императора Константина, якобы откопала в Иерусалиме животворящий крест и утверждала, что на каждую ногу пришлось по гвоздю, стало быть, всего четыре гвоздя.

— Когда вместе, всегда больней, — сказала Полина. — Всегда мучений больше.

Она погладила его по руке, ресницы дрожали, словно боялась поднять на него глаза. Вот ради таких мгновений он с ней встречался. На секунду он даже забыл, что общение с Полиной — это прогулки по минному полю в прекрасный летний день. Она напомнила: достала мобильник, проверила сообщения.

— Ой, смотри, какая у Тони Блэра лысина!

Протянула ему телефон. Под фотографией премьерской макушки было написано: "Скучаю по тебе. Прости, что оставил тебя одну. Буду замаливать свой грех всю ночь."

— Джереми?

— Угу. Все-таки мелкий он человек, хоть и в Оксфорде учился. Несмешной пошляк.

Она побегала пальчиками по телефону, хихикнула и отправила мужу ответ. В этот момент Алекс решил рассказать ей про комету, ракету, отбор кандидатов на "Облике" — все, что сообщила ему Синтия. Но чтобы никому, даже мужу, поняла? Поняла! Переселение народов — это не поездка в Брюгге, уж тут-то она его не продинамит. Они полетят вместе и все оставшиеся им ночи будут проводить в одной комнате, в одной постели, без постылого мужа и лысины Тони Блэра.

Вечером Полина и Джереми зарегистрировались на "Облике", указали друг друга в качестве лучших половин. Руководствуясь рекомендациями Алекса, Полина выложила котят. Джереми опубликовал кадр из репортажа Би-би-си о слушаниях в комиссии по войне в Ираке: Тони Блэр с открытым ртом, отвечает на вопрос об информации британской разведки по поводу оружия массового поражения у Саддама Хусейна, а сзади, на уровне его затылка – чьи-то желтые носки и отполированные ботинки. Руководствуясь рекомендациями Полины, Джереми написал: "Желтые носки – мои. Подарок жены (здесь была вставлена ссылка на страницу жены). Мне стоило больших усилий сдержать себя и не долбануть Блэра ногой по затылку за иракскую войну. Международные конфликты надо решать только мирным путем. Для этого была создана Организация Объединенных Наций. Ненавижу войну!"

В "личку" Алекс получил от Полины приглашение в гости в ближайшую субботу. "Обязательно приходи с любимой девушкой, – написала она. – Мы с мужем будем очень рады".

Когда Алекс (с цветами и бутылкой красного вина не дешевле 10 фунтов) позвонил в дверь, открыл Джереми.

По рассказам Полины Алекс составил себе четкое представление о хозяине дома. В этой экранизации по мотивам ее жалоб, всхлипываний, ругательств и тяжелых вздохов Джереми рисовался высоким розовощеким англичанином, довольно полным, с водянистыми глазами, автоматической улыбкой и манерами женского парикмахера. Он поверхностно болтал на любую тему, передавая мнения других и не высказывая своего, услужливо соглашался с любыми утверждениями собеседника и торопливо приводил доводы, подкрепляющие эти утверждения, но горестно качал головой и усмехался, когда собеседника рядом не было. Он не давал Полине денег и подло изменял ей с английскими тетками на своих дурацких океанических круизах, изображая из себя Джеймса Бонда в отпуске по причине легкого ранения.

Алекс был уверен, что однажды уже встречался с Джереми, но их друг другу не представили. Это случилось еще в правление лейбористов, на книжном базаре на южном берегу Темзы у моста Ватерлоо. Переходя от биографий прошлогодних знаменитостей к прошлогодним бестселлерам "художественной литературы", Алекс вдруг услышал громкий, хорошо поставленный голос, разговаривавший по мобильному телефону, привлекавший к себе внимание всех продавцов и покупателей:

— Нет, Тони, нет... Это серьезный политический просчет... Система школьного образования... Питер говорил об этом с Алистером... Да, вчера... Потом они оба пришли ко мне, и мне пришлось их мирить. Гордон? А что Гордон в этом понимает? Тони, уверяю тебя... Избиратели нас не поймут...

Алекс и "влиятельный" англичанин (розовощекий, в ярко-желтом свитере, растянутом на буржуазном животике) стояли друг напротив друга, разделенные столами с книгами по маркетингу и дизайну. Алекс с презрением смотрел на него в упор: "Ведь ты же болтун, типичный местный болтун! Ты мыльная пена. В твоей аккуратно постриженной голове нет ни одной собственной мысли. Ты жулик и проходимец. Ты работаешь в инвестиционном банке." Англичанин прочитал все это в глазах Алекса, оторопел и замолчал. И так они долго стояли. Потом Алекс показал пальцем на мобильник и сказал:

– Пауза затянулась. Тони ждет ваших указаний. Страной не может без них руководить.

И ушел. Ничего не купил в тот день.

Но сейчас, когда открылась дверь, Алекс понял, что Джереми – другой. У него было умное, худое лицо, морщинистое, как собор Парижской Богоматери. Проницательный взгляд из круглых очков. Вообще в нем было что-то средневековое, монастырское. Ростом чуть пониже Алекса.

Еще больше Алекса удивила Полина. Оказалось, что она отменно готовит. Судя по тому, как Джереми равнодушно зачищал стол, он к этой вкуснятине привык. Выяснилось также, что ей нравится трогать Джереми: она клала свою руку мужу на колено даже тогда, когда Алекс на нее не смотрел.

Давным-давно, когда они впервые сели вдвоем за столик в кафе "Амичи", в сумке у Полины зазвонил мобильный. Это муж беспокоился и беспокоил. Она сказала ему, что зашла ненадолго в магазин (это объясняло отсутствие уличного грохота и тихую музыку). В тот момент Алекс подумал, что знает про эту семью все; его будущие отношения с Полиной представлялись понятными, удобными, приятными. Он ошибался. Сейчас, наблюдая за рукой Полины на мужниной коленке, он вдруг поймал себя на мысли, что не обсудил с Полиной общую версию их отношений. (Отношений? Не слишком ли сильное слово?) В цивилизованной стране пить кофе и даже кататься на кораблике по Темзе с представителем другого пола не возбраняется, если, конечно, вы не мусульманка, однако Джереми мог поймать их на том, что показания не сходятся. Сколько раз они пили кофе? В каких кафе? Когда в последний раз? Они вообще пили кофе? А на кораблике катались? Ничего не продумано! "Да не спросит он!" — вспылила бы Полина. Ага, а если спросит?

— Мне хотелось бы вот что выяснить, — сказал Джереми, когда прикончили первые бокалы хереса. — Как руководители вашего проекта относятся к арианству?

— В смысле к учению о превосходстве одной расы над другой? Ну а как оно может относиться? — ухмыльнулся Алекс.

Он сразу понял, что ухмылка получилась неучтивой, и понадеялся, что Джереми отнесет ее на счет начальства "Облика": мол, ну как еще эти уроды могут относиться к разумной идее?

— Я имею в виду проповеди Ария из Александрии. Иисус Христос — он кто? Если он Сын Божий, то был рожден в какой-то момент, из чего следует, что было время, когда его не было. Стало быть, Сын Божий отличается от Отца, и никакой единой Троицы сначала не существовало. Был Отец, витал Святой Дух, а Сын завелся потом. Так?

— Логично.

— Договорились. Дальше. Пока Иисус бродил по Палестине, он был Богом или человеком?

— А это важно?

— Конечно. Если он был человеком, то как же он творил чудеса?

— Хорошо. Тогда Богом. Бог-Отец породил Бога-Сына. Вполне естественно.

— А если Богом, то зачем он народ обманывал?

— В смысле?

– Если Иисус всегда был Богом, родился уже Богом, то он знал все наперед. Знал все, что с ним произойдет. А на кресте просто разыграл комедию.

– Это почему же?

– А разве Бог может мучиться от телесной боли? Вообще какой-либо боли? И если я прав, – а я, скорее всего, прав – то как же мы можем верить в то, что он страдал, чтобы искупить наши грехи?

Полина смотрела на Алекса и лукаво улыбалась. Вот какой у меня муж!

– Но есть ведь понятия "богочеловек" и "человекобог", – спохватился Алекс, призывая на помощь свою "шпану" – Соловьева, Розанова, Достоевского.

– Знаем, знаем! – раздраженно отмахнулся Джереми, совсем не по-английски. (Что делает с англичанином борщ и гречка с грибами! Муж Полины учил русский и уже поругивал Солженицына.) – Все равно надо решить, что на первом месте, а что на втором – Бог или человек. Мне симпатичнее человекобог. Человек, который ничего заранее не знал, мучился и через страдания стал Богом. В этом есть некий оптимизм. Но как тогда быть с чудесами?

Алекс пожал плечами.

– И ведь самое противное то, – продолжал Джереми, – что над этой херней – извиняюсь за мой французский – человечество ломает голову уже несколько веков. Кучу народу сожгли на костре... Причем эти мерзавцы что удумали! Они говорят: есть вопросы, которые просто нельзя задавать, потому что есть вещи, которые человеческий мозг не способен понять. Как вам это нравится!

Джереми предложил вина Полине, она отказалась, предложил Алексу, тот никогда не отказывался. Налил Алексу, потом себе.

— А ведь проще простого: признать, что все это — язычество.

— Иисус Христос язычество?

— Ну конечно! Отец, Сын и Святой Дух — это не единая Троица, а три разных бога. Если уж вам так хочется верить в высшую силу, надо верить в нескольких богов. Зачем сохранять тоталитарную систему, когда можно, в духе времени, иметь небесную демократию и плюрализм? Очень легко переключить так называемое христианство на язычество, поскольку легенда про Иисуса в основе своей языческая. Непорочное зачатие, звезда на востоке, поклонение волхвов, воскресение и вознесение — все это придумали гораздо раньше для других религий. Плагиат, примитивный плагиат...

В этот момент Джереми вспомнил о приличиях и решил впустить в разговор свою жену.

— Вот Полли недавно сходила на византийскую выставку в Королевской академии. Вы еще не были?

Алекс промычал что-то неопределенное, хотя ох как хотелось ему сдать девчонку со всеми потрохами за эту руку, что белела на вельветовой коленке ее мужа! Как же, как же, наведались, вкусили древней культурки. Между прочим, с вашей супружницей ходили, а потом кофе в подвале, а потом четыре часа византийского секса в моем пентхаусе на южном берегу Темзы...

— Расскажи, Полли. Знаешь, расскажи эту историю про Христа и гвозди. Поразительный маразм!

Полина, не моргнув глазом, не краснея, изложила историю про гвозди, как свою. Она интонировала, делала паузы, как бы вспоминая детали для исторической достоверности, внимательно смотрела на Алекса, чтобы убедиться, понимает ли он то, о чем она говорит.

Алекс вдруг подумал: а что она рассказывает о нем? Например, своему мужу? Наверняка Полина объяснила Джереми, кто тот парень, который открыл ей секрет "Облика". Ну да, работали когда-то вместе в Британской информационной службе. А что еще? Почему вообще он это сделал, тем самым увеличив конкуренцию за место в ракете? Почему Полине? Нормальный ход в такой ситуации – навешать мужу лапшу на уши, мол, парень – голубой, никакой опасности, мой милый. Ты правда ревнуешь? Ах ты мой котик! Да, да, правильно, голубой, и поэтому в ракету его все равно не возьмут, потому что он не может плодиться. Никакой конкуренции, так чего ж тогда не помочь давней платонической приятельнице и ее супругу? Значит, Джереми думает, что он – голубой. Алекс оцепенело уставился на Джереми и сразу же отвел взгляд. Нельзя так пристально, это только подтверждает...

– Ну хорошо, а культура? – очнулся Алекс. – Без христианства не было бы Рафаэля, Микеланджело, Леонардо... Да никого бы не было...

– Вот, вот! Как только христианина загоняют в угол, он вспоминает про Микеланджело де Франческо де Нери де Миниато дель Сера и Лодовико ди Леонардо ди Буонарроти Симони, – выдохнул Джереми и повернулся за одобрением к Полине. (Получено. Одобрение – 1 (одна) штука. В форме ласковой улыбки.) – Послушайте, уважаемый, вам действительно нравятся мадонны Рафаэля Санти? Но только честно!

Алекс поджал губы, скосил глаза на индийский ковер с полуголыми фигурами.

— Я так и думал! Старина Рафаэль налепил их штук сорок, если не больше. Ничего зазорного, кусок хлеба зарабатывал. Но если бы не ваше хваленое христианство, сюжеты его картин поражали бы нас разнообразием. Однако не поражают. Набор теток с младенцами, как картинки на спичечных коробках. Не согласны? Представьте себе импрессионистов в условиях христианского тоталитаризма.

Алекс бессильно молчал. Он отвык от споров до победного конца. Он забыл слова, которыми спорят о религии, искусстве, доказывают недоказуемое и не нуждающееся в доказательствах, чтобы время провести, чтоб ученостью блеснуть. Ибо если ею не блистать, то зачем она вообще нужна? Годы работы в Британской информационной службе, еще годы работы на "Облике", жизнь в обществе сглаженных мыслей и округлых формулировок затупили дерзкого автора провокационной брошюрки "Достоевский и Гитлер". А с тех пор он ничего оригинального не создал, лишь освоил левой рукой сочетания клавиш *ctrl+c* и *ctrl+v*.

— Вы так и не дали прямого ответа на мой вопрос, но я уже понял...

— Разве не дал? Какой вопрос?

— Вашему начальству до религии нет никакого дела. И это правильно. Здоровое общество с христианами не построишь.

— Это точно! — усмехнулась Полина и встала из-за стола.

Алекс подумал, что настало время домашнего пирога с чаем, но Полина подошла к книжному шкафу и достала Библию. Они навалились на него всем своим языческим семейством.

— "Если кто приходит ко Мне и не возненавидит отца своего и матери, и жены и детей, и братьев и сестер, а притом и самой жизни своей, тот не может быть Моим учеником", — прочитала Полина.

— Мда, с такими заповедями новую цивилизацию не создашь, — покачал головой Джереми.

— И здоровых детей не воспитаешь, — сказала Полина с такой тревогой, как будто собралась рожать завтра, а мир к ее подарку не готов.

Алекс поймал ее взгляд. Куда тебе рожать-то, мать? Годков-то тебе сколько? — А сколько есть — все мои! Нынче медицина чудеса творит. Если уж на другую планету могут нас отправить, то и ребеночка мне организуют. И Джереми хочет, потому что очень любит меня. Он в постели трудится, не покладая... э-э-э... ну в общем, не покладая... Мужик хоть куда!

— Что, Иисус вреден для вашего здоровья? — улыбнулся Алекс. — Британские ученые доказали?

— А ты как думал! Про первородный грех слыхал? Вот в этой книжке сказано, что мы все с ним рождаемся. Еще обкакаться в первый раз не успели, а уже грешники. Адам с Евой перепихнулись, а мы отвечай! Если воспитывать ребенка по этим правилам, он вырастет с комплексами. Психическим уродом. Тебе любой психиатр скажет.

Алекс с тоской огляделся по сторонам: когда же пирог? Да и будет ли пирог? Обратил внимание на разные висюльки на стенах, по которым раньше только скользил. Новое знание о Джереми и Полине (ах, извините – Полли) открыло глаза. Над телевизором располагалось языческое колесо года. Бревно в углу обернулось идолом – Алекс разглядел вырезанные на нем лица, руки, фигурки разные. На столе лежали деревянные подставки с коловратом.

– Но ведь жили же люди, – пробормотал Алекс. – Нормальные вроде люди. Тот же Микеланджело – дальше не помню... Европа вон как расцвела.

– Так это не благодаря, а вопреки, – сказал Джереми. – Крестовые походы, инквизиция – разве они соответствуют христианскому учению? Ничего подобного! Ни-че-го по-доб-но-го! Зато они соответствуют нормальной человеческой природе – бойся врага, уничтожай врага. Человек во всей его красоте и мерзости пророс сквозь бетон христианства, как чертополох с прекрасными цветами. Надо расколотить этот бетон.

– Это же наши культурные традиции.

– Это не наши культурные традиции. Нам их подбросили.

Джереми хотел еще что-то сказать (у него многое на языке вертелось), но резко остановился и неуверенно посмотрел на Полину, прося помощи. Она поняла.

– Слушай, ты не еврей? – спросила она.

– Да нет вроде.

– А, ну хорошо. А то неудобно получилось бы.

Полина показала на Алекса пальцем и медленно проговорила мужу, усиливая объяснение шутливыми жестами:

– Он... не... еврей...

Еврея обозначал крючковатый нос и пейсы. С наигранной жеманностью Джереми просигнализировал понимание и поблагодарил жену за перевод. Они счастливо улыбались друг другу.

Странные люди, подумал Алекс (Полина уже стала для него "люди"), на нас летит огромная комета, через год от шарика останутся одни обломки, надо собираться, бегать, всплескивать руками и причитать, а они заводят разговор на тему, которая не беспокоила его вот уже... да вообще никогда не беспокоила. Сквозь бетон прорастает человек...

Джереми уперся локтями в стол, сдавил ладонями небритые щеки и загадочно посмотрел на Полину:

— Я хочу почитать ему.

Полина в искусственном ужасе (*oh, my God!*) округлила рот, выпучила глаза:

— Ты уверен?

Все в этой стране — англичане и примкнувшие к ним лица — говорят эту дурацкую фразу: ты уверен? "Мне не нравится это платье. — Ты уверен?" "Я ухожу от тебя к другому. — Ты уверена?"

— Да. Алекс, я хочу вам кое-что почитать. Вы друг нашей семьи... Я думаю, вам будет интересно. Я написал это, когда познакомился с Полли. Раз она журналистка, я тоже решил попробовать, чтобы соответствовать, так сказать... Это такой... Это такая попытка изобразить себя древним журналистом, которого отправили в Галилею писать репортажи про вашего Иисуса Христа.

Джереми вышел в другую комнату. Пока его не было, Полина сидела в торжественном молчании. Алекс смотрел на нее и не узнавал.

— Представьте себе Древний Рим, — сказал Джереми, вернувшись с несколькими листками бумаги в руках. — Неподалеку от Колизея, в ветхом домике, где раньше помещался постоялый двор, расположилась редакция газеты "Римская правда". Точнее, сначала она называлась "Римская правда", но продавалась плохо. Владелец, он же главный редактор – маленький толстый человечек с остатками курчавых волос по краям лысины – не вылезал из долгов, его били кредиторы, секли центурионы, держали в долговой яме. Решил он свою газетку переименовать в "Рим-Инфо", похерить серьезные аналитические материалы о геополитическом раскладе сил в средиземноморском бассейне и начать печатать "клубничку" про римских матрон, которые трахаются с гладиаторами, про обычаи варварских племен, про чудеса и всяких психованных проповедников. И вот он узнает, что в Галилее появился некий Иисус Христос, который учит добрых людей, как им жить, называет себя сыном божьим и грозит концом света. Вызывает меня, молодого, но дерзкого репортера. Говорит: возьми в конюшне редакционного осла, у бухгалтера – командировочные, и отправляйся. Я так и сделал. Мошенник бухгалтер отщипнул от моих командировочных несколько монет, но я все равно закатил прощальный пир гетерам и поэтам. Через несколько недель изнурительного путешествия я прибыл на место. И вот получился такой текст. Не судите меня строго.

Полина благословила своего благоверного благородным кивком головы. Она слышала это произведение далеко не в первый раз, но благоговела и блаженствовала. Джереми пошелестел бумагой, откашлялся и начал:

"Нелегкая журналистская судьба (он взглянул на Полину поверх очков – от нее перенял!) забросила меня в отдаленный уголок нашей империи – в

Галилею. Мои друзья в Риме предупреждали меня, что тут одни евреи. Но, о боги, как же мало столичная интеллигенция знает об окраинах! В Галилее я нашел множество сирийцев, аравитян, финикийцев и греков. С последними я общался на их родном языке, что на короткие часы избавило меня от одиночества.

Мой редакционный ослик прихрамывал от усталости, но, тем не менее, я направил его в Назарет, где, как мне удалось выяснить после долгих расспросов, появилась на свет местная знаменитость по имени Иисус. Обстоятельства его рождения весьма туманны. Родила его женщина по имени Мария, мужем которой формально числится плотник Иосиф. Злые языки на рынке говорят, что Иосиф, должно быть, очень трудолюбивый плотник, поскольку Мария нагуляла сыночка от проезжего молодца, пока муж, не поднимая головы, сколачивал столы и табуретки. Другие утверждают, что это неправда и что зачала она еще до замужества. Иосиф по доброте своей не желал позорить Марию и сказал ей, чтобы она ушла по-тихому. Соседи слышали этот разговор. Но затем что-то произошло, и он изменил свое решение. Если верить рыночным сплетням, Иосифа кто-то убедил в том, что Мария понесла от пролетавшего мимо святого духа и что, если он не прогонит ее, будет ему за то почет и уважение на всю Галилею. Мария осталась и родила младенца, которого нарекли Иисусом.

Эта история показывает, насколько простодушен и примитивен местный народец. Живут бедно, в одинаковых каменных домиках. По узкой тропинке я прошел мимо лачуги, где обитали Иосиф и Мария, заглянул в дверь. Одна комната, которая служит и мастерской, и столовой, и спальней. Одна циновка на полу, две подушки, три глиняных горшка. Никакого понятия о домашнем уюте, о красоте. Зато места здесь красивые. Окрестности Назарета украшают сады и виноградники, вдали видны горы – их округлые формы напоминают мне о прелестях римских красавиц. Воздух свежий, здоровый, чувствуешь облегчение после долгого путешествия через пустыню, в которое я отправился, чтобы рассказать нашим читателям правду об Иисусе. В центре города имеется фонтан, где собираются местные женщины. Попадаются хорошенькие, этакий томный сирийский тип. Они вполне приветливы, легко идут на общение с привлекательным иностранцем. Мария, мать Иисуса, ходила сюда за водой каждый день. Меня не оставляет мысль о том, что, окажись я у этого фонтана лет тридцать назад, я познакомился бы с Марией и способствовал бы прибавлению в семействе доверчивого Иосифа.

Не завидую я этому рогоносцу. Уж не знаю, какой почет обещали ему, но отношения с неродным сыном у него не сложились. Новоявленный пророк своих предков в упор не видит. Когда соседи напомнили Иисусу, что родителей надо чтить, он указал на бездельников, которые всюду шляются за ним, и провозгласил: "Вот матерь Моя и братья Мои, ибо кто будет исполнять волю Отца Моего Небесного, тот Мне брат, и сестра, и мать!" Он откровенно всем сообщает, что Иосиф не отец ему, позорит его. Соседка, которая знала его еще младенцем, напомнила Иисусу о матери: "Блаженно чрево, носившее Тебя, и сосцы, Тебя питавшие!" А он ей в ответ: "Блаженны слышащие слово Божие и соблюдающие его!" Абсолютно непробиваемый тип, отключенный от реальности."

– Так, ну дальше тут идет цитата, которую Полли уже зачитывала, – прервался Джереми.

– Про то, что надо возненавидеть всех, чтобы стать его учеником? – спросил Алекс.

– Ага. Так... тут я путешествую по Галилее в поисках Иисуса...

– У ослика нога зажила?

– Зажила. Но это можно пропустить.

– Ну почему! – возмутилась Полина. – Там смешно! Как ты торгуешься с ветеринаром...

– Да ладно, ерунда. Кстати, не напомните ли мне, кто выступал и выступает против традиционной семьи?

– Большевики после революции, а теперь гомосексуалисты и лесбиянки, – резво отозвалась Полина.

– Но их на другую планету не берут, я правильно понимаю?

– Пока так, да, – сказал Алекс.

– Стало быть, логическим путем пришли к выводу, что учение Иисуса вредит человечеству, не так ли?

Алекс пожал плечами.

– Ладно, продолжаем, – усмехнулся Джереми.

"От ветеринара я направился по пыльной дороге в Иерусалим. Солнце палило нещадно, я не раз вспомнил прохладу Назарета и фонтан. У дороги я увидел смоковницу, под которой расположился на отдых пожилой еврей. Он был аккуратно одет, наружность его и манеры отличались приятностью. Рядом пасся его осел. С его позволения ("С позволения еврея, а не осла, конечно, – вставил Джереми. – Надо поправить".) я присел под смоковницей, мы разговорились.

Выяснилось, что он направлялся в противоположную сторону, в Назарет, по каким-то своим делам. Узнав, что я представляю самую популярную римскую газету, он чрезвычайно обрадовался и начал мне рассказывать про свою секту, членов которой называют фарисеями. Говорил он вдохновенно и хотел, чтобы я записал его рассказ. Меня же больше интересовало его отношение к Иисусу. Услышав это имя, фарисей вскрикнул, выругался и заговорил еще более пламенно. Он назвал Иисуса неучем, ворующим чужие идеи. По словам фарисея, все, что проповедует Иисус по поводу миролюбия, кротости, бескорыстия и благочестия, придумали задолго до него. В каждой синагоге учат: "Во всем, как хотите, чтобы с вами поступали люди, так поступайте и вы с ними", а Иисус выдает это за свое. Почему же люди верят ему? – спросил я. Верят темные, неграмотные, забитые, ответил фарисей. Иисус обладает даром оратора, он нравится толпе. Даже когда они его не понимают, они любят его.

Что же, он ничего нового не сочинил? – спросил я. У нас в Риме за воровство чужих текстов журналисты друг другу морды бьют. Нет, почему же, сочинил, ответил фарисей. Но уж лучше бы он этого не делал! Ну вот, например: "Кто ударит тебя в правую щеку твою, обрати к нему и другую; и кто захочет судиться с тобой и взять у тебя рубашку, отдай ему и верхнюю одежду". Это философия неудачников, сказал фарисей. Мне лично не нужны рубашки вонючих попрошаек, которые таскаются за Иисусом; они же годами не моются. И по правой щеке я их бить не собираюсь – мне страшно до них дотронуться, подхватишь какую-нибудь заразу. А вот если я не отдам им свою рубашку, которую я купил на честно заработанные деньги, или не подставлю левую щеку, этот самозванец скажет, что я нарушаю закон какого-то нового божества, которого он называет своим отцом.

Фарисей вспомнил еще несколько изречений Иисуса. Я записал: "Любите врагов ваших, благословляйте проклинающих вас, благотворите ненавидящим вас и молитесь за обижающих вас и гонящих вас". Вот еще: "Кто возвышает себя, тот унижен будет, а кто унижает себя, тот возвысится". Да ведь это же опиум для людей безвольных, неспособных к сопротивлению, не стремящихся к созиданию, к успеху! – воскликнул фарисей. Живи, как овощ, жди конца света, когда прибудет небесный отец этого Иисуса и все перевернет вверх тормашками: овощи возвысятся, а ученые, воины, строители будут низведены до положения овощей. Разве может выжить народ с такими идеями? Разве может существовать государство? Я согласился с фарисеем.

Так побеседовав, мы встали с травы, поймали наших ослов и разъехались каждый своей дорогой.

Подъезжая к Иерусалиму, я увидел бредущего впереди человека, который все время оглядывался, чтобы поймать попутную телегу. Увидев меня, он застонал. Когда я поравнялся с ним, он сказал, что у него очень болит живот и что сейчас он упадет и умрет прямо на дороге. Я сжалился над ним и предложил сесть на моего осла позади меня. Он не заставил долго себя упрашивать. Мы продолжили путешествие вместе, и вскоре он перестал стонать. Я спросил, болит ли его живот. В ответ человек слегка застонал и сказал, что верховая езда на осле его успокаивает.

По дороге он рассказал мне про свое житье-бытье. Он управлял имением одного богатого торговца, но плохо: имение разорялось, богач кричал на него и хотел выгнать. Куда деваться? Руками он работать не умеет, просить милостыню стыдится. И решил управляющий завоевать любовь тех, кто был должен что-то его господину, чтобы, когда тот его выгонит, жить в домах этих должников. Управляющий позвал должников к себе и переоформил расписки в их пользу, чтобы уменьшить долг. Причем он не сам до этого додумался. Он слышал, как Иисус говорил: "Приобретайте себе друзей богатством неправедным, чтобы они, когда обнищаете, приняли вас в вечные обители." Что это значит? – спросил я моего пассажира. Это значит, ответил он, что бедные могут ввести человека в Царствие Небесное, и чтобы туда попасть, надо воровать у господ и отдавать нищим. Что будет с вашей экономикой, если все начнут следовать заветам Иисуса? – спросил я. Мой попутчик ответил уклончиво, словами Иисуса: "Легче верблюду сквозь игольное ушко пройти, нежели богатому войти в Царство Божье".

Когда человек доехал до нужного ему места, он попросил остановиться, слез и, не поблагодарив меня, сказал, что ему нравится мой осел. "Отдай мне своего осла, – сказал он. – Истинно говорю тебе, кто оставит свой дом и своего осла ради Царства Божия, тому возвратится сторицей в этом мире, а в будущем он получит жизнь вечную". Хорошо, что у меня была большая палка. Я ударил человека по голове. Он удивился: "Разве ты не хочешь войти в Царство Божье?" Я ответил, что не хочу."

— Здесь я пропущу, — сказал Джереми, перебирая листы.

— Опять самое интересное не читает! — воскликнула Полина. — Что за дурацкая скромность такая! Кто унижает себя, тот возвысится?

— А что там? — спросил Алекс.

— Там про эти дурацкие чудеса. Как он встал в очередь за хлебом и рыбой, но ему рыбы не досталось.

— Вот здесь важное, — сказал Джереми.

"На базаре в Иерусалиме я купил у торговки хлеба, фруктов и вина и тут же сел на мешок с пшеницей, чтобы подкрепиться. Торговля шла нешибко; добрая женщина тяжко вздохнула, и мы разговорились. Она сетовала по поводу своего мужа, который слышал, как Иисус сказал: "Если же рука твоя или нога твоя соблазняет тебя, отсеки их и брось от себя: лучше тебе войти в жизнь без руки или без ноги, нежели с двумя руками и с двумя ногами быть ввержену в огонь вечный; и если глаз твой соблазняет тебя, вырви его и брось от себя: лучше тебе с одним глазом войти в жизнь, нежели с двумя глазами быть ввержену в геенну огненную." Что это значит? – спросил я. Это значит, ответила женщина, что раньше нельзя было желать чужую жену, а теперь Иисус говорит, что быть со своей женой – тоже грех. Муж перестал спать с ней, чтобы не лишиться руки, ноги или чего-нибудь еще; перестал даже смотреть на нее, чтобы сохранить глаз. Он стал скопцом ради Царствия Небесного. Она выгнала его из дома, и теперь он числится в учениках Иисуса. Если все мужики так будут делать, то человечество вымрет, сказала женщина. А жениться на разведенных Сын Божий тоже запрещает. "Ты вот красивый иностранец, – сказала мне торговка, – женись на мне. Я еще молода, могу работать и рожать. Мы продадим мой дом, корову и козу и уедем к тебе". Бабенка была недурна собой, но я, вспомнив своих римских девчонок, вежливо поблагодарил ее и направился в центр города, куда шли толпы людей.

Все шли очень быстро. Я сообразил, что сейчас произойдет что-то историческое, и пошел быстрее всех. Иногда я даже бежал. Из узкого переулка я выскочил на широкую площадь перед дворцом прокуратора Понтия Пилата. Про него здесь говорят, что он хороший администратор, но евреев не любит. Впрочем, он старается не вмешиваться в еврейские дела.

Мне удалось пробраться в первые ряды, где было очень тесно и жарко и воняло немытыми телами, но зато я мог видеть все. Правда, пока ничего не происходило. Я стоял, толкался и слушал, о чем говорили люди. Оказалось, что все ждали суда над этим самым Иисусом, про которого я слышал так много плохого. Кто-то рассказывал, как ходил на его проповедь, на которой Иисус провозгласил: "Не думайте, что я пришел принести мир на землю; не мир пришел я принести, но меч, ибо отныне пятеро в одном доме станут разделяться, трое против двух, и двое против трех. Ибо я пришел разделить человека с отцом его, и дочь с матерью ее, и невестку со свекровью ее. И отныне враги человеку – домашние его." Какой он все-таки мерзавец! – возмущались все. Жестокий, самовлюбленный мерзавец! Еще кто-то вспомнил его слова: "Огонь пришел я низвести на землю, и как желал бы, чтобы он уже возгорелся. Изгонят вас из синагог, и даже наступает время, когда всякий, убивающий вас, будет думать, что он тем служит Богу."

Наконец, из дворца вышел Понтий Пилат со своими приближенными, затем вывели еще двух человек – Иисуса и Варраву, которого арестовали за убийство. Я внимательно присмотрелся к Иисусу: небольшого роста, довольно полный, с животиком, жидкие черные волосики едва прикрывали узкий лоб."

– Прикольно, правда? – сказала Полина, взглянув на Алекса. – Ведь никто не знает, как на самом деле он выглядел! Прижизненных портретов нет, подробных описаний – тоже. Рисовать его начали только в третьем веке, и он там совсем другой, не такой, как сейчас.

"Ничего примечательного я в нем не заметил, – продолжал Джереми, нахмурившись, – разве что глаза его неприятно поразили меня: маленькие, трусливые и злые, они быстро бегали по толпе, ожидая какого-нибудь спасения. Вдруг его взгляд остановился на мне. По моему внешнему виду Иисус, наверно, понял, что я иностранец. Может, я прибыл, чтобы спасти его? Может, меня послал его отец небесный?

Мы долго смотрели друг на друга. Голова его мелко дрожала. Передо мной стоял человек ничтожный, необразованный, жестокий и завистливый, страдающий жутким комплексом неполноценности из-за своего непонятного появления на свет, ненавидящий своего неродного отца и презирающий его почтенное ремесло, неспособный создать семью и поддерживать нормальные человеческие отношения, не знавший ни любви, ни дружбы. Иисус собрал вокруг себя лентяев, нищих, проституток, убогих и больных, одним словом – быдло, запугал их концом света, задурил им мозги бредовыми проповедями, чтобы хоть как-то возвыситься. Его идеи распространялись со скоростью чумы и уже заражали приличных людей. Общественный порядок, семья, нравственность, религия, торговля и предпринимательство, вся еврейская нация оказались под угрозой гражданской войны и вырождения. Клянусь Юпитером, я был готов на многое, чтобы избавить Римскую империю от этого провокатора. И когда Понтий Пилат спросил толпу, что ему делать с Иисусом, я первым крикнул: "Распни его!""

Джереми замолчал, уставившись внутрь себя. Алекс мучительно соображал, что сказать, как оценить услышанное, и понял, что его мнение для Джереми не имеет никакого значения. Текст был примитивный, но в этом и была его сила. Алекс никогда не пробовал оценить христианское учение с точки зрения современника Иисуса Христа, не пытался поставить себя на место человека, на глазах которого оно рождается.

– О'кей, – выдавил наконец Алекс, – но если бога нет, значит, все дозволено?

Схватился за Достоевского, как за соломинку. Вспомнил, что писал свою книжку так же, как Джереми сочинил текст про Иисуса: только первоисточники, долой толкователей, перевирателей. Читал исключительно Достоевского и то, что можно было найти из Гитлера в спецхранах двух самых больших библиотек в Москве. На Гитлере выучил немецкий.

— А вы не совершаете преступления только потому, что за вами кто-то наблюдает? – очнулся Джереми. – Боитесь, что ремнем будут пороть?

— Ну там... ад... и все такое... Но вообще нет, конечно. Про ремень я как-то и не думал.

— Если не думали и зла не творите, то зачем вам Иисус? А до Иисуса люди не любили друг друга, не помогали друг другу? Что же касается вселенской христианской любви, то это все вранье, я только что это доказал. Для него главное – чтобы его любили, ему поклонялись и повиновались. За это он простит любые грехи.

Джереми подошел к шкафу и взял с полки айпад.

— Вот, хочу вам кое-что показать. Скачал с интернета.

На экране Алекс увидел реку, на берегу которой паслось стадо буйволов. Вдруг из-за куста выскочил лев и вцепился в теленка. Взрослые буйволы испуганно отбежали в сторону, а лев начал перегрызать теленку горло. Тот даже не кричал. И тут случилось неожиданное: один из буйволов повернулся и пошел на льва, за ним последовали другие. Ударами рогов они прогнали льва и спасли теленка.

— Как вы думаете, они верят в бога? – спросил Джереми.

— Если и верят, то не в Иисуса Христа, – сказала Полина. – Иначе они подставили бы правую щеку.

— Чем же тогда объяснить, что христианство выросло во всемирную религию? – усмехнулся Алекс. – Если бы оно заключалось в наборе завиральных идей, которые разносит...

— Вранье всегда разносится быстрее, чем правда. Вранье скользкое, а правда шершавая. Милосер-

дие – очень скользкое слово. А если хотите знать,
как было на самом деле, то вот вам история, ими
же рассказанная. Муж Анания и жена его Сапфира
захотели вступить в первую христианскую общину
в Иерусалиме. А порядки там царили коммунисти-
ческие: вступаешь в общину – все свое имущество
продаешь и деньги отдаешь в общую кассу. Анания
и Сапфира продали свой клочок земли, но часть
денег оставили себе. Апостол Петр, узнав про это,
устроил им скандал, обвинил их в том, что сатана
подговорил их солгать Богу. "Услышав сии слова,
Анания пал бездыханен; и великий страх объял
всех, слышавших это", – сообщает нам Евангелие.
То же самое произошло с Сапфирой. Их похоронили рядом.

Джереми встал и заходил по комнате, нервно по-
чесывая седую щетину на щеках. Все эти вопросы
он давным-давно продумал, а сейчас просто извле-
кал с жесткого диска своей памяти нужные файлы,
напряженно вглядываясь в себя усталыми глазами,
снимая очки, протирая линзы, чтоб видеть глубже.

– Пророки ведь шныряли по Палестине и до
Иисуса. И за ними ходили люди, слушали, разинув
рты, но потом про них забывали. Иисус выдвинул-
ся только потому, что возник слух о его воскресе-
нии. Сняли его с креста, похоронили в пещере, вход
в пещеру прикрыли камнем. На следующий день
приходит Мария Магдалина, видит, что камень
отодвинут, а тела внутри нет. Тому можно дать несколько объяснений, свидетелей никаких нет, но
возник слух: воскрес, вознесся... И пошло-поехало!
Стал он им якобы являться. Причем являлся только тем, кто хотел его видеть, а это первейший признак надувательства честного народа. Умные ев-

реи, которые дорожили своими историческими и культурными корнями, не позволили этой заразе уничтожить Иерусалим: разогнали первую христианскую общину. Другим повезло меньше. Вот, кстати, тоже показательная вещь... На тему мультикультурности... Христианство распространялось по Римской империи через малообразованных евреев, для которых родным языком был греческий. Их называли эллинистами. Они болтались по всей Римской империи, то ли евреи, то ли не евреи, не пойми чего, ни рыба, ни мясо...

– Ну да... Евреи виноваты...

Джереми раздраженно посмотрел на Алекса, но сдержал себя.

– Нет, не евреи виноваты. Нормальные евреи – я же сказал... Виноваты те, кто ни рыба, ни мясо. От них вся беда. Всегда. История Европы пошла наперекосяк из-за подрыва национальных основ интеллектуальной жизни. Языческих основ. Причем христиане поступили так же, как большевики в России: как только пришли к власти, сразу же взялись за уничтожение конкурентов. И всяких ересей среди своих же. Людям засоряли мозги лживыми библейскими бреднями, отучая от гениальных текстов Гомера, Демосфена, Платона. И кто, кто! Ничтожества, человеческий мусор! Жизнь – это борьба, это преодоление. Но так они жить не умели. Значит что? Значит, давай все разрушим вокруг, запугаем всех концом света и спасение подскажем: подставь другую щеку, отдай последнюю рубашку... Давай расскажем про верблюда и игольное ушко... Представьте, как развивалась бы Европа без этого вранья, которое все равно не уберегло от крови.

Как раз наоборот, миллионы людей погибли из-за мелочных разногласий по поводу этой лжи!

Алекс и Полина переглянулись. Джереми говорил тихо, но с большим внутренним напряжением. Трагедию Европы он переживал как личную.

— Вот рождается ребенок, да? Вот он рождается... Ничего еще про мир не знает. Ему начинают рассказывать про Иисуса Христа, про апостолов и мучеников, про первородный грех, засаживают в сознание так называемые христианские ценности. Потом он подрастает и видит, что люди живут совершенно по-другому, даже те, кто его учил этим самым ценностям. Подрастает еще немного и понимает, что жить с этими ценностями вообще нельзя. Нет, ну можно, конечно, если ты овощ или таракан в пустыне. А еще лучше вообще на свет не появляться. А люди продолжают болтать про христианские ценности. Все ложь и лицемерие!

Потом пили чай с вишневым пирогом. Потом Джереми проводил Алекса до метро.

Они молча шли по тихим улицам мимо двухэтажных домиков, в которых на первом этаже, за занавесками, светился телевизор, а на втором — компьютер. Перед каждым домиком стояла машина, а то и две, и был разбит небольшой садик с цветами — "мой садик", "наш садик", отгороженный от улицы символической решеткой. По мере того, как они приближались к станции метро, садики исчезали, домики уменьшались, окна сбрасывали занавески, и можно было разглядеть не только телевизор, но и всю многочисленную семью перед ним, а на стенах — изображения слонов и святых старцев в тюрбанах. На каждом доме без занавесок стояла телевизионная спутниковая тарелка, соединявшая этот маленький мирок с огромным миром, который лежал на востоке за тысячи километров отсюда. На телеэкранах герои и героини в ярких одеждах либо танцевали, либо дрались; когда в них просыпались половые инстинкты, они вдруг начинали петь. "Ага, как же! Петь! – подумал Алекс. – Так я и поверил! Если бы они вправду пели, когда трахаться охота, они не плодились бы, как кролики". Он вспомнил историю про Кастурбу, жену Махатмы Ганди. За 62 года своей жизни она так и не выучилась грамоте. Когда они поженились, ему было 13, ей – 14. Ганди хотел научить жену читать и писать, но каждый раз, оставшись вдвоем, они начинали трахаться. А вскоре и дети пошли, учение не понадобилось.

Между домиками втискивались магазинчики, парикмахерские, прачечные, на всех кричали вывески на непонятных языках; над похоронной конторой Алекс заметил свастику, но по-другому повернутую. Восток и Африка внедрялись в Англию по линиям метро и железным дорогам, забрасывали диверсантов, которые открывали у станции первый ресторан, размножались тут же, на втором этаже, и проникали дальше, глубже, меняя демографию в школах и больницах, вытесняя английских торговцев овощами и фруктами, занимая рабочие места в местных отделениях почты и банков. Знаковым событием считалось основание халяльной мясной лавки, после чего можно было уже думать о строительстве мечети.

– Окрестности всех пригородных станций Лондона выглядят одинаково, – сказал Алекс, чтобы нарушить молчание.

Джереми повернул к нему голову, пробормотал что-то, а потом заговорил о сокровенном.

– Полли, когда мы с ней познакомились, была морской свинкой.

И надолго замолчал. Алекс деликатно ждал объяснений.

– Она как бы жила в своей клетке, ела, пила, поворачивала голову на звук моего голоса. Позволяла себя трогать. Вот знаете, в звуковой дорожке можно срезать верхние и нижние частоты. У нее так эмоции были срезаны. Она не хотела смотреть фильмы, которые вызывали сильные чувства: любовь, ненависть, сострадание – любые... Мы не сидели вместе перед телевизором, не ходили в кино. Она не обнимала меня, не садилась ко мне на колени. Когда я приезжал откуда-нибудь, она подходила и подставляла щеку, а руки держала за спиной. Сцепит там руки и держит, чтобы меня не касаться... Я не сразу заметил. Гладил ее по попе и вдруг наткнулся на сцепленные руки. Холодные руки... До сих пор помню этот холод. Морская свинка. Даже не кошка. Кошка проявляет к вам интерес иногда, забирается на колени, растягивается у вас на животе, лежит себе, урчит, согревает. У меня была кошка, я знаю, о чем говорю... А тут – морская свинка.

– Но вам удалось ее... как бы это сказать... переделать?

– Полли любит читать всякие серьезные книжки. Я как бы случайно оставил на столе научный трактат про тантризм. Очень научный. Коллектив авторов объясняет философскую подоплеку совокупления Шивы и Шакти, преимущества сакрализации секса в традиционных цивилизациях и пагубные последствия сексофобии в христианстве.

Полли стала читать. Смотрю, подчеркнула указание Шивы: "Пить и еще раз пить, упасть на землю и приподняться для того, чтобы выпить еще — только после этого достигается свобода". Не знаю, почему подчеркнула, может, затронуло какие-то струны в ее русской душе. Я вообще люблю смотреть, какие места в книгах она отмечает. Мне кажется, это очень интимное дело — пометки в книгах. Про оргии Полли тоже подчеркнула.

— Про оргии?

— Ну да. Отголосок древних земледельческих обрядов годового цикла. Про женщин, которые отдаются мужчинам на кладбище, — тоже ее заинтересовало. Я забеспокоился, когда увидел ее пометки в главе о школе Сахаджия.

— А что такое? — изобразил волнение Алекс.

— Ну как же! Сначала мужчина должен четыре месяца спать с женщиной в одной комнате, но на отдельной кровати. Потом еще четыре месяца в одной кровати слева от нее, но не касаясь. Потом еще четыре месяца — справа, тоже не касаясь.

— Но зато потом!

— Да, но это же целый год! А еще про то, как сдерживать семя и заставлять его вернуться назад. Это Полли тоже подчеркнула.

— Опасная книжка, — покачал головой Алекс. — Может, не надо было...

— Надо, надо! И вам советую. Мы с Полли достигли совокупления, которое длится бесконечно долго. Вечное наслаждение.

— То есть вы как бы...

— Ну да! Мы как бы трахаемся каждую минуту и каждую минуту кончаем.

— А руки? — спросил Алекс.

– Что руки?

– Руки она теперь держит за спиной?

– Иногда держит, – улыбнулся Джереми, такой счастливый, что Алексу захотелось его ударить. – Но сейчас это... все по-другому... И руки теперь теплые.

Джереми довел Алекса до метро, попрощался и быстро пошел домой. Почти побежал к теплым рукам.

Перед тем, как пройти турникет, Алекс достал мобильный и отправил Полине эсэмэску: "Больше не звони мне. И не пиши".

Когда вернулся домой, зашел на "Облик". Во френд-ленте увидел изображение вишневого пирога, который ел пару часов назад. Под фотографией Полина написала: "Сегодня вечером съели с друзьями этот пирог. Сама испекла! Рецепт русский, вишни итальянские, мука французская, друзья – двое израильтян, трое арабов, один американец, который запал на мою подругу из Эфиопии (только что прилетела, и сразу к нам). А, чуть не забыла мужа-англичанина! Люблю тебя, Джереми! Больше вишневого пирога люблю!"

Алекс отфрендил Полину.

## Глава 6

Гитлер реально достал со своим Бен-Гурионом. Оживи да оживи! Как ребенок, честное слово... Вавилов отмахивался, отмалчивался, уходил от разговора, опасаясь склок, воплей и мордобития между двумя старыми политиками. Впрочем, почему старыми? Гитлеру полтинник. Вопрос был в том, в каком возрасте удастся оживить Давида Бен-Гуриона.

– Он мне нужен в расцвете его интеллекта, – требовал Гитлер, грозя Вавилову пальцем. – 1930-1940-е годы. Время великих свершений у нас обоих. Ну что вы трясете своей седой шевелюрой, генерал? Уверяю вас, все будет шикарно. Вот послушайте: "Неважно, что говорят другие нации. Важно, что делают немцы". Замечательно, правда?

– Это кто сказал?

– Бен-Гурион, кто ж еще!

– Неужели?

– Я просто заменил евреев на немцев. Он сказал: "Неважно, что говорят гои. Важно, что делают евреи".

Рита выступила резко против Бен-Гуриона. Поддавшись обаянию фюрера, она смирилась с готовкой вегетарианских блюд и даже нашла в этом удовольствие, когда поняла, что на вегетарианском Вавилов худеет. Порой она, охая от притворной усталости или горестно показывая на свою голову, которая на самом деле никогда не болела, отказывалась готовить для Вавилова мясное в надежде уменьшить размер жировых отложений на его талии, которые англичане симпатично называют "рукоятками любви". Не надо лишних рукояток! Рита желала видеть Ваву сухощавым, мускулистым, поджарым, как породистая гончая.

Готовить кошерное для Бен-Гуриона она не собиралась. Вот еще! Рита не хотела загромождать свой мозг излишними знаниями о том, какие животные имеют раздвоенные копыта и жуют жвачку, а также о том, как их забивают. Ради человека, который поставил раком Ближний Восток, она не откажется от осетрины, угря и черной икры.

Антисемитизм Риты вызывал у Вавилова чувство умиления, понятливой симпатии. Нет, это не тот антисемитизм, который зарождается в чуткой детской душе, когда родители затаскивают вас на симфонический концерт и когда вы, одурев от скуки, начинаете разглядывать в бинокль скрипачей и вдруг понимаете, что все они похожи носами, волосами и даже лысинами. Это не тот антисемитизм, который проклевывается, когда слушаешь беседы о литературе, не выходящие за ворота гетто, где обитают только Гроссман, Бродский, Мандельштам и Пастернак. Нелюбовь Риты к евреям выросла из любви к еврею.

Сейчас уже трудно поверить в то, что генерал Вавилов не был ее первым романтическим увлечением. Будущие биографы генерала сильно удивятся, когда узнают, что у Вавы был предшественник в обличии Левы Филькенштейна. Этот факт растиражируют под рубрикой "Исторические курьезы", по степени своей невероятности он опередит повесть о любви будущего сионистского лидера Хаима Арлозорова и немецкой девушки Магды, будущей Геббельс, фактически первой леди гитлеровской Германии.

Когда Левушке Филькенштейну исполнилось пять, папа подарил ему шахматы и учебник Капабланки для начинающих. На Новый год пришлось дарить "Мою систему" Нимцовича, которую посчастливилось купить у спекулянта около магазина "Букинист". Папа долго искал "Мою систему". Он спрашивал Нимцовича, а ему предлагали Гегеля и довоенное издание Шпенглера. "Да не немцовича, а Нимцовича! – сердился папа. – Арон Исаевич Нимцович! "Моя система!"" Нашел. В десять лет Левушка защитил первый разряд, и родители перестали его мучить: походы два раза в неделю (понедельник и четверг) к училке по музыке Евгении Егиазаровне прекратились, пианино продали. Когда Левушке исполнилось четырнадцать, он увлекся баскетболом, и на следующий год сборная школы стала чемпионом Бабушкинского района Москвы. Когда стукнуло пятнадцать, он открыл для себя одноклассницу Риту, а она открыла его. Рита укоротила юбку, перекроить пришлось и график дежурств по классу. Никогда еще дежурные не оставались в классной комнате так долго, никогда входная дверь не запиралась так крепко и никогда пол не был таким неумытым.

В десятом классе Рита неожиданно осознала, что Левушка – еврей. Это произошло, когда из Филькенштейна ("Фильки") он превратился в Попова. Рита ничего не понимала. Левушкина мама Розалия Самуиловна, любившая Риту как родную, быть в девичестве Поповой никак не могла. Вы ее фотографии видели? В результате многовековой селекции Аркадию Моисеевичу, отцу молодого человека, достался нос именно под фамилию Филькенштейн, а не под куцую Попов.

В кошмарном сне Рите привиделось, как укорачивается филькин член.

За семейным столом Розалия Самуиловна и Аркадий Моисеевич объяснили Рите, что мальчик после школы хочет поступать на механико-математический факультет МГУ, а времена нынче сами знаете какие... "Какие?" – вскинула ресницы Рита. Розалия Самуиловна тихо вздохнула и предложила девочке пастилу. Левушка шел на золотую медаль, но Филькенштейнам это казалось недостаточной гарантией. У Розалии Самуиловны нашлась двоюродная тетка с железобетонной фамилией. Рита кивнула головой, как будто кто-то спрашивал ее согласия. Она простила Фильке лицемерие, ибо сильно любила, а член его короче не стал.

Вскоре грянула перестройка. У Филькенштейнов и им подобных открылись новые возможности, а посему Левушка, мечтавший начать в Израиле высокотехнологичный бизнес, вновь поменял окраску, сбросив "поповство" как неуклюжий панцирь. И вот тогда-то и стала Рита антисемиткой. Нет, поймите девушку правильно: секс с Филей был удивительно хорош, чай не дура, чтобы от такого отказываться, но тем сильнее она ненавидела его за двуличие и "типично еврейскую расчетливость", хотя как раз эта расчетливость в моменты интима конвертировалась в умелость рук и языка.

Она по-прежнему звала его Поповым, только теперь делала ударение на первый слог. Филя выражал недовольство, но Рита сказала, что он напоминает ей одного болгарского киноактера и что в Болгарии его фамилия звучала бы именно так. Она мурлыкала "попка для По́пова", вставая на колени и поворачиваясь к Филе задом. Приходя в гости, она приносила огромную пятилитровую банку болгарских консервированных овощей. Розалия Самуиловна натужно улыбалась и украдкой хмурилась, полагая, что в новых исторических условиях эта русская девчонка нашему Левушке не пара.

Ненависть – абсолютно естественное чувство, такое же древнее, как половое влечение. Оно интернационально, мультикультурно и передается из поколения в поколение. В сочетании с феноменальным сексом оно приносит невероятное наслаждение. Ненависть все расставляет на свои места, упрощает сложные ситуации, помогает сориентироваться и определить местоположение в этой жизни.

У Риты проявился научный интерес к семейству Филькенштейнов. Она читала по еврейскому вопросу все, что можно было достать тогда в России. Оказалось, что никакого древнего еврейского народа, изгнанного из земли обетованной, не было и нет, никто их не изгонял и никуда они не убегали. Выяснилось, что религия одна, но люди разные, просто предки их когда-то перешли в иудаизм, а вот палестинцы, наоборот, те же евреи, только принявшие когда-то ислам, а потому имеют полное право на эту землю. В Бога Рита не верила, но чтобы записать еще один минус против Фильки, поверила в распятие человека божественной непорочности и доброты кровожадными иудеями.

– Не надо Бен-Гуриона, мой фюрер! – упрашивала стонущим шепотом Рита. – Стоит только одному завестись, и он притащит за собой остальных. Будут собираться на кухне за столом, постелят на него ужасную клеенку в клеточку, будут нас с вами обсуждать, качать головами, подмигивать втихомолку. Мужики небритые, в очках, тетки кошмарные, которые все всегда знают, тоже в очках. Эти ужасные волосы, которыми можно сковородки отскребать. Умоляю вас, фюрер!

Неимоверное страдание изобразилось на лице Гитлера. О, как он понимал эту женщину! Он осторожно взял ее за руку и почувствовал, что рука чуть-чуть дрожит.

– Фрейлейн Рита... Фрейлейн Рита... – бормотал растроганный Гитлер, пытаясь найти продолжение фразы.

В другой компании он забыл бы о присутствующих, представил бы себя на митинге, толкнул бы речь о неотложных задачах. Да, в другой компании – и до того, как умер. Годы смерти научили его молчать. Райские души – аморфные, вязкие, полужидкие – не хотели бороться за счастливое будущее и этим убивали в нем вождя. Гитлер беспокоился: а сможет ли он сейчас повести за собой массы? Он пока точно не знал, куда вести, но когда он разберется в обстановке, он будет знать. Но сможет ли?

Фюрер отпустил руку фрейлейн Риты.

– Вот что я вам скажу, – произнес Гитлер, добавив голосу строгости, которая порой необходима в общении с женщинами. – Однажды в Вене я увидел...

– Да, да, мой фюрер, вы рассказывали: фигура в длиннополом кафтане с черными локонами. Ну так ведь и я о том же!

❧

Они понимали друг друга с полуслова. На глазах у Риты показались слезы, ее губы и ресницы дрожали. Никогда антисемитизм не был так очарователен. Гитлер совсем размяк. Он вдруг вспомнил Стефанию, свою первую любовь, с которой так и не заговорил. Вечером он стоял на торговой улице Линца и дожидался, когда она пройдет мимо вместе со своей почтенной матушкой и взглянет – или не взглянет – на него. Он уже проектировал дом, в котором будет жить с прекрасной Стефанией, а все еще боялся представиться – сначала матушке, а затем, испросив ее разрешения обратиться к дочери, самой красавице.

– Фрейлейн Рита, вы танцевать любите?

– Нет, не очень.

Гитлер лучезарно улыбнулся и кивнул головой в знак одобрения. Значит, никаких вальсов в объятиях этих пошлых, облитых духами офицеров, которые в конечном итоге так гнусно предали его. Вавилов говорил, что она отлично стреляет. Да, вот кстати: как быть с Вавиловым? Он всего лишь генерал, но, во-первых, не армейский генерал, не пустышка с погончиками, а во-вторых, фюрер не имеет права нарушать правила приличия даже в отношении нижестоящих. Гитлер со стыдом вспомнил, как ласкал под столом ногу Риты помпоном на тапке, и покраснел. Вот до чего доводит долговременная смерть. Не удержался... Впрочем, понятная слабость: ведь она такая красавица!

Они помолчали. Гитлер наслаждался обществом роскошной женщины. Женщина рассматривала его мужественное лицо обожающими глазами, какими смотрят на ведущего вечерних новостей, неожиданно забежавшего в аптеку. В доме было тихо:

Вавилов ушел по своим секретным делам. Электрическая сеть Хэрроу опять работала с перебоями, поэтому старинная лампа, которую Рита откопала в антикварном магазине напротив, лукаво подмигивала, подталкивая Гитлера к решительным действиям. Мужчина мелкого масштаба воспользовался бы моментом, чтобы овладеть Ритой, взгляд которой, казалось, умолял о физической близости. Мужчина мелкого масштаба незамедлительно получил бы по физиономии – больно; рука у Риты от рождения была тяжелая, годы тренировок сделали ее чугунной, не лишив, впрочем, изящества. Романтичный кавалер, воспитанный на "Страданиях юного Вертера", рухнул бы перед Ритой на колени с обещаниями вечной любви и – в духе практичной современности – солидного денежного содержания. Такой кавалер имел бы больше шансов на успех по сравнению с мужчиной мелкого масштаба, но желанной цели все равно бы не достиг. Вечером Рита рассказала бы этот забавный эпизод Вавилову, чтобы внушить ему лишний раз, что она все еще привлекательна для многих, но хранит ему верность. А Вавилов ответил бы беспомощной улыбкой, втайне желая Рите влюбиться в другого и сохранить с ним, старым мухомором Вавиловым, цивилизованные дружеские отношения.

Читатель, кое-что поверхностно слышавший о господине Гитлере, подумает, что фюрер – ценитель Гете, Шиллера, Вагнера и вообще великий романтик в душе – избрал второй путь. Такой читатель ошибется. Надо знать Гитлера так, как знает его автор этих строк, чтобы предугадать, что наш герой не сделает ничего. Пошлые офицерские приемы противоречили его жизненной философии.

Достойная Гитлера женщина должна настолько глубоко сродниться с ним душой и сердцем, что слова, любые слова, даже слова Гете, окажутся лишними. Она просто даст ему понять, что принадлежит ему, как принадлежат ему его руки и ноги, и он может пользоваться ею, когда захочет. Только такая женщина может рассчитывать на любовь фюрера. Женщины, которым требовались слова и уж тем более деньги, Гитлера не интересовали. К черту болтовню! К черту деньги!

Гитлер видел, что Рита пока не достигла нужной кондиции. Пусть Бен-Гурион станет для нее испытанием. Если ради любви к своему фюреру фрейлейн Рита сумеет преодолеть в себе эту неприязнь – такую естественную для настоящей арийки, это будет доказательством того, что она эволюционирует в правильном направлении.

– Бен-Гурион такой же национал-социалист, как мы с вами, – ласково произнес Гитлер, нарушив сентиментальную тишину.

– Мой фюрер, вы обманываете меня, чтобы смягчить мои страдания, – ответила Рита, слегка касаясь его колена.

– Отнюдь. Ваше душевное спокойствие, ваше счастье, фрейлейн Рита, слишком дороги для меня, чтобы я прибегал к недолговечной лжи. Вот послушайте, я кое-что распечатал.

Гитлер подошел к столу, на котором стояли компьютер и принтер, взял несколько листов бумаги и вернулся к подмигивающей лампе.

– Ну вот, к примеру. Одним из принципов сионистского движения, которого Бен-Гурион строго придерживался, когда евреи поперли в Палестину и начали вытеснять оттуда арабов, был принцип еврейского труда. На их языке – "авода иврит".

Рита поморщилась.

– Евреи должны были сами обрабатывать свои земли в Палестине или нанимать только евреев. Мы в Германии в те же годы делали то же самое. Принцип немецкого труда. "Авода германиа." Только в нашем случае речь шла не о земле, а о сфере интеллектуальных профессий – учителя, университетские профессора, врачи, юристы, журналисты. Согласитесь, земле все равно, кто ее обрабатывает – еврей или араб. Другое дело интеллектуальная сфера. Кто будет вспахивать мозги немцев? Люди, враждебные нашей культуре? Кто будет учить немецких детей, сообщать немецкие новости, толковать немецкие законы? Кто будет лечить немцев? Сомнительно, чтобы Бен-Гурион разрешил арабам работать в еврейских школах и больницах, если он даже до еврейской земли не хотел их допускать. Так кто из нас больший национал-социалист, фрейлейн Рита?

Рита поджала губы и пожала плечами.

– Не убедил? – улыбнулся Гитлер. – Это еще не все. Вот он пишет в 1912 году своему отцу Авигдору по поводу своего брата Абрама, который хотел продавать в Эрец Исраэль лотерейные билеты.

Услышав еврейские имена и особенно Эрец Исраэль, Рита поморщилась еще сильнее, но Гитлер был непреклонен. Даже жесток. Женщина должна выдержать любую пытку, если она хочет стать женщиной фюрера.

– Эрец Исраэль – так евреи называли Палестину. Так вот, насчет брата Абрама и лотерейных билетов Бен-Гурион пишет: "Я могу выразить лишь мое неодобрение по поводу этой идеи. Лучше ему оставаться в Плонске...” Плонск – городишко в Польше, которая тогда была частью вашей русской империи. Там Бен-Гурион родился. Так... “Лучше ему оставаться в Плонске, а не привозить такие “деловые предприятия” в Эрец Исраэль. Пусть занимается этим в Польше, в Эрец Исраэль требуются другие “бизнесы”. Если он думает, что для искупления достаточно только переехать из Диаспоры в Эрец Исраэль, не отрекаясь от всей той грязи и убожества, которые пристали к нам в Диаспоре, от всего этого “легкомыслия”, этого аномального, уродливого и противоестественного образа жизни, в котором мы погрязли в гетто, то он сильно ошибается! Эрец Исраэль – это не просто географическое понятие. Эрец Исраэль должен стать процессом исправления и очищения нашей жизни, изменения наших ценностей в самом возвышенном смысле этого слова. Если мы просто перенесем жизнь гетто в Эрец Исраэль, тогда какая разница, живем мы этой жизнью здесь или там?” Вы видите, фрейлейн Рита? Вы видите?

– Мой фюрер, я не уверена... Что это означает? Объясните, пожалуйста, как вы это понимаете.

Гитлер довольно улыбнулся.

– Если Бен-Гурион, стопроцентный еврей из гетто, говорит об уродливости и противоестественности их расы, то что же вы хотите от нас, немцев? Что вы хотите от арийцев? Чтобы мы терпели эту грязь рядом с нами, в нашем доме? Бен-Гурион – их лидер, их национал-социалистический идеолог – хочет очистить евреев, он не хочет переносить гетто в Палестину. Вполне естественно, что мы, арийские национал-социалисты, тоже хотели избавиться от гетто. Нет, что ни говорите, фрейлейн Рита, а я абсолютно уверен, что мы – вы и я – с ним прекрасно поладим. Мы будем жить в разных комнатах – так же, как должны жить разные народы.

Рита недовольно поерзала в кресле, покачала головой.

– Ну, не знаю... Зачем с ним ладить-то? Без евреев никак нельзя обойтись? Мы же не консерваторию строим. У нас уже есть великий национал-социалистический лидер. К чему нам еще один?

– Бен-Гурион – способный политик. Он добился того, чего я не смог добиться. Он построил великий еврейский рейх, который существует уже несколько десятков лет. Мне не удалось построить германский рейх по целому ряду причин, и главная из них – заговор международных еврейских кругов, которые поссорили меня с Британией и Америкой. Имея при себе Бен-Гуриона, я буду от этого застрахован. Все эти масоны, космополиты, либеральные банкиры и журналисты не смогут помешать мне выполнить те задачи, которые возложило на меня Провидение.

Гитлер совсем близко придвинулся к Рите и погладил ее по голове.

– Фрейлейн Рита, пожалуйста, постарайтесь меня понять. Мне очень важно, чтобы вы меня поняли. Очень...

Рита глубоко вздохнула и несколько раз энергично кивнула, как маленькая девочка, которая обещает прилежно учить уроки и не примерять мамины туфли.

Прошло два дня, и Гитлер начал выходить в люди. Перед тем, как открыть дверь на улицу, он надевал черные очки и проводил пальцами над верхней губой: не растет ли чего? Потом смотрел на висевший на стене коридора эстамп с надписью *"The older I get, the better I used to be,"* ухмылялся в надежде, что скоро эта фраза будет относиться к нему, поворачивал в замочной скважине ключ. Дверь цеплялась за старое серо-голубое коверное покрытие на полу, не желая выпускать Гитлера на волю, как будто опасалась непредсказуемых последствий. Гитлер проявлял настойчивость и осторожно выходил на крыльцо, стараясь не задеть бутылки со свежим молоком, которые привозил бело-зеленый электромобиль. Вниз вели четыре ступеньки из побитого кирпича, дальше – дорожка до железной калитки, но Гитлер никогда не спускался по ступенькам. Он стоял на крыльце, засунув руки в карманы и иногда слегка сгибая ноги в коленях, чтобы разморозить их после ночного сидения перед компьютером. Мимо проходили школьники в синих куртках, с книжками и круглыми соломенными шляпами в руках, иногда – но очень редко – проезжал красный двухэтажный автобус, казавшийся слишком большим для узкой дороги. Каждый раз Гитлер удивлялся, что автобус не переворачивается. В антикварном магазине напротив хозяин протирал витрину. Гитлеру хотелось, чтобы антиквар поприветствовал его, как старого знакомого, как старожила, но тот никогда этого не делал. Наверно, надо было что-нибудь у него купить, чтобы тот начал проявлять дружелюбие. Постояв на крыльце, Гитлер забирал бутылки с молоком и возвращался внутрь.

Однажды, когда фюрер уже нагнулся за бутылками, у дома остановился фургон с тремя буквами *PNF* на борту. Гитлер узнал эти буквы: они обозначали сеть мебельных магазинов, раскинувшуюся по всей Британии. Реклама *PNF* слишком часто попадалась ему на глаза во время его путешествий по интернету. Поначалу он считал своим долгом щелкнуть на каждую рекламу и внимательно изучить коммерческое предложение просто из уважения к трудолюбивым предпринимателям. Эту манеру он быстро оставил: щелчок по невинной картинке иногда вызывал появление сразу нескольких экранов с омерзительными непристойностями. В других случаях коммерсанты удивляли Гитлера своими приемчиками, эффективность которых вызывала у него сомнения. Вот, например, компания *PNF* оценивала свои кожаные диваны в 1500 фунтов, но все время продавала их с 50-процентной скидкой. Ни разу Гитлер не видел, чтобы диван продавался за полную цену. В этом чувствовался какой-то обман, но какой, фюрер определить не мог. Так и сидел он ночами перед компьютером, обманутый, в абсолютной уверенности, что его чувства разделяют миллионы людей. Он даже хотел написать что-нибудь по этому поводу на "Облике", но решил повременить, поскольку не разработал еще конкретную программу действий для решения этой проблемы. Сажать? Высылать из страны? Интересно, что сделал бы Бен-Гурион? А Гиммлер?

Вообще фальшь проступала кругом, куда ни кинь внимательный взор. Британское правительство водило граждан за нос, где-то прибавляя, где-то убавляя, повышая налоги здесь, давая мизерные льготы там, надеясь, что большинство людей слишком глупы, ленивы или заняты, чтобы проанализировать картину в целом и прийти к очевидному выводу, что с годами жизнь лучше не становится. Демократические политики бежали по замороченным головам избирателей, как по льдинам через весеннюю реку.

Вот что еще удивляло Гитлера: профессии. С лица земли как будто исчезли рабочие и крестьяне. Народ, с которым фюрер пересекался на форумах "Облика", занимался чем-то эфемерным, нереальным, тем, что нельзя было пощупать: какие-то консультанты, менеджеры по персоналу, операторы базы данных, специалисты по пиару. А кто выращивает хлеб? Кто строит дома? Нация должна производить что-то, что можно пощупать руками, увидеть глазами, показать своим детям со словами "вот это я сделал". Это необходимо для общественного здоровья.

Гитлер любил людей рациональной любовью. Неполноценные особи подлежали уничтожению, потому что на деньги, которые тратятся на содержание приютов для больных, можно построить детские сады и школы для здоровых. Он не обманывал немцев, честно объяснял, почему он так поступает. Нельзя любить всех. Абстрактный гуманизм приводит к вырождению нации. Политик должен думать о своем народе, а не о том, как победить на ближайших выборах.

Молодежь следует приучать к ручному труду. Он написал об этом на "Облике" в дискуссии, посвященной алкоголизму среди молодых британцев. Вот что он написал: "При воспитании наших юношей следует помнить, что расширить кругозор и привить уважительное отношение к ручному труду можно работой на доменном, сталелитейном или танковом заводе, то есть там, где производят металл. Металлурги и по своему внешнему виду, и по своим взглядам истинные господа. Еще полезно побывать на верфях. Сколько красивых, статных мужчин, державшихся весьма достойно, как настоящие дворяне, с благородными и гордыми лицами видел я среди рабочих, которые на верфи внесли свою лепту в великое дело и теперь выстроились в ожидании спуска корабля на воду. Все это относится и к горнякам. Горняк есть и будет элитой среди рабочих. Ибо и внешне и внутренне он сформирован профессией, которая и поныне связана с повышенным риском для жизни и заниматься которой могут лишь крепкие, решительные люди, способные выстоять в самых опасных ситуациях."

Модератор поменял танковый завод на тракторный. Строчки про горняков вызвали десятки суровых комментариев по поводу Маргарет Тэтчер.

Из фургона компании *PNF* вылезли молодые здоровые мужики, которым не мебель уцененную возить, а стоять у мартеновской печи. Быстро и молча они достали из кузова большую коробку размером с гроб и понесли к двери, возле которой переминался с ноги на ногу Гитлер. Что в коробке? Точно не диван. Для кровати коробка слишком узкая. Тренажер для фрейлейн Риты, решил Гитлер. Он открыл дверь и крикнул внутрь дома: "Фрейлейн Рита, вам посылка!" Когда мужики заносили коробку, один из них шепнул Гитлеру: "С добрым утром, мой фюрер!"

Гитлер не мог знать, что в тот момент, когда он делился на "Облике" своими соображениями по поводу металлургов и горняков, китайские банкиры в Пекине приняли решение оживить Давида

Бен-Гуриона. Вот его и привезли. Генерал Вавилов – смурной, недовольный, ожидающий всяческих конфликтов и кошмаров – распорядился, чтобы великого еврея отнесли в комнату, самую дальнюю от конурки Гитлера, на другом этаже. Приехали эксперты по оживлению, собрались вокруг Бен-Гуриона, за ними подтянулась раздраженная, но любопытная Рита. Гитлеру Вавилов строго наказал, чтобы тот не показывал свой нос до особого распоряжения.

Бен-Гурион очнулся, склонил голову направо, протянул дрожащую руку в сторону Риты и вновь потерял сознание.

– Знает кошка, чье мясо съела, – злорадно пробурчала Рита, повернулась, чтобы выйти из тесной комнаты, и увидела, что рядом стоял Гитлер.

– Мне кажется, у него вполне здоровый цвет лица, – сказал фюрер и шмыгнул за Ритой, чтобы генерал не застукал.

Вавилов разработал график принятия пищи, чтобы развести Гитлера и Бен-Гуриона. Рита отказалась сидеть с Бен-Гурионом за одним столом и уходила из дома якобы по делам. Возвращалась, едва передвигая ноги, с трудом удерживая в руках сумки из лондонских бутиков. Когда генерал пытался успокоить ее, убедить, что в Бен-Гурионе нет ничего особенного, еврей как еврей, маленький и лохматый, даже симпатичный в чем-то, Рита всхлипывала, махала руками и просила, чтобы Вавилов перевел на ее карточку новую порцию денег.

Обеды Вавилова с Бен-Гурионом проходили невесело. Оказалось, что у сиониста полностью отсутствовало чувство юмора, он требовал объяснить истинный смысл каждой шутки и намека. Он совершенно всерьез предложил организовать в доме общество по изучению Библии. А когда возникли разногласия по поводу того, кто должен полететь в первом корабле на новую планету, Бен-Гурион встал из-за стола и заявил, что подает в отставку. Вавилов мягко напомнил ему, что его пока никуда не "приставляли", и пообещал продумать в ближайшее время вопрос о коллективном изучении Библии. Книг Бен-Гурион заказал не меньше Гитлера, причем многие уже были у Гитлера, и генерал надеялся, что фюрер не откажется поделиться с отцом-основателем Государства Израиль.

А потом произошел пожар. Историки, изучающие эти легендарные дни, предшествовавшие рождению новых цивилизаций, не в состоянии прийти к единому мнению о причинах пожара. Никаких письменных источников не сохранилось. Аутентичность личного дневника антиквара из магазина напротив, в котором написано, что автор бывал в доме Вавилова чуть ли не каждый день и был его близким другом, вызывает сомнения у большинства специалистов по второй жизни Гитлера.

Историки разделились на два лагеря – "пожарники" (к ним примыкает клика "пожарных") и "поджигатели". "Пожарники" считают причиной пожара неполадки с бойлером, который якобы ставили польские гастарбайтеры. "Пожарные" указывают на старую газовую плиту и дырявые трубы. Лет за пять до описываемых событий в том же районе произошел мощный взрыв газа на кухне у пакистанцев: разнесло в щепки весь дом, два человека погибли. Об этом подробно писали в газете "Хэрроу Таймс". Впрочем, согласно еще одной версии, причиной инцидента был не газ, а самодельная бомба, которая рванула в неправильное время в неправильном месте.

"Поджигатели" указывают на давно опровергнутую теорию о том, что поджог рейхстага в 1933 году организовал Гитлер: мол, фюрер взялся за старое. При этом они не объясняют происхождение спичек или зажигалки. Сам Гитлер не курил. Никто в доме Вавилова не вредил своему здоровью: ни Рита, ни сам генерал. На кухне спички не требовались: плита, как установили археологи, была оборудована электрической зажигалкой. В одном из докладов на прошлогодней научной конференции "Гитлер в Хэрроу: новый рассвет" прозвучала смелая гипотеза, согласно которой спички мог оставить на кухне английский водопроводчик, чинивший там кран. Фигура водопроводчика в этом дискурсе ранее не появлялась, про него практически ничего не известно. Поэтому посыпались вопросы докладчику: зачем водопроводчику спички? Курил ли водопроводчик? Мог ли средний водопроводчик позволить себе в те времена пачку сигарет? Автор гипотезы не смог дать вразумительный ответ ни на один из вопросов, стушевался и поспешил сойти с трибуны под сдержанный смех коллег.

Предоставим историкам право разбираться в причинах пожара. Мы знаем, как было на самом деле, но время говорить об этом пока не пришло. Продолжим наш рассказ.

Противно, на весь дом, заорала сирена, и в следующую секунду в столовую, где обедали генерал Вавилов и Бен-Гурион, ворвался Гитлер. Одной рукой он прижимал к груди заспанного кота Ваську, другой – трехтомник Ницше и какие-то бумаги.

– Кажется, что-то горит, – сказал Гитлер безразличным голосом. – Генерал, проверьте, пожалуйста.

Вавилов вскочил и бросился на кухню, где у него хранились различные огнетушители для всех видов возгорания. Он всегда считал, что самым нужным в хозяйстве окажется пенный огнетушитель – с кремовой маркировкой – для борьбы с воспламенившимся подсолнечным маслом. Но Рита в тот день не готовила, ее вообще дома не было, и он схватился за баллон с синей маркировкой – огнетушитель порошковый, универсальный. Схватился, бросил взгляд на инструкцию и рванул на второй этаж, откуда потянулся легкий дымок.

– Может, надо помочь? – спросил Бен-Гурион.

– Не думаю, – успокоил его Гитлер, положив Ницше и бумаги на стол и выпустив кота Ваську на пол. – Там небольшой костерок. Генерал – человек энергичный, без нас справится.

Бен-Гурион не знал, как реагировать на присутствие Гитлера, но его очень радовало, что эта встреча произошла без свидетелей из числа израильских политиков и журналистов.

– А я вас видел, – сказал он наконец.

– Вы бывали в Германии? Как же вас ребята Гиммлера проморгали?

– Нет, не там. Там, – произнес Бен-Гурион, показав на потолок.

– Да, я присутствовал при вашем пробуждении. Очень рад за вас. Моя идея, между прочим.

– И не там. Какой вы непонятливый! Еще выше, – раздраженно сказал Бен-Гурион.

– Ах, там! – протянул Гитлер. – Почему же вы не подошли?

— Я не сумасшедший. Там же Вейцман, Жаботинский... Разнесли бы на всю вселенную.

— Слушайте, сколько там вашего брата! Я так и не
понял, кто там Бог. Вы поняли?

Бен-Гурион пожал плечами:

— Знаю наверняка только одно: Бог – еврей.

— Да? Тогда какие претензии ко мне? – усмехнулся Гитлер.

— А вы считаете, что ни в чем не виноваты?

— Ну-у... Вина великого человека – это понятие
относительное. Как на это дело посмотреть... Если
Бог есть, если Бог, как вы говорите, еврей, то я лишь
орудие в его руках. Помните, как у Гете в "Фаусте"?

> В буре деяний, в волнах бытия
> Я подымаюсь,
> Я опускаюсь...
> Смерть и рожденье –
> Вечное море;
> Жизнь и движенье
> В вечном просторе.

— Я не совсем понимаю. В какой строчке тут про
вас? – спросил Бен-Гурион.

— "Смерть и рожденье – вечное море..." Да, в про-
цессе построения великого рейха кто-то погиб,
но они все равно бы умерли. Зато выросло более
здоровое поколение немцев, и, если бы мне не помешали, таких немцев стало бы еще больше. Ре-
лигиозный человек вообще не должен обращать
внимания на такие глупости, как жизнь и смерть.
"Вечное море" – объяснили же!

— То есть жизнь конкретных людей вас не волнует?

– Ну почему же не волнует? Очень даже волнует. Великий рейх я для кого строил? Для себя, что ли? Мои личные запросы минимальны: я – не Геринг. Между прочим, евреи тоже в чем-то выиграли: свое государство получили. Вы вот, надеюсь, понимаете, что без меня Израиля бы не было? Парадокс: строил великую Германию, а заложил краеугольный камень в основание Государства Израиль. Воистину: "в буре деяний, в волнах бытия я подымаюсь, я опускаюсь..." И кем бы вы были без меня? Вам бы спасибо мне сказать, а вы строите из себя буку. Вейцман хоть талантливым химиком был, даже придумал там что-то с ацетоном против нас, немцев. А вы-то кто? Недоучившийся юрист? Профессиональный политик?

– Слушайте, на вашем месте... Я гуманист, вот что главное! В отличие от некоторых...

– Я тоже гуманист! Только у меня гуманизм конкретный – прежде всего в отношении немцев. И направлен мой гуманизм в будущее. Я о будущем думаю. Обо всех людях я думать не могу и не хочу. Они все разные, люди-то, если обо всех заботиться, это будет не гуманизм, а дерьмо. А на вашем месте я бы из себя мать Терезу не строил... Кстати, вы видели ее там? Ужасно неприятная тетка! Вот тоже – абстрактная гуманистка!

– Да уж, – усмехнулся Бен-Гурион.

Они помолчали, думая об одном и том же.

– Вы знаете, как звали мать пророка Мухаммеда? – спросил Гитлер.

– Амина. А зачем вам?

– И отца знаете?

– Абдулла. А в чем, собственно, дело?

∾

– Ну раз знаете, так хорошо. Может, вас оставили бы в живых.

– Кто?

– А-а-а, испугались, гуманист вы наш абстрактный! Пока вы тут сидите, в Кении исламские террористы захватили торговый центр. 58 человек убили, может, уже больше. Пока вы тут сидите... Спрашивают, как звали мать пророка Мухаммеда. Кто знает, того отпускают, а кто не знает, того... – и Гитлер смастерил пистолетик из двух пальцев.

– Ну, это звери какие-то!

– Ну почему же звери? Люди, просто люди... Если хотите, я обосную их позицию. Уверен, что вы сами можете это сделать – с вашим историческим опытом. Просто они такого слова не знают – гуманизм. И легко садятся на шею любому гуманисту. А когда начинают предупреждать об опасности... Я в современном мире дольше вашего живу, почитал тут кое-чего... Что такое интернет, знаете?

– Нет.

– А я знаю, – гордо сказал Гитлер. – Читаю целыми днями и ночами. Ну вот... Когда начинают предупреждать об опасности, гуманисты поднимают вопль: мол, если будете заботиться в первую очередь о своем народе, придет новый Гитлер, опять будут убивать евреев.

– Ну вот вы и пришли, – грустно заметил Бен-Гурион.

– Совершенно верно! Лучше поздно, чем никогда. Все еще можно поправить. Этим мы с вами и займемся. В нынешней ситуации ариец с евреем – братья навек.

– А когда это ваше "навек" кончится – тогда как? – нахмурился Бен-Гурион.

– А до этого еще дожить надо! Если не объединимся, то точно не доживем. Или придется всем учить, как зовут мать пророка Мухаммеда.

Когда генерал Вавилов вернулся в столовую – помятый, подкопченный, обожженный – исторические фигуры не обратили на него никакого внимания, словно пожар для них – привычное дело. Небось, не восковые, не расплавятся... Бен-Гурион сидел, подперев голову руками, Гитлер стоял и выступал, потрясая бумагами.

– Послушайте, если бы мы с самого начала хотели уничтожить вашего брата, мы бы и начали уничтожать в 1933 году. Вместо этого мы дали вам возможность готовить ваших людей к эмиграции в Палестину, разрешили создавать тренировочные лагеря для подготовки сельскохозяйственных рабочих. У вашей молодежи из движения "Бетар" было то же самое, что и у молодых немцев: летние лагеря, походы... Они даже носили свою форму – коричневую, между прочим. Доктор Геббельс – вот уж кто вас по-настоящему ненавидел!.. Доктор Геббельс в своей газете "Ангриф" в 1933 году публиковал репортажи барона фон Мильденштейна из Палестины. Барон, между прочим, был старым уважаемым национал-социалистом. Его репортажи назывались "Нацист в Палестине". Очень интересно, я сам читал. Особенно про кибуцы. Геббельс даже выпустил памятную медаль, чтобы отметить этот проект: с одной стороны свастика, с другой – звезда Давида. Это было организовано вместе с вашим сионистским движением. Этот... как его... ваш человек в Берлине, который отвечал за связи с нашей партией...

– Курт Тухлер, – пробормотал Бен-Гурион.

— Совершенно верно. Курт Тухлер. А хаавара?

— Хаавара? Это еще что такое? – спросил Вавилов.

— На иврите означает "перевод", – ответил Гитлер. – Мы еврейское слово использовали даже в наших официальных документах.

— Перевод денег из Германии в Палестину через систему денежных фондов, – пояснил Бен-Гурион. – Каждый еврейский эмигрант мог перевести в Палестину тысячу фунтов стерлингов и отправить туда товаров на такую же сумму, даже больше.

— Я видел фотографии! – воскликнул Гитлер. – Евреи привозили из Германии в Палестину мебель из красного дерева, холодильники, машины и библиотеки!

— А тысяча фунтов – это сколько? – поинтересовался Вавилов. – Это много или мало?

— В те времена в Палестине семья из четырех человек могла комфортно жить на 300 фунтов в год, – сказал Бен-Гурион.

— Ну вот видите! – всплеснул руками Гитлер. – Несколько лет можно было ничего не делать, кататься на немецких машинах и читать свои книжки. А потом, будьте любезны, работать! Работать!

— А почему люди не уезжали? – спросил Вавилов.

— Не верили в сионизм, – развел руками Бен-Гурион. – Плюс британская квота на въезд в Палестину – они не хотели ссориться с арабами. Примерно 20 тысяч евреев воспользовались хааварой.

— Не верили в сионизм и не верили в национал-социализм! – сказал Гитлер, хлопнув ладонью по столу. – Думали пересидеть, думали, что мы долго не продержимся! Все, что мы хотели, – это чтобы евреи уехали из Германии. Куда угодно, в Палестину, в Уганду, в Эквадор, в Британию, в Америку, к черту на рога – лишь бы только уехали! Кстати, генерал, вы знали о том, что хаавара действовала даже во время войны? Что евреи, которые потеряли в Германии работу и переселились в Палестину, каждый месяц получали там германскую пенсию?

Бен-Гурион бросил на Гитлера тяжелый взгляд и покачал головой.

– Вы бы постыдились, – тихо сказал он. – Перестаньте строить из себя гуманиста. Противно.

– А я и не строю из себя гуманиста! Я – строитель государства, архитектор будущего. Ничего общего с гуманизмом это не имеет. И вы это прекрасно понимаете, потому что вы тоже – строитель государства. Не так ли, милейший?

Гитлер склонился к столу и пристально посмотрел в глаза Бен-Гуриону.

– Хотите, я кое-что почитаю? – почти прошептал фюрер. – Из вашего творчества. Хотите? Чтобы память вашу освежить. Да вот и генералу будет интересно послушать.

– Не надо меня пугать, – пробормотал Бен-Гурион.

– Я не пугаю. Я восстанавливаю историческую справедливость.

– И в чем она, эта ваша справедливость?

– А в том, что между нами никакой разницы нет. Только вы почему-то ходите в гуманистах, в великих политических деятелях 20 века, а мною немецкую молодежь пугают. Итак... Где это у меня?..

Гитлер разложил на столе бумаги, пробежал их глазами, касаясь пальцами.

– Вот. Ваше высказывание на заседании центрального комитета вашей партии 7 декабря 1938 года: "Если бы я знал, что можно спасти всех детей в Германии..." Имеются в виду еврейские дети, естественно, не немецкие. "Если бы я знал, что можно спасти всех детей в Германии, отправив их в Англию, и только половину из них, отправив их в Палестину, я выбрал бы второе, потому что мы должны принимать в расчет не только судьбу этих детей, но и историческую судьбу всего еврейского народа". А? Как?

Гитлер почти лег на стол, чтобы заглянуть в глаза Бен-Гуриона.

— Отлично сказано! Вам нравится, генерал? Слова истинного архитектора нации! Я вполне мог такое сказать – про немецких детей, конечно. Это декабрь 38-го. Напомнить, что было в ноябре 38-го? "Хрустальная ночь"! Да, да, та самая "Хрустальная ночь", про которую вы, гуманисты, так любите вспоминать! А хотите знать, уважаемый генерал, что сказал наш дорогой друг Бен-Гурион после этой ночи? В тот момент у евреев появилась надежда, что после этих событий западные страны начнут принимать гораздо больше еврейских беженцев. Казалось бы, радоваться надо такой перспективе! Но радоваться этому могли только обыватели, мелкие людишки. Господин Бен-Гурион, строитель Государства Израиль, увидел тут угрозу и заявил: "Сионизм в опасности!" Потому что евреи должны были ехать в Палестину. И он был абсолютно прав! Но только у меня вопрос...

Гитлер сделал паузу, чтобы перевести дух. Он чувствовал себя в ударе.

— У меня вопрос: если главный сионист, отец-основатель государства всех евреев, придерживается таких, с позволения сказать, "гуманистических взглядов", то почему вы хотите, чтобы мы, национал-социалисты, да вообще все немцы, лучше относились к евреям в Германии? Сионисты строили свое государство для евреев, мы строили свой рейх, свободный от евреев. Наши интересы совпадали. Наши взгляды совпадали. Да они и не могут быть другими, эти взгляды, если вы строите национальное государство. Нельзя быть добреньким для всех наций, надо заботиться прежде всего о своих. Пусть другие лидеры заботятся о судьбе своих народов, но у себя дома. Не надо превращать мир в помойку. У каждого народа должна быть своя отдельная квартира.

— А эвтаназия? — спросил генерал Вавилов.

— А евреи тут при чем? — парировал Гитлер.

— Евреи всегда при чем, — вздохнул Бен-Гурион.

— Можно, я процитирую самого себя? — спросил Гитлер с наигранной робостью. — Можно, генерал?

Вавилов разрешил неопределенным жестом руки.

— На съезде нашей партии в Нюрнберге в 1929 году я сказал: "Если бы в Германии рождался миллион детей в год и если бы мы избавлялись от 700-800 тысяч самых слабых из них, в результате, возможно, это сделало бы нас сильнее". Да, сказал! Но эвтаназию не я придумал. Еще в 1920 году профессор Карл Биндинг и доктор Альфред Хохе опубликовали доклад, в котором они рекомендовали избавлять от ненужных страданий неизлечимых больных по просьбе родственников или по решению специальных комиссий, состоящих из двух докторов и двух юристов. Биндинг и Хохе не были национал-социалистами, они были просто честными немцами. Веймарская республика не могла обеспечить достойных условий для содержания психически больных или калек от рождения, они мучились в приютах в ужасающих условиях, в грязи и мерзости. Зачем издеваться над такими людьми? Тем более, что их существование никому не приносит ни радости, ни пользы. Все только страдают, и они в первую очередь. А средства, которые идут на содержание неполноценных людей, можно направить на физическое и нравственное воспитание здоровой молодежи. Однако даже после того, как мы пришли к власти, в течение нескольких лет немцы не были готовы к решительным мерам. Нам, национал-социалистам, приходилось учитывать мнение народа. Конечно, и католическая церковь мутила воду. Весной 1939 года в мою канцелярию пришло письмо от жителя городка Помзен – это недалеко от Лейпцига. Этот несчастный немец написал мне, что его сын родился слепым, без левой руки и с деформированной ногой. Бедный отец просил моего разрешения на то, чтобы избавить мальчика от мучений. Я отправил туда моего личного доктора Карла Брандта. В детской клинике Лейпцигского университета он осмотрел ребенка, проконсультировался с местными врачами и дал свое разрешение на эвтаназию. После этого мы решили изучить положение дел в приютах для неизлечимо больных. Специалисты пришли к выводу о необходимости этого акта милосердия в отношении десятков тысяч несчастных немцев. Эта работа проводилась в течение двух лет, до августа 1941-го. Эвтаназия осуществлялась в основном с помощью угарного газа. Делали это врачи, которые понимали необходимость таких мер. Добровольно. Никто никого не заставлял. Так что ваши ненаглядные евреи тут совершенно ни при чем. Речь шла о здоровье немецкой нации. И между прочим... Между прочим, сравните мою фразу об избавлении от слабых детей с вашей фразой об отправке детей в Англию или в Палестину. Я тут разницы никакой не вижу. Разумный подход архитектора национального государства.

— У нас не было эвтаназии! — возмутился Бен-Гурион.

— Неужели? Нет, у вас была эвтаназия, только вы проводили ее нашими руками! Это была эвтаназия и по физическим, и по политическим критериям, и для этого вы использовали немцев! Гениально, просто гениально! Сейчас... Ну вот, например. Жаботинский в 1939 году сказал: "Земля Израиля существует сегодня только для избранного класса. Избранные — это молодые люди красного цвета". Он ведь не про индейцев это говорил, верно? Он говорил о том, что вы, лично вы, господин Бен-Гурион, выбирали молодых евреев с социалистическими взглядами и передавали им разрешения на иммиграцию в Палестину, которые ваше Еврейское агентство получало от англичан. Остальные так и застряли на территории Третьего рейха. Помнится, вы называли Жаботинского "дуче", думая, что таким образом вы его оскорбляете. Ну, дело ваше... Я же в знак величайшего уважения и восхищения вашими достижениями назвал бы вас фюрером. Вы создавали новое государство, вы создавали нового еврея. Я делал то же самое с немцами, поэтому, пожалуйста, не надо девочку из себя строить! Вот еще любопытный документ, который проливает свет, так сказать. Меморандум на пяти страницах под заголовком "Комментарии по поводу помощи и спасения". Написан в 1943 году неким Аполинарием Хартглассом, сионистским активистом из Польши. Здесь употребляется слово "ишув". Генерал, вы знаете, что это такое?

– Евреи в Палестине, – ответил Вавилов. – До создания Государства Израиль.

– Совершенно верно. Так вот, в этом меморандуме говорится: "Должны ли мы помогать каждому, кто нуждается в помощи, не обращая внимания на качество людей? Не должны ли мы придать этой деятельности сионистско-национальный характер и стараться спасти прежде всего тех, кто будет нужен Земле Израиля и евреям? Я понимаю, что постановка вопроса в такой форме выглядит грубой, но, к сожалению, мы должны констатировать, что, если мы можем спасти только 10 тысяч человек из 50 тысяч, которые смогут внести вклад в создание страны и национальное возрождение народа, или спасти миллион евреев, которые станут обузой или, в лучшем случае, равнодушными гражданами, мы должны ограничить себя и спасти 10 тысяч из 50 тысяч, несмотря на обвинения и мольбы миллиона. Я успокаиваю себя тем, что будет невозможно следовать этому суровому принципу на 100 процентов и что миллиону тоже что-то достанется. Но давайте постараемся, чтобы ему не досталось слишком много. Исходя из этой формулы, мы должны прежде всего спасти детей, потому что они – лучший материал для ишува. Нужно спасти молодых пионеров, особенно тех, кто прошел обучение и духовно подготовлен к сионистской работе." Любопытный документ, не правда ли? Обратите внимание на выражение "качество людей". В других документах говорится о "человеческом материале". Некоторые деятели Еврейского агентства даже составляли списки евреев, которых не надо было присылать в Палестину из Германии, потому что они больные, старые или просто не хотят работать. Они даже требовали, чтобы таких евреев отправляли назад в Германию, чтобы они не были обузой в ишуве! И опять у меня возникает вопрос: если такой "человеческий материал" не нужен был в ишуве, то зачем он нам, немцам? Нет, все правильно, с точки зрения ишува все правильно! И ведь получилось, черт возьми, получилось! Израильтяне – великолепная нация, нация строителей, пахарей, солдат и ученых. У меня на "Облике" есть френд – молодой врач из Израиля; он каждый день выкладывает фотографии еврейских девушек, которые служат в армии. Отличные девчонки! В глазах – любовь к родине и готовность умереть за нее! Красавицы! Но только давайте признаем очевидное, господин Бен-Гурион: этим вы обязаны нам, национал-социалистам Германии. Это мы очистили ваш народ от негодного "человеческого материала", который вы не хотели тащить в ишув. Это мы провели расовую эвтаназию евреев. Отличная работа! Я с удовольствием руководил бы Государством Израиль, построил бы вам великий еврейский рейх. Вы сами писали, что среди евреев не хватает государственных деятелей. Вот, я предлагаю вам себя. Если я скажу, что у меня прабабушка еврейка, возьмете меня в национальные лидеры? Или все-таки не подойду по расовым критериям? Вы скажите – я пойму.

– У нас демократия, а не диктатура, – ответил Бен-Гурион. – Диктаторы и палачи нам не требуются.

– Демократия? Прекрасно! – хлопнул себя по ляжке Гитлер. – Именно такой демократия и должна быть – в однородном обществе, где все объединены общей культурой и общей историей. Демократия для своих. По частностям взгляды могут различаться, но все понимают друг друга с полуслова. Только так! Это вам не гнилая Австро-Венгерская империя! Если позволите, я с превеликим удовольствием процитирую ваши слова на заседании кнессета 4 апреля 1949 года в Тель-Авиве: "Еврейское государство, даже на территории только западной Палестины, не может быть демократическим, потому что число арабов в западной Палестине превышает число евреев". А премия, которую вы давали еврейским матерям, родившим десять еврейских детей? Сто израильских лир – это больше ста долларов, немалая сумма по тем временам. И поздравительное письмо патриотичной мамаше с вашей личной подписью – замечательно!

На этой умиротворяющей ноте генерал Вавилов решил прервать дискуссию, которая, скорее, была похожа на выступление фюрера за обеденным столом. Вот только Бен-Гурион не аплодировал. Зато Гитлер почти в каждой своей фразе аплодировал Бен-Гуриону.

– Ну что, чайку? – сказал Вавилов и заговорщицки потер ладонями. – Есть плюшки-печенюшки всякие!

Исторические личности неуверенно посмотрели друг на друга. Вавилов отправился на кухню.

Восхищение Гитлера израильтянами было Вавилову очень даже понятно. В России еврей был другой, какой-то такой, что и слов не подберешь для его определения, а если и подберешь, то увидишь, что их не хватает, что нужны оговорки, междометия, ухмылки и подмигивания. И все равно ускользает сущность российского еврея, как медуза сквозь пальцы. По-настоящему пощупать их можно, только когда они вместе, когда опустишь руку в темную глубь, где они, затаившись, дрейфуют – свои среди своих, не израильтяне и не русские, ни рыба, ни мясо.

Вот читал Вавилов воспоминания известной российской переводчицы. Раньше и не догадывался, что еврейка, да и не важно это было совсем, а теперь, после прочтения, это обстоятельство никак из головы не идет. Она сперва снялась для документального фильма режиссера-еврея, потом и книжка вышла. На каждой странице – еврейская фамилия друга или подруги, на фотографиях – сплошь еврейские лица. Воспоминания о жизни в России... Антисемитизм, объясняет известная переводчица, усилился в годы войны, когда немцев стали громить. Наши офицеры допрашивали пленных немецких офицеров, те разъясняли Холокост, и наши думали: а ведь верно вражина излагает, все так. Воспринимали аргументы с пониманием, проникались. Это переводчице ее друг рассказал, который участвовал в допросах. Само собой, тоже переводчик и тоже еврей. Потом известным журналистом стал.

Вот еврейский писатель Гроссман, которого еврейские или еврействующие литературные критики произвели в нового Льва Толстого, пишет в своем романе... Как он там писал?

Вавилов сходил в комнату, нашел книгу, а в книге – подчеркнутые места: "Сталинград, сталинградское наступление способствовали новому самосознанию армии и населения. Советские, русские люди по-новому стали понимать самих себя, по-новому стали относиться к людям разных национальностей. История России стала восприниматься как история русской славы, а не как история страданий и унижений русских крестьян и рабочих. Национальное из элемента формы перешло в содержание, стало новой основой миропонимания. Война ускорила процесс переосмысливания действительности, подспудно шедший уже в довоенное время, ускорила проявление национального сознания, – слово "русский" вновь обрело живое содержание. Сперва, в пору отступления, это слово связывалось большей частью с отрицательными определениями: российской отсталости, неразберихи, русского бездорожья, русского "авось"... Но, проявившись, национальное сознание ждало дня военного праздника. Государство также шло к самосознанию в новых категориях. Национальное сознание проявляется как могучая и прекрасная сила в дни народных бедствий. Народное национальное сознание в такую пору прекрасно, потому что оно человечно, а не потому, что оно национально. Это – человеческое достоинство, человеческая верность свободе, человеческая вера в добро, проявляющиеся в форме национального сознания. Но пробудившееся в годы бедствий национальное сознание может развиваться многообразно... В пору сталинградского перелома, в пору, когда пламя Сталинграда было единственным сигналом свободы в царстве тьмы, открыто начался этот процесс переосмысления. Логика развития привела к тому, что народная война, достигнув своего высшего пафоса во время сталинградской обороны, именно в этот, сталинградский период дала возможность Сталину открыто декларировать идеологию государственного национализма."

"Еврейский Лев Толстой" силится выразить свою мысль необидно для русских, но суть прочитывается легко: российский еврей боится русских побед так же, как он боится поражений.

Или вот на "Облике" сообщает московский еврей Аркаша Брик о проверках русским молодежным движением "Щит Москвы" студенческих общежитий на наличие нелегальных иммигрантов. Само собой, иммигрантов нашли: они забаррикадировались в комнатах, вооруженные ножами. Кто-то выстрелил из пистолета, ранил русскую девушку в голову. Аркаша беспокоится, каково будет евреям, не начнется ли погром, не набьют ли ему небритую смуглую морду. И пошли комментарии от единокровных: и о "хрустальной ночи" в русском варианте, и о зверствах русских солдат в Чечне. Про раненую русскую девушку не вспоминали. Не вспоминали про убитых и изнасилованных, про хамство "джигитов" в метро, про торговлю наркотиками. В такие моменты особенно заметно, как российские евреи кучкуются везде, даже на "Облике".

Вавилову хотелось забраться на гору, отпихнуть Моисея плечом и сказать им: дорогие мои, умные, образованные, интеллигентные, бородатые, очкастые – ну чего вы мучитесь? Зачем вы существуете во вражеском окружении? Неужели не надоело бояться? У вас есть свое государство, поезжайте туда и живите с гордо поднятой курчавой головой и небритыми щеками. Если вы не хотите помогать русским в решении их проблем, то хотя бы не мешайте. Будете картавить под руку, так точно нарветесь на погром. Уезжайте от греха подальше! В Израиле вас все будут уважать – даже Гитлер.

В коридоре, куда Вавилов вышел с чайным подносом в руках, он услышал возбужденного фюрера и раздраженного Бен-Гуриона.

– Если вы не верите мне на слово... – возмущался Гитлер.

– А вас это удивляет?

– Если вы мне не верите на слово, то почитайте Геббельса!

– Вот тоже порядочный...

– Это его личный дневник. Он для себя писал. Запись от 30 ноября 1937 года. Вот: "Евреи должны убраться из Германии, да, из всей Европы. Это займет какое-то время. Но это должно произойти и произойдет. Фюрер принял твердое решение по этому вопросу". Убраться, а не умереть! В 1940 году я говорил адмиралу Редеру, Риббентропу и Гиммлеру, чтобы готовили евреев к депортации на Мадагаскар. В Европе тогда было 10 миллионов евреев. Мадагаскар в два раза больше, чем Британия, и в то время там жили 4 миллиона человек. Заметьте – не арабы. Если бы мне дали осуществить мой план, сейчас всем было бы намного спокойнее. В марте 1942 года Гейдрих разослал министрам бумагу, в которой говорилось, что концентрация евреев на востоке Европы – это временное решение. После войны их всех должны были отправить на Мадагаскар.

– Что же помешало? – спросил Вавилов, расставляя на столе чашки.

– Ваши победы на восточном фронте помешали, мой дорогой генерал.

– То есть русские опять во всем виноваты? – усмехнулся Вавилов.

– В каком-то смысле – да, виноваты.

– Вы что же – отрицаете Холокост? – спросил Бен-Гурион.

– Осторожнее: за отрицание Холокоста в вашей родной Австрии вас могут посадить в тюрьму года на три! – предупредил Гитлера Вавилов.

– Я не отрицаю, что произошла трагедия. Я говорю о том, что этого я не планировал. Я не подписал ни одного приказа об уничтожении евреев. Ни одного! Историки до сих пор ничего подобного найти не могут. Да подумайте сами: зачем было уничтожать? В рейхе во время войны не хватало рабочих рук.

– Я, кстати, тоже об этом думал, – сказал Вавилов. – Почему вы, например, не открыли ворота концлагерей и не погнали евреев навстречу наступавшим советским войскам? Это создало бы сумятицу в боевом порядке наших дивизий. Плюс их надо было бы чем-то кормить. Плюс эпидемия какая-нибудь. Воевать заключенные концлагерей все равно сразу бы не смогли.

Гитлер внимательно посмотрел на Вавилова.

– Генерал, мне жаль, что в те трагические дни вас не было рядом со мной, – сказал Гитлер. – Мне кажется, мы друг друга понимаем. Вы бы не подложили мне бомбу под стол. И вообще вы мне чем-то напоминаете Гейдриха. Вы играете на скрипке?

Вавилов вежливо улыбнулся и вышел из столовой, чтобы принести варенье и печенье.

– Стало быть, все произошло само собой, и вы ни в чем не виноваты? – спросил Бен-Гурион.

– Все произошло... – вздохнул Гитлер и развел руками. – Все произошло, как произошло. Война, административное рвение чиновников, самоуправство Гиммлера, недальновидность его людей... Я ведь не мог заниматься всем, поймите. Я был за-

нят боями на восточном фронте, потому что мои
генералы не умели воевать. Да, конечно, я несу от-
ветственность, прежде всего перед немцами, за то,
что проиграл войну.

– А перед евреями?

– В каком-то смысле и перед ними тоже. За то, что
не смог все проконтролировать и сделать так, как
было задумано. У вас это получилось – завидую.
Но сейчас важно другое! Нам с вами надо убедить
современных политиков, чтобы они заканчивали с
либерализмом. Надо напомнить им, как создаются
и укрепляются государства. Америка скоро загово-
рит по-испански, Британия, Германия и Франция
– по-арабски. Россия тоже под угрозой. Как только
здравомыслящие люди заводят разговор о сохранении своих наций, либералы сразу же напоминают им про Гитлера. Меня превратили в пугало!
Надо объяснить, что Холокост – это не закономер-
ность, а трагическая случайность. Из того, что я
где-то не досмотрел, понадеялся на недостаточно
опытных чиновников, вовсе не следует, что надо
отдавать Европу на съедение мусульманам. Никто
не заставляет своих детей выкуривать по пачке сигарет в день только потому, что Гитлер был против
курения. Но когда речь заходит о сохранении европейской культуры, именно так и поступают. Вы
должны все это объяснить. Вы и ваши люди – журналисты, писатели. Давайте спасать европейскую
цивилизацию вместе, господин Бен-Гурион!

Генерал Вавилов, доставая печенье из шкафа и
варенье из холодильника, слышал, как открылась
и захлопнулась входная дверь, как мягко прошла
по коридору Рита. Потом что-то упало на пол, по-

том слегка пьяная Рита повисла у него на шее, прижавшись грудью к его спине, потом – руки и губы.

– Генераша, я соскучилась! А ты?

Вавилов поставил банки на стол и лукаво скосил взгляд на Риту.

– Вава, ты соскучился? – строго спросила она.

– Само собой. Как же иначе.

– Мммм, конечно, соскучился! А я видишь какая... веселая и ласковая... Ой, слушай! Ты знаешь, кого я встретила в "Харви Николс"? Наших из Центра!

– Мой Центр – это ты.

– Это правильно! Но послушай, послушай... Я заскочила в "Харви", купить кое-чего по мелочи...

Вавилов посмотрел на пол, на десяток красивых пакетов с "мелочью".

– Потом зашла в бар там на пятом этаже. Захожу, смотрю – сидят. Вчера приехали и сразу по магазинам, бабам своим подарки покупать. Короче, сажусь вместе с ними. И знаешь, что они мне сказали? Знаешь?

– Нет, не знаю. Ты погоди, давай им все это отнесем.

– Кому им?

– Да мы с мужиками чаи гоняем.

– С мужиками? С обоими сразу?

– Ну да! Так получилось...

Когда Рита вошла в столовую, Гитлер встал, а Бен-Гурион остался сидеть.

– Мужчины! – игриво поприветствовала их Рита. – У меня потрясающая новость. Присядьте, мой фюрер, это действительно потрясающая новость. Знаете, кто к нам скоро присоединится? Усама бин Ладен!

## Глава 7

Ф ред де Валуа позвонил и сообщил, что едет в Лондон. Когда Федька звонил англичанам, он обычно ворковал так: "Добрый день, извините за беспокойство, могу ли я поговорить с мистером ...?" С русскими по-другому: "Привет! Кто это?" Даже когда звонил на мобильный. Таким тоном, как будто его осмелились побеспокоить, а не он сам набрал. Алекс, хотя в телефоне у него высвечивалась оплывшая физиономия Федьки, каждый раз делал вид, что не узнавал: "А это кто?"

Договорились встретиться в пятницу в пабе "Швейцарский коттедж". Это был любимый паб Алекса. Самый удобный паб в Лондоне, поскольку находится прямо рядом со станцией "Швейцарский коттедж" – не перепутаешь. А в пабе – старое кожаное кресло в темном углу, свободное, если приехать часа в четыре. А в кресле можно сидеть и читать Гоголя в электронной книжке, пока другие опаздывают.

На самом деле у Алекса был паб еще более любимый, чем "Швейцарский коттедж". Называется он "Клифтон". От "Коттеджа" минут пятнадцать по переулкам. Но Алекс не хотел вести туда Фреда. Он привозил туда Синтию и Полину – само собой, по отдельности, чтобы тихо посидеть в маленькой комнате у камина, у деревянной стены. Алекс дорожил воспоминаниями и не хотел выставлять их перед господином де Валуа. Кроме того, пятнад-

цать минут туда – значит, пятнадцать минут обратно, отяжелевшими от пива шагами, когда все
уже сказано и лень придумывать новые темы. Вот
в чем была главная прелесть "Швейцарского коттеджа": близость к метро избавляла от необходимости имитировать дружелюбие с "друзьями", от
которых хотелось поскорее избавиться.

В последнее время Алекс все чаще замечал, что
ему вообще трудно общаться с людьми, стоявшими
в стороне от его гладко накатанной жизни. В офисе он выстреливал готовые, проверенные долгим
употреблением фразы на привычные темы, сопро-
вождая их натренированными жестами и выражениями лица. Когда Алекс был маленьким, дома на
кухне у них висела большая карта мира, которую
он любил разглядывать и изучил настолько, что
на уроках географии на контурной карте мог абсолютно точно указать названия всех африканских
государств и их столиц. Теперь вся его жизнь на-
поминала ему контурную карту, границы на которой разметил кто-то другой, а ему осталось только
вписать заученные слова и чужие мысли.

Набор неписаных правил позволял довести процесс редактирования форумов на "Облике" до пол-
ного автоматизма. Когда же Алекс сталкивался с
неожиданностями за стенами стеклянного офиса,
он терялся, мямлил, почему-то кивал головой и,
не понимая, что ему говорят, стремился поскорее
уйти.

Два месяца назад над Лондоном пронесся "Святой Иуда". В Вотфорде погибла 17-летняя девчонка, которая жила в вагончике под большим дере-
вом. Ураган повалил старый морщинистый дуб на
ржавый вагончик, и пока вызывали спасательную

службу, пока она ехала, дуб добавил девушку. "Цыганка, наверно", – подумал Алекс, когда услышал новость по радио, но ужаснулся своей догадке и бросил быстрый взгляд через плечо. Дома никого не было и не могло быть. Его неприятно удивило то, что мозг выдал мысль с расовым оттенком. А ведь это могло случиться на работе! Как вообще произошел этот сбой в его мыслительной программе? Алекс провел "внутреннее расследование" (любимое занятие менеджеров "Облика") и пришел к выводу, что стал жертвой неотфильтрованных новостей о цыганах из Румынии, которые разбили палатки на углу Гайд-парка и терроризировали местных жителей и туристов на Оксфорд-стрит: попрошайничали, обчищали карманы, кому-то перерезали горло в длинном подземном переходе. Он сам удалял комментарии на эту тему из потока сообщений на читательских форумах "Облика". А с этой цыганкой – он как врач, который пал жертвой чумы, выполняя свои обязанности во время эпидемии.

"Святой Иуда" повалил забор между территорией Алекса и владениями индийцев слева – то ли отца и дочери, то ли мужа с женой-подростком. Забор делился на секции, вставленные между бетонными столбиками. Ураган выдавил ветхие деревянные секции из прорезей в столбиках; старые рейки прогибались, но не ломались. Восстановить порушенное "Иудой" было легко: надо было только засунуть секции в прорези, что Алекс и собирался сделать, когда утихнет ветер. Но индиец (Отец? Муж? Педофил? А в Индии есть понятие педофилии? А "Лолиту" там читают?) перетащил деревяшки на свою территорию. Алекс возрадовался, подумав, что сосед хочет обновить секции. Но вот уже два месяца прошло, а в заборе все еще зияли дыры, как в передних зубах регбиста. Спросить, что индиец собирается делать с забором, было как-то неудобно. Вообще странный был индиец. Он приходил домой утром, часов в восемь, ссутулившись в сером плаще. Очень похожий плащ был и у Алекса, но он купил его в "Гэпе", а индиец, скорее всего, в угловом магазине у мистера Сомасундары. Алекс перестал носить свой "Гэп".

А вот если бы он не смотрел на забор, может, он и не упал бы? В детстве Алекс думал, что если не смотреть, то ничего не случится. Однажды в теплый мартовский день он наблюдал, как плавится под озверевшим от зимней тоски солнцем снежная баба. И вдруг морковка отвалилась – вместе с правой щекой и половиной рта. Он прилепил все, как было, и целый день уговаривал детей не глядеть на снежную бабу, чтобы она дольше жила. Но потом, ближе к вечеру, когда похолодало, другой мальчишка посоветовал ему полизать языком железную решетку около подъезда. Сашка, конечно, полизал, язык приморозился, было много крику, прибежала мама, опять много крику, слез и злобного детского смеха вокруг, язык отодрали и залили зеленкой. На следующий день он сидел дома, все во дворе глазели на снежную бабу, и она наполовину растаяла. Сашка подрос. Однажды он ехал из Ленинграда в Нарву на заднем сиденье автобуса и тупо разглядывал "рафик", который ехал за ними. Вдруг "рафик" завалился набок и перевернулся – абсолютно на ровном месте, и скорость была небольшая. С тех пор, когда Алекс замечал в небе самолет, он сразу же отводил глаза. А теперь

Алекс не мог оторваться от ветхого забора, который насиловал "Святой Иуда". И чем это кончилось? Разрухой.

Фреда де Валуа Алекс заметил на выходе из метро. Обрадовались друг другу вполне натурально, пожали руки, похлопали по плечу, вместе вошли в "Швейцарский коттедж". Фред издалека бросил сумку в кожаное кресло и попал, забив таким образом место.

— Посторожи саквояжик, мужик, — сказал он Алексу. — Ты какое будешь? Я, знаешь ли, перешел на сидр. Давай, старина, выпей со мной сидра.

И, щелкнув Алекса по животу, Фред направился к стойке.

— А я тут недалеко в этот раз расположился, — сообщил Фред, когда они распробовали сидр. — С Роксанкой-то мы давно разошлись. Ну, ты знаешь. Говорят, она себе англичанина нашла. Так что мне теперь домой ходу нет. В маленьком отеле остановился. Надоело в пяти звездах, живешь, как на вокзале. Комната, конечно, крохотная, но зато английский колорит. А, и паб я отличный открыл! "Клифтон" называется. Я тебя туда когда-нибудь свожу.

В общем, выяснилось, что у Фреда де Валуа сейчас два проекта, оба в России. Во-первых, он борется с ксенофобией и русским шовинизмом.

— Молодец! — одобрил Алекс.

После убийства русского парня азербайджанцем в московском районе Бирюлево — азербайджанец зарезал парня ножом на глазах у его девушки — Фред развернул в социальных сетях кампанию с целью посеять сомнения. А где похоронили Егора

Щербакова? Где его могила? Да он вообще жив! Его видели в аэропорту вылетающим в Европу!

– Любопытно, – пробормотал Алекс. – И что, могилы действительно нет?

– Родственники утверждают, что есть, но они не хотят говорить, чтобы, мол, народ не беспокоил прах. Да какая, в сущности, разница! Главное, чтобы погромов не было.

– Ну да, ну да...

– Я рад, что ты со мной согласен. Потому что на "Облик" мне никак не пробиться. Вы там, ребята, крепко держите оборону, а ведь это сейчас самая влиятельная сеть. Пропустили бы посты моей команды про опасность русского шовинизма. В чем проблема? Вся Европа так думает.

Алекс пожал плечами.

– Сам знаешь, мы на "Облике" стараемся держаться подальше от национального вопроса. Для нас это вообще не вопрос.

– А погромы вас не беспокоят?

– Да это вообще не я решаю.

– Как же не ты? Ты же модератор.

– Я не могу быть модератором семь дней в неделю 24 часа в сутки.

– А ты поговори с ребятами. Скажи, что я просил.

Второй проект был еще интересней. Фред де Валуа продвигал в Сибири и на Дальнем Востоке японскую игру *Love Plus*. Русским мужикам предлагалось влюбиться в трех японских девчонок из консоли *Nintendo* – в Манаку, Ринко или Нене – общаться с ними и даже натирать кремом от солнца на пляже. Фред достал из сумки консоль и показал Алексу, как это делается.

∿

– Голоса у них приятные! Я, правда, по-японски не разумею.

– А как же народ в Сибири? Или им уже все равно? – усмехнулся Алекс.

– Переводим на русский. Я специально создал студию в Шанхае.

– В Шанхае? Почему в Шанхае?

– Я делаю это с китайцами. Предложил китайцам, и у них сразу глазки загорелись.

– А им это зачем?

Фред загадочно улыбнулся и не ответил.

– Ну как зачем?.. Как зачем?..

Он ответил после того, как с сидра перешли на пиво и накатили еще вискаря.

– Чтобы рождаемость в Сибири падала.

– И на Дальнем Востоке?

– И на Дальнем Востоке. Будут в японскую "Любовь плюс" играть, меньше будут трахаться с реальными бабами.

– Это ты придумал?

– Это я придумал, – криво усмехнулся Фред де Валуа. – А зачем русским Сибирь? Что хорошего они из нее сделали? Как собака на сене.

– Ну да, ну да... – устало пробормотал Алекс. – Ты знаешь кто?

– Ой, вот только не надо!

– Ты Дон Кихот.

Фред замолчал, наклонился вперед и засунул руки себе под ляжки, чтобы хорошенько обдумать. Алекс грустно смотрел на собеседника: ничего не поделаешь, что есть, то есть. Так они сидели минут пять.

– Почему? – спросил Фред.

– В 19 веке в русской литературе шла дискуссия: кто для России нужнее – Гамлет или Дон Кихот. Тургенев в ней участвовал, важную статью написал. Достоевский в письме к своему брату Михаилу...

– Достоевского в Китае знают.

– Само собой. Он в Семипалатинске пять лет солдатом служил. Там недалеко.

По мнению Фреда де Валуа, Алекс был кладезем в основном ненужных знаний, в которых, если удачно запустить руку, можно нащупать что-нибудь ценное. Поэтому он спросил:

– Ну и?

– Там он женился на Марии Дмитриевне Исаевой...

– Почему Дон Кихот?

– А, это... Дон Кихот – никакой не шут, он человек действия. И еще – воли, человек воли. Он стремится к ясной цели, поэтому окружающие считают его ограниченным, односторонним. А ему не надо много знать. Главное – он знает, чего хочет. Народ за ним пойдет. За Гамлетом не пойдет, а за ним – пойдет.

Алекс спохватился: не наговорил ли чего лишнего? В офисе "Облика" он опасался рассуждать о русской культуре, чтобы не прослыть русским шовинистом. Тут вроде сбалансировал: Шекспир и Сервантес – из сокровищницы мировой литературы. Но эта фраза про народ – совершенно лишняя. Могут причислить к фашистам или коммунистам, и прощай другая планета!

– Тургенев так писал в своей статье, – добавил Алекс. – Неоднозначное мнение.

– А Гамлет – кто?

— Рефлексирующий интеллигент. Он в сущности эгоист, на мир ему наплевать, изменить он ничего не может и не хочет. Больше всего ему нравится копаться в помойке собственной души. А чтобы ему не мешали копаться, он хочет, чтобы другие тоже копались в своих помойках. Гамлет не способен на действие и больше всего боится тех, кто может и готов действовать. Отца убили, захватили трон, он, то есть дух его, просит Гамлета отомстить. Помнишь? "Не потерпи, коль есть в тебе природа..." Или вот: "Не забывай. Я посетил тебя, чтоб заострить притупленную волю..." Перевод Лозинского.

Де Валуа хмыкнул.

— А Гамлет колеблется, мнется чего-то. Природы никакой в нем нет! Ну, то есть, Тургенев так трактует.

— Этот твой Гамлет — просто московский еврей какой-то!

Алекс утратил дар речи и вгляделся испуганно в лицо Фреда. Фред ли это? Да, вроде он, но сквозь личину кавалера ордена Золотого Жирафа второй степени вдруг проступил Федька Валуев.

— Чего ты вылупился? — продолжал Валуев. — Да, евреи. Ходят с белыми ленточками по бульварам, протестуют против кровавого режима, писатели, блин. А стоит появиться настоящему лидеру, русскому парню, умному, харизматичному, который народ за собой поведет, так нет! Начинают вопить: фашизм, погром, русский марш! И все заодно, все заодно! Посмотри на своем "Облике": они там кучкуются, лайки друг другу ставят, перепосты делают. Этот... Грузинский еврей с русским псевдонимом... Гамлет пархатый... Как напишет свою херню про то, что оппозиции лидер совсем не нужен, так они сразу все начинают лайки ставить. Ты почитай, почитай!

— А тебе-то чего? Ты же *Nintendo* в Сибири продвигаешь.

— Или вот еще. Слушал тут в машине еврейскую радиостанцию. Беседа интеллектуалов, Гамлетов сраных... Все евреи, заметь. Ведущий тоже еврей. Говорят про протесты, сравнивают с тем, как было в Польше. Ну помнишь, "Солидарность" и все такое? Ну вот, и ведущий говорит: "К сожалению, в России не так много поляков". Как тебе? Нормально, да? А другие Гамлеты улыбаются и кивают.

— Улыбаются и кивают? По радио?

— Ну это же так явно! По голосу видно. И в бородках своих копошатся пальцами, как твой Гамлет в душе. Вся философия их в этом: в России слишком много русских. Ну так уезжали бы, раз не нравится! Так нет же. Эти морды знают, что никому в мире еврейские Гамлеты на хер не нужны. Реализоваться они могут только в России. Или этот... Еврей на телевидении... Русские ему не нравятся, православие — отсталая религия, и вообще он себя ощущает больше французом, и три гражданства у него, а на Первом канале у него своя передача! Правильно Шульгин пишет: русское тело с еврейской головой.

— Слушай, а ты-то чего? — настаивал Алекс. — Вот уж от тебя не ожидал.

— Да я *Nintendo* от скуки занимаюсь. Чем-то надо заниматься! Думал ферму в Подмосковье построить, ну, и чтоб поместье свое... Чтоб крестьяне... По-нашему, как до еврейской революции было... Так азеры и хачи все сельское хозяйство захватили, уже и не пробиться! Азеры даже в милиции си-

дят на жирных должностях! Зато Гамлеты доволь-
ны – русских в России все меньше и меньше.

"Он ничего не знает про комету и переселение, –
подумал Алекс. – Иначе не стал бы так... Ну и хорошо. В новом мире такие не нужны".

Алекс огляделся по сторонам. Все-таки надо как-
то отреагировать на всякий случай. А то скажут,
что отмалчивался, втихомолку соглашался.

– В Германии тоже была эта дискуссия.

– Какая дискуссия?

– Про Гамлета и Дон Кихота.

– Они ходят друг к другу на передачи, Гамлеты
эти, говорят одно и то же, с теми же еврейскими
интонациями и словечками, и называют себя ве-
ликими. А все вместе это называется российская
интеллектуальная элита. Заметь, российская, а не
русская.

– А вот в Германии...

– Все нормальные евреи давным-давно свалили
в Израиль или в Америку. А Гамлеты сидят, окопа-
лись, забаррикадировались... Лишние люди. Как
соберутся, так и начинают ощущать себя элитой.
В России только один нормальный еврей остался.

– Это кто ж такой?

– В Екатеринбурге мужик... С наркотиками борется. Русских парней и девок спасает. Я ему в
фонд бабки перечисляю. Анонимно и по маленькой. Но часто.

– Анонимно? Вот уж не ожидал от тебя!

– Я в России человек слишком известный. Если
он узнает, от кого деньги, может не взять. Очень
обидно мне будет.

Федька опустил голову. Сидел, бормотал что-то
себе под нос.

– Ну что, накатим? – спросил Алекс, вставая. – Теперь моя очередь. Ты что будешь?

– Ни хера я не Дон Кихот.

– Чего?

– Не Дон Кихот я! – крикнул Федька.

– Тихо ты! Народ пугать... Хорошо, не Дон Кихот. Гамлет, если угодно.

– Вот то-то и оно. Я и сам чувствую, что на них теперь похож.

Алекс осмотрел зал, к которому сидел все время спиной. Это был малый, "тихий" зал, телевизор здесь не повесили, футбол не показывали. Люди с незнакомыми лицами, неизвестно когда пришедшие, вроде бы общались между собой и лишь один из них посмотрел на Алекса, но у него вдруг возникло чувство, что они отводят глаза, что обсуждают они его и Федьку, который выкрикивал страшные вещи и при этом активно размахивал руками. Разговор с Федькой шел по-русски, но Алекс, охваченный судорожной тревогой за свое будущее, даже не подумал об этом. Надо было срочно дать отпор федькиному антисемитизму, и Алекс заговорил стоя, громко, чтобы слышали все, кто хочет услышать.

– В 19 веке немцы считали Гамлетами себя, а не евреев. Германия была раздроблена на мелкие государства, общественная жизнь была засорена феодальными предрассудками. Поэт Фердинанд Фрейлиграт запустил в оборот знаменитое выражение "Гамлет – это Германия". А про Дон Кихота Шопенгауэр писал, что это человек, который, в отличие от обычных немецких бюргеров, не тратит свою жизнь на устройство личного блага, а стремится к высокой цели, и потому все его считают чудаком.

Федька выслушал лекцию с суровым лицом и вдруг вскинул на Алекса лукавые глаза:

– Значит, Гитлер – это Дон Кихот?

Алекс резко отвернулся и поспешил к стойке бара. Возвращаться он не торопился. Заскочил в туалет, посмотрел футбол в большом, "шумном" зале, у стойки великодушно пропустил вперед себя двух вежливых английских скинхедов с татуировками. Вернулся на место с парой пива и двумя двойными виски.

Пиво шло уже, как вода. Опрокинув в себя пол-пинты, Федька залакировал ее и тяжело спросил:

– Ты мне вот что скажи: когда все это началось?

Алекс решил выдержать паузу, чтобы Федька забыл про вопрос, который несомненно касался разлагающего воздействия евреев на жизнь Федьки и прочих арийцев. Не тут-то было.

– А? Когда? – поинтересовался Федька спустя несколько минут.

– Что именно?

– Когда началась эта сраная монетизация всей нашей жизни? И кто в этом виноват? Не, я знаю, кто! Но когда?

– Федь, это сложный вопрос, – начал тянуть Алекс, думая, как бы увести Федьку подальше от виновников этого безобразия. – Вот в Германии, например, в 19 веке...

– Олежка Питкин, дружок мой институтский, тоже свалил на историческую родину. Закрыл свой рок-клуб, раздал винилы, котов отдал, на собаку – у него огромная такая собака, забыл, как называется – на нее тоже еврейскую визу оформил. Она теперь тоже еврейка. Со всеми своими прежними телками попрощался, каждую в ресторан сводил, все культурно. На "Облике" его оплакивали, телки свои старые фотки выложили, на которых они с ним. Худые все, красивые... Черно-белые... Я там тоже есть. Я и не знал тогда, что он еврей. Причем он только наполовину еврей, по отцу. Мать русская. Как выяснилось. На кой черт ему это надо!

— Я думаю, он хотел как-то самоидентифицироваться, — осторожно предположил Алекс.

— Ну да... На старости лет. А мне мешал.

— Опять евреи виноваты?

— Нет, не евреи. Еврей. Олежка Питкин. Я когда задумал ферму в Подмосковье строить, он все меня отговаривал. Убеждал, что это фашизм. Почва, любовь к земле, крестьяне — все тупость и фашизм. Я хотел, чтобы и церковь приличная была. Оказалось, что это тоже фашизм. Он мне в насмешку привез из Германии кожаные штаны короткие. Живи, говорит, в городе, делай бабки по-чистому, без навоза и шовинизма. "Эхо Москвы" слушай, блоги читай. Так и не построил я ферму. Там теперь азеры хозяйничают. Я со стороны посмотрел, поехал специально — большая у них ферма. Но без церкви. Рассказал Олежке, а он говорит, что у бизнеса нет национальности. Азербайджанцы, мол, хорошие бизнесмены. Какая, мол, разница, кто салат выращивает, лишь бы он зеленый был. То есть когда я хотел ферму — это национализм и погром, а когда азеры — это бизнес и зеленый салат. И понял я, что для него главное — чтобы церкви не было. Я ему тогда чуть по морде не заехал. Но сдержался. Мы и теперь на "Облике" общаемся.

— Он там нормально устроился?

— Да. У него полно френдов, каждый пост кучу лайков собирает. Он смешно пишет.

— Я имею в виду в Израиле.

Федька вдруг захохотал.

— А он теперь фермер, блин! Живет в каком-то кибуце, апельсины выращивает. Рожа вот такая, как апельсин! Он фотки на "Облике" выкладывал. Я написал там: ты когда последний раз "Лед Зеп" слушал, фермер? Не ответил. Я хотел им трактор подарить или еще какую машину для апельсинов. Так он посоветовался с другими фермерами, у них там что-то типа коммуны, они меня погуглили и сказали, что мои бабки им не нужны. Их, видите ли, не устраивает характер моего бизнеса. Некошерно! Хотел к Олежке в гости приехать, апельсины собирать — так ему не разрешили меня приглашать. Ну, он так говорит. Может, врет: просто стыдится меня. Теперь он там вроде Дон Кихота, а у нас был Гамлетом.

— Слушай, а ты поезжай к этому своему африканскому президенту, который тебе орден Золотого Жирафа дал. Может, он тебе землю подарит? Устроишь там ферму, будешь бананы выращивать. Церковь построишь. В Африке ведь есть христиане.

— В Африке христиан убивают мусульмане. А президент Кензании оказался людоедом. Его публично повесили.

— А новый?

— А новый тоже людоед. Только тот окончил Сорбонну, а нынешнего выгнали из военного училища. Африка скатывается в невежество.

Федька допил пиво и замолчал. Алекс решил этим воспользоваться.

– Понимаешь, они защищают права меньшинств. Любых меньшинств. Поскольку сами меньшинство.

– Ты про кого?

– Да про евреев про твоих.

– Э, нет! Они не мои. Они, скорее, твои, старичок!

– Ну, неважно. Евреи считают, что если какое-то меньшинство преследуют, то следующими будут обязательно они. Поэтому они как бы организуют коллективную оборону меньшинств. Их первая линия обороны – идеалы либерализма и мультикультурности. Поскольку на этой линии воюют словами, то для них очень важно влияние в средствах массовой информации, вообще умение владеть словом. Меткое слово, удачное сравнение, ирония – это кинжалы и кастеты еврея. Поэтому для них важна свобода печати – тоже элемент либерального общества. Я абсолютно уверен, что если в Азербайджане начнут кошмарить русских, тамошние евреи будут их защищать. Не каждый либерал – еврей, но каждый еврей – либерал. Для них это единственное средство обеспечить себе безопасное существование в любой стране, где они в меньшинстве.

– Значит, в любой стране они против большинства? А потом удивляются, что их не любят! Их же не за еврейские рожи не любят! Телки у них красивые, дают легко и трахаются классно. Их за подленькое не любят, за гаденькое... За то, что пятая колонна, но фиг поймешь, за кого эта пятая колонна. И они все время учат, как надо жить! Учат и усмехаются, мол, все равно ты ни фига не поймешь, гойское быдло, но продолжают учить. Гойко Митич, блин... Ты вот говоришь – они за идеалы либерализма. Но нормальным людям это непонятно. Какая-то темная сила. Кто ими управляет? Получается, что никто. А тут надвигается новое монголо-татарское иго – мусульмане эти... Мусульмане в Европе и в России пока меньшинство, но они плодятся! И едут. Плодятся и едут! А фарш обратно не проворачивается. Можно принять дурацкий закон о налогах, а потом его отменить. А мусульман не отменишь! Куда высылать тех, кто уже родился у нас? Ты посмотри, что в Англии делается, разуй глаза, ты же здесь живешь! Ты хочешь, чтобы Москва была, как Лондон? Я не хочу! Это человеческая помойка, а не город. Скоро мусульман будет большинство, как в Косово. Это надо остановить. В какой-то момент придется брать в руки автомат, но евреи будут в стороне. Что-то я не видел ни одного полицейского еврея, ни одного армейского офицера еврея, ни одного боксера, ни одного каратиста. Чем они будут отбиваться – скрипками и шахматными досками? Эти их кинжалы и кастеты, про которые ты говоришь, уже не помогут. Знаешь, почему? Потому что мусульмане не слушают "Эхо Москвы". Они по-русски не понимают.

– Ну, насчет офицеров и каратистов ты не прав, – пожал плечами Алекс. – Ты про Израиль забыл? Там с офицерами все в порядке. Видел, кстати, фотки на "Облике"? Девчонки в израильской армии? Вот кто трахается, я думаю! Хорошо там офицерам...

– Вот именно – в Израиле! – воскликнул Федька и хлопнул ладонью по столу. – Там даже наш еврей становится нормальным человеком. Потому что они там большинство. И что-то я не слышал, чтоб в Израиле эти Гамлеты защищали права мусульманского меньшинства. Особенно наши Гамлеты! Бывшие Гамлеты! Ты бы почитал, что Олежка Питкин про палестинцев пишет! Ваши модераторы на "Облике" это не пропускают, естественно, но он мне в личку пишет. Либеральный гуманист наш...

— Не, ну есть, есть. В Израиле есть левые либералы. Я тут недавно книжку одного профессора читал... Оказалось, что история про изгнание и возвращение их народа – это все миф и вранье.

— А, ну да, в семье не без урода. Ну что, еще по одной? Чипсы будешь?

Не дожидаясь ответа, Федька встал и осторожно, чуть расставив руки, чтобы не толкнуть плечом вежливых английских скинхедов, направился к стойке. Правильно оценив свои возможности (выравнять поднос параллельно полу казалось миссией невыполнимой), он сходил три раза: с пивными бокалами, с рюмками виски, с пакетиками чипсов. Сел.

— А вторая линия обороны?

— А?

— Вторая линия обороны? У них, – сказал Федька и кивнул головой за окно, туда, где в темноте засели евреи, окружившие "Швейцарский коттедж".

— Бабки. Банки. Принципы свободной торговли и глобального рынка. Это всех уравнивает.

— Во-о-о-т! – удовлетворенно протянул Федька. – Вот!

— Да?

— Да! Но когда они это начали? В Германии в 19 веке?

— Не, пораньше. И в других странах. Везде, где они жили. Им не разрешали владеть землей, и тогда они стали ссужать деньги тем, кто владел. Ну, а дальше ты знаешь.

— Ага! Ага! Потом они скупили газеты и радиостанции. И получилось так, что я хочу быть Дон Кихотом, но не могу. Я не интеллектуал, как ты, но у меня есть энергия и организаторские способности. Почему единственная область, где я могу себя реализовать, это бизнес? Почему только через деньги? И ведь деньги-то гнусные! Ты знаешь, что японцы еще придумали? Виртуальный секс! Нация скоро выродится, у них одни старики, рождаемость низкая, а они придумывают игрушки, чтобы люди вообще не трахались и чтоб детей вообще не было. Американцев они считают преступниками за то, что те на них атомные бомбы сбросили. А сколько японцев не родятся из-за новых игрушек? Когда бомбы — это плохо, а когда бизнес — это хорошо. Видишь, как все нынче повернуто? Либо живи в подвале ничтожным Гамлетом, либо деньги зарабатывай.

— А что за игрушки?

— Механический мастурбатор, очки виртуальной реальности и тетка с раздвинутыми ногами на мониторе. Шевелится и стонет. Китайцы хотят продвигать это в России.

— Ну и чего? Будешь продвигать?

— Если не я, то кто-то другой продвинет. Это же бизнес. Свободный рынок. Кто на меня пальцем покажет? Никто. Ведь для нас что главное, знаешь?

— Ну... Нет. Что?

— Главное, чтобы еврейских погромов не было. Если я построю ферму и церковь, то это фашизм, почва и традиции. Значит, будет погром. А если механический мастурбатор и очки виртуальной

реальности, то никакой церкви тут и рядом не стоя-
ло. Погрома не ожидается. Либерализм и свобода
предпринимательства. Продай мастурбатор каждому мужику, так скоро на погром и не соберешь
никого. Народу не останется, русские вымрут. Чего
и добиваются.

– Понимаешь, какая штука... На самом деле неважно, что там было в Германии в 19 веке. Важно,
что в 20 веке было слишком много Дон Кихотов.
По-своему гениальных Дон Кихотов. И не только
в Германии. Сталин разве не Дон Кихот? А теперь
народ боится. И прежде всего евреи. Но не только они. Поэтому их, как ты говоришь, пропаганда
падает на плодородную почву. Почву, которую Дон
Кихоты полили чужой кровью, – ты уж прости мне
высокопарный слог... Поэтому – либо Гамлеты,
либо механические мастурбаторы. Что, в сущности, тоже некий гамлетизм.

Они долго молчали и быстро все допили, поскольку рот надо было чем-то занять. Алекса качало, как
в поезде. За окном мерцали и проносились огни,
по вагону ходили бритоголовые англичане. Где-то
позвякивали стаканы в подстаканниках. Сейчас
будут разносить чай с лимоном. При Андропове в
поезде Москва-Ленинград давали кофе, а в поезде Ленинград-Москва – все равно чай. Как в купе,
напротив качался незнакомый мужик. Фред де Валуа, он же Федька Валуев, открылся с неизвестной
стороны. Алекс растерялся: сколько в этом мужи-
ке было от Валуева, сколько – от Фреда де Валуа,
а сколько – от таинственного пассажира, которого
он не замечал ни в жизни, ни на "Облике"? Алексу
вдруг захотелось рассказать о сокровенном, о чем

он никому не говорил и даже никогда не писал в интернете.

— Вот представь...

Федька в ответ что-то промычал. Это даже хорошо, что он ничего не поймет и не запомнит.

— Представь...

А то растрезвонит по всему "Облику", да еще ссылочку на автора идеи кинет. Как бы чего не вышло! У кого это? У Гоголя? Спи, Федя, спи...

— Допустим, после смерти от нас что-то остается — ну там, душа, молекулы в распыленном виде, все такое... А что если все это отцифровать еще при жизни, чтобы после смерти собрать, а? Как-нибудь, а? Наверняка это скоро сделают. Но тогда надо ввести правило: оживлять через сколько-то лет после смерти. Допустим, через пятьдесят. И проводить голосования по списку, как выборы. Допустим, сто фамилий, надо выбрать десять. Голосования местные — ну там, в городе или в районе. Выбрали — и оживили. А потом показывать их по телевизору, по школам водить, в общем, продвигать как пример бескорыстного служения своему народу. Самое важное тут — что через пятьдесят, а не через пять. Во-первых, проверка человеческого материала на качество. Если гражданин был жиденький, дерьмовенький, то через пятьдесят лет его не соберешь. И не надо! Зачем они? Детям в школах про них ничего не расскажешь. Пусть их молекулы носятся по ветру и прорастают в ландышах. Толку больше. А во-вторых... И это очень важно! Во-вторых, через пятьдесят лет будет ясно, внес гражданин свой вклад на самом деле или про него просто на "Облике" слишком много болтали. Человек он или мем. Или, может, его партнеры по бизнесу деньги вложили и организовали кампанию за его оживление, чтобы отблагодарить его за то, что помог честных людей ограбить. Вот тут недавно памятник одному реформатору поставили, на открытие пришли его единомышленники. Народ возмущается, потерянные сбережения со слезами вспоминает, а эти стоят, на памятник любуются и аплодируют. А как же – один из них! Деньги на эту безрукую железяку они же и дали – у них еще много осталось, спасибо реформатору. Народ он ограбил двадцать лет назад, сам умер не так давно, все сообщники его живы. А посмотреть через пятьдесят лет, когда сообщников не останется? Да голосование провести? Вот тогда-то вся его ценность и выяснится! А может, он и вправду спаситель? Кто его знает... Правильно я говорю? Спи, Федя, спи... Время и память народная на всех ценники навесят. И вот еще важный момент: голосование будет местное, очень локальное. То есть, если хочешь, чтобы тебя через пятьдесят лет оживили, не яхты будешь покупать, не футбольные клубы в Англии, а компьютеры для школ, оборудование для больниц. И жить рядом будешь, а не в Монако, с местными за ручку здороваться и с детишками играть. И не раз в пять лет, когда выборы, а каждый день. Чтобы дети через пятьдесят лет вспомнили, на чьих компьютерах учились и в чьих больницах родились. Правильно я говорю?

– А если не получится? – проснулся вдруг Федька.

– Что не получится?

– Оживлять не получится?

– Получится! Наука вон как... Что значит не получится? У нас еще пятьдесят лет в запасе, если сейчас объявим. Не получится через пятьдесят – получится через семьдесят. Главное, чтобы люди верили. Верят же некоторые в загробную жизнь и живут соответственно. А тут тем более поверят. Все-таки наука!

Они покинули "Швейцарский коттедж", когда трактирщик отказался налить им еще по одной.

– Мне кажется, с тебя хватит, приятель, – услышал Алекс и согласно кивнул головой. Ну и ладно... Ну и хорошо... А то уже начал себя наизнанку выворачивать. И перед кем? Перед Федькой! Хуже того: перед Фредом де Валуа!

Алекс выволок Фреда на улицу, протащил по заковыристому подземному переходу, вывел в переулок, по которому – вот туда, прямо, вниз, выйдешь к своему отелю. Давай, старик! Пиши мне в личку!

Поздним вечером в пятницу самое грустное место в Лондоне – это вагон, идущий из центра в пригород. На полу ошметки газет, прочитанных другими; в атмосфере перегар чужого веселья; девушки улыбаются, вспоминая встречу не с тобой. Алекс прошел по вагону, выбирая место без соседей. По дороге заметил два мобильника с фирменным знаком "Облика", которые раздавали бесплатно. Настраивали их так, что дорога в интернет начиналась и кончалась на "Облике" – дальше нельзя. И в сторону тоже нельзя. Эту идею продвинула Синтия. Алекс однажды рассказал ей, как во время какой-то войны то ли американцы, то ли немцы сбрасывали на солдат противника дешевые радиоприемники, настроенные только на одну станцию, которая: "Солдаты! Пока вы гниете в окопах, тыловые крысы насилуют дома ваших жен и невест!"

В поисках жизненного пространства Алекс забрел в самый нос вагона. Сел, прислонил голову к пластмассовой стенке, поджал под себя ноги, положил сумку на живот, намотал ремешок на правую руку, крепко обхватил сумку обеими руками (в Лондоне не щелкай!) и закрыл глаза. Не спалось, поэтому заговорил бесшумно сам с собой. Он давно не разговаривал так много, как с Фредом де Валуа. Болел язык, а мозг не мог остановиться. Алекс несколько раз повторил изложение своей идеи о воскрешении через пятьдесят лет после смерти. Никто ему не возражал, поэтому он опять пришел к выводу, что идея первоклассная.

Рядом стукнуло. Что-то упало. Алекс чуть-чуть приоткрыл амбразуры глаз, чтобы обозреть окрестности. Сквозь расплывчатость ресниц он разглядел молодого негра в аккуратном темно-синем костюме, в белой рубашке с узким черным галстуком, в черных начищенных ботинках с желтой пряжкой. Негр выглядел миролюбиво и опасности, кажется, не представлял. Слева от Алекса, через сиденье, развалился молодой и очень пьяный белый. Это у него стукнуло. Из кармана серой куртки вывалился на пол мобильник, а белый и не заметил. Пока Алекс с закрытыми глазами соображал, что ему делать – разбудить белого или просто засунуть ему телефон в карман (а вдруг он проснется и подумает, что Алекс, наоборот, вытаскивает?), аккуратный негр сдвинулся со своего места, поднял мобильник с пола и положил себе в сумку. Алекс поплотнее прикрыл глаза.

Поразила его самоуверенность негрилы. А если бы я открыл глаза? А может, я их вообще не закрывал? А если бы я открыл глаза и сказал: как вам не стыдно, молодой человек? Отдайте немедленно мобильник этому молодому человеку европейской наружности! Воровать нехорошо! Белую рубашку с черным галстуком носите, аккуратный темно-синий костюм носите, а мобильники воруете! Разве так можно! Молодой человек европейской наружности, просыпайтесь! Вот ваш мобильник!

Ну так он и открыл глаза. Чуть-чуть, но открыл и все видел. Когда-то в Москве молодой Алекс не стал бы задумываться, а повел бы себя так, как его учили в детстве: защищай слабых (а белый парень сейчас был очень слаб!), останавливай хулиганов (а негра и останавливать не надо – вот он сидит, никуда не убегает, сейчас газету начнет читать). Шли годы, объективная реальность вносила коррективы: у хулигана в кармане мог оказаться нож или пистолет, или то и другое. Последний раз в Москве Алекс подрался, когда сажал подругу в такси. Вдруг подвалил пьяный мужик, хотел влезть в машину вместо подруги. Пришлось его отпихивать, срочно отправлять подругу, отходить на тротуар для выяснения отношений с мужиком. Алекс держал его на дистанции вытянутого кулака, чтобы тот, не дай Бог, не попал ему по физиономии. На следующее утро Алекс должен был ехать в Останкино на запись телепередачи о гуманизме А.П. Чехова, и лицо требовало бережного обращения. Удачным ударом он свалил мужика и бросился бежать. Тот – за ним, пьяным медвежьим ходом, громко и грубо обещая различные неприятности. Алекс обежал вокруг своего дома и заскочил в родной подъезд.

Годы жизни в Лондоне наложили отпечаток. Теперь в любой конфликтной ситуации приходилось обращать внимание на цвет кожи, поскольку общество в цивилизованной европейской стране приучено защищать меньшинство от большинства. В районе, где жил Алекс, темнокожее меньшинство давно уже составляло большинство, однако защищать Алекса тут никто не собирался. Они тут все другие книжки читали, если вообще читали, другие телеканалы смотрели – на каждом доме стояла спутниковая тарелка. Алекс никогда не видел передач из Нигерии, Пакистана или Саудовской Аравии, но чутье подсказывало ему, что тема толерантности и гуманизма там не раскрывалась. Нельзя сказать, что щупальца западной цивилизации вообще сюда не дотягивались. Пришла из Америки новая игра – "Нокаут" называется. Подходит мужик к другому мужику или даже к женщине и неожиданно бьет его (или ее) в челюсть. Побеждает тот, кто валит человека на землю, отправляет его (или ее) в бесчувственное состояние. Дополнительные очки присуждаются тому, кого полиция не может найти даже по выложенному в интернете видео. Вообще-то трудно найти, когда лицо закрыто капюшоном, когда мешковатый спортивный костюм маскирует тело, когда в обезьяньей походке сгибаются ноги, и не поймешь, какого роста играющий. Поскольку у преступности нет национальности, то расовое происхождение игроков не упоминается, и только мракобесы обращают внимание на тот факт, что все игроки в "Нокаут" – черные, а все жертвы – белые.

А ведь могут и просто порезать. Два года назад так поступили с 27-летним служащим банка, который засиделся в Сити и вернулся в родные пенаты, когда у каждого угла, у каждого банкомата уже стояла компания. Он допустил несколько грубейших ошибок: первая – был белым, вторая – носил дорогой костюм (говорю же, в Сити работал), третья – достал мобильник последней модели, чтобы сообщить жене, что вышел из метро и идет на автобусную остановку. Но на остановке тоже была компания – как же без компании! Белому из Сити всадили нож в бедро, потом снимали на несколько мобильников, как он корчился среди машин, громко смеялись, позвонили своим подругам, чтобы похвалиться и отправить им видео. Нож всадили так, что белый быстро истек кровью до смерти, даже автобус не успел подойти. Алекс тогда подумал, что в районе придумали новую игру – "Зарежь белого и сними его корчи на видео". Но не прижилось...

А вот "Нокаут" пользовался успехом. Однажды поздно вечером Алекс отправился от метро до дома пешком, а навстречу шли четверо молодых парней, по всем признакам – "нокаутисты". Алекс решил перейти на другую сторону улицы и чуть было не попал под машину.

Неизвестность среди чужих, которые постепенно становились хозяевами Лондона, пугала его. Он хотел пригласить Полину в кино. Хотел сидеть с ней рядом в темноте. Он скучал по ее длинным ногам в дорогих, чуть расклешенных джинсах, в черных сапогах на высоком каблуке, по ее великолепным ногам, слегка расставленным, чтобы помучить его, по ее красивой руке, лежащей между ног, совсем близко к тому месту, до которого Алекс мечтал дотронуться губами. Из-за этой руки он не мог смотреть на экран. Ох, а когда рука двигалась... Он хотел пригласить Полину в кино, но боялся. Он боялся, что сзади сядут четверо бородатых с ножами, один из них просунет голову между ним и Полиной и скажет с акцентом: "Эй, красивая, потрахаться хочешь? Пойдем с нами." Трагическая, убийственная ситуация для европейского белого мужчины. Законы рыцарства, про которые так нравилось читать в детстве, диктуют: дать им всем по бородатым мордам. Но их четверо. У них ножи под кожаными куртками. На их стороне будет закон, поскольку Алекс ответил кулаками на слова. Можно ответить словами на слова: "Молодые люди, ведите себя, пожалуйста, прилично!" А смысл? По их понятиям, они ведут себя очень даже прилично: отбирают белую женщину у белого мужчины. Можно ничего не говорить, взять Полину за руку, которую она все еще держит между ног, и вывести даму из кинотеатра. Постараться при этом не ускорять шаг, чтобы соблюсти достоинство. А потом, в безопасности, произнести глубокомысленно: "Эта мразь засрала весь город!" А потом... А потом мучиться вопросом: если бы меня рядом не было, пошла бы с ними Полина? И еще: она ходит в кино одна? Потому что я давно не был в кино. Изучить ее стену на "Облике": нет ли там следов посещения кинотеатров? С великолепными длинными ногами в расклешенных джинсах, с рукой, небрежно лежащей между ног...

Лучшая защита от черных "нокаутистов" – черная паранджа. Доехать до своей станции, зайти в туалет, надеть паранджу, полностью закрыть лицо и дойти до дома, имитируя неуклюжую походку мусульманских женщин. Раньше Алекса удивляло, когда мусульманки возмущались невежливым обращением со стороны белых мужчин. Его удивляло, что к ним вообще кто-то обращался, что их вообще кто-то замечал. Если ты ковыляешь по улице черным мешком, если ты скрываешь свое лицо, свою фигуру, свои руки и ноги, цвет своего платья – разве ты человек? Чем ты отличаешься от мешка с картошкой? Только тем, что умеешь ходить? Но от мешка с картошкой больше пользы – в нем можно держать картошку. Если ты лишила себя человеческих черт, которые отличают тебя от мешка с картошкой, как ты можешь требовать, чтобы к тебе относились по-человечески?

Однако, поработав на "Облике", Алекс пришел к выводу, что паранджа – одежда будущего, а ислам – религия будущего. Пользователи "Облика" скрывали свое истинное лицо, даже когда выкладывали личные фотографии. По пляжным фоткам не поймешь, что за человек. По скопированным чужим мыслям, по котикам и фальшивым переживаниям по поводу обрушившейся крыши супермаркета в Риге – ничего не поймешь. Все это виртуальная паранджа. В исламе Бог – без лица. Пророк – без лица. В момент общения с Богом мусульмане показывают миру свою задницу, закрывают лицо ладонями. "Облик", паранджа, Аллах, Магомет – все сходится в единой точке.

Так думал Алекс, сидя с прикрытыми глазами в вагоне метро, пока белый слева спал пьяным сном, а черный напротив радовался украденному мобильнику. Вот уже и родная станция, вот уже и поезд остановился, вот уже они встали: черный – первым, за ним Алекс, и белый вдруг очнулся и резво выскочил на платформу. Оказывается, они все здесь живут! Белый искал по карманам мобильник, осоловело оглядывался. Алекс отвел глаза, приотстал. Вот сейчас бы тихо сказать ему: вон тот негрила твой мобильник свистнул. Парень поблагодарил бы, догнал бы негрилу. Какой мобильник? Не брал я никакого мобильника. Да вот он видел, что ты взял. Кто? Да вот этот мужик. Врет он все! Он сам его взял! И пришлось бы Алексу в следующий раз надевать паранджу, чтобы дойти от метро до дома, потому что простым нокаутом он бы не отделался.

Белый и черный встали рядом на автобусной остановке. Черные ходить пешком не любят, белые, когда пьяные, тоже. Интересно, догадался черный выключить сворованный телефон? Ведь если кто-нибудь сейчас позвонит на номер белого, он услышит и поймет. Так думал Алекс, проходя мимо остановки. Как будто в шахматы играл.

## Глава 8

На "Облике" обсуждали пост Адама Хэвенса о религии, о философии, о каждом из нас: "В 19 веке либеральные ученые пытались внушить человеку, что он управляет миром. Какая нелепость! Человек, придерживающийся ложной веры, выше того, кто вообще ни во что не верит. Большевистские профессора воображали, что одержали победу над божьим Промыслом, но материалисты не могут победить. Они с их материалистическими взглядами в конце концов просто сожрут друг друга".

Мысль Адама Хэвенса уже собрала 573 лайка и 47 перепостов. Алекс никогда не ставил лайков на чужих мыслях о политике, экономике, религии, современном искусстве, половом вопросе и огромном чемодане *Louis Vuitton*, сооруженном на Красной площади в Москве. Но читал все комментарии, чтобы лучше всех сориентироваться в новой реальности, которая приближалась к Земле в виде огромной убийственной кометы. Как оказаться ближе всех к двери космического корабля? На свою физическую силу Алекс не рассчитывал, верных друзей с большими деньгами или с огнестрельным оружием у него не было. Приходилось быть самым умным, самым хитрым, самым скользким. Настолько хитрым, чтобы никто не разглядел его ума, настолько скользким, чтобы проскользнуть, когда ум и хитрость не помогут.

Последним комментом под постом Адама Хэвенса стояли строчки некой Светланы: "Ну и пусть жрут! Дерьма в мире будет меньше. Нам нужны идеалисты, и побольше! Я сама такая!" Имя Светлана пропело, как ласковое воспоминание. Он навел мышку, всплыла фотография молодой солнечной женщины на фоне магазина, которого не было на Оксфорд-стрит уже лет 15. Так вот какой она стала 15 лет назад! И в Лондон съездила, а он и не знал.

Кто кому должен посылать приглашение дружить на "Облике"? Алекс уже давно работал над сводом неписаных правил, но отголоски сумасшедшей жизни даже на регламентированном "Облике" все время сбивали его с толку. Он не являлся самым популярным пользователем, он не был даже просто популярным пользователем; он числил себя в разряде интеллектуалов, опередивших время, и потому не видел смысла растрачивать себя на сиюминутные всплески злого остроумия. Как Гюстав Флобер мечтал: написать несколько бессмертных вещей, с публикацией не торопиться, потом издать сразу собрание сочинений и умереть. И пусть страдают, что при жизни не оценили, не интересовались. Но иногда казалось: вот, пора, надо начинать, человечество созрело. Но кто будет его читать? Кто будет делать перепост? Требуются люди с большим количеством друзей, достаточно высокого интеллектуального уровня, чтобы оценить мысли Алекса, но не настолько высокого, чтобы их критиковать. Они должны разинуть рты в благоговении и передать это впечатление тысячам других, а те – другим тысячам. И пойдет, и пойдет...

Мысль о том, что он делает это не для себя, а для будущих поколений, помогала Алексу заглушить самолюбие на пару часов. Он вдруг начинал рассылать приглашения о дружбе самым популярным пользователям, торопливо, стараясь отправить побольше до того момента, когда вернется гордость и спросит: а почему ты им, а не они тебе? Ты продюсер "Облика", ты в Англии, у тебя дом в Лондоне! Пока шла схватка с гордостью, он успевал запулить еще несколько, но сила духа была на исходе, гордость ломала ему пальцы, отдирала их от клавиатуры. Почему я им, а не они мне? Почему? А ведь знал, что последуют мучительные дни, когда он будет робко проверять, кто принял приглашение, а кто нет, вспоминать, кому посылал, заходить на стены тех, кто не принял, и смотреть, писали ли они что-нибудь после того, как он умолял их о дружбе. Писали – значит, сидели в "Облике", значит, видели его приглашение, значит, проигнорировали. И чем сильнее он ощущал это унижение, тем большее пренебрежение испытывал к подружившимся с ним.

С теми, кого он когда-то знал лично, разговор был короткий. Он просто сигнализировал о своем присутствии на "Облике". Вот и теперь поспешил написать Адаму Хэвенсу сразу под Светланой: "Мда, тут есть о чем подумать. В 19 веке эту проблему так и не решили". В Москве была глубокая ночь, на немедленный ответ рассчитывать не приходилось. Ничего, завтра утром сама постучится.

Пока бродил по интернету, несколько раз возвращался на форум посмотреть, поставил ли кто-нибудь "лайк" на его высказывании о 19 веке. Никто. Его обходили стороной, в то время как число комментов и "лайков" под постом Адама Хэвенса стремительно росло. Светка молчала.

В универе они никогда не сидели рядом на лекциях. Сашка присматривался к Светке издалека, через всю аудиторию, вниз и налево – это когда она соизволяла явиться на лекцию. Между ними зияла пропасть. Он учился на красный диплом, она практически не училась. Он слушал "Блонди" и "Полис", она – Дженис Джоплин и "Джеферсон Аэроплейн". Она вообще прилетела из другой галактики, с иностранной фамилией Свенссон – папа был шведским писателем-коммунистом, автором книжки про бедного шведского паренька, который стал коммунистом. Она была Светкой-Шведкой, прекрасной пофигисткой в очень тесных джинсах и больших круглых очках, и шансы на то, что они когда-нибудь перейдут за грань холоднокровного "привета", равнялись нулю.

Однажды он даже побывал у нее дома – она жила у метро "Спортивная". Это когда он пил пиво в "Яме" с Питом, Дуче и Гробом, а они потом должны были ехать к ней с альбомом "Грэйтфул Дэд", который привезли Дуче из Польши. Он за ними увязался, вроде как по пьяни, вроде как все равно, куда ехать. Сейчас Алекс силился вспомнить, поговорил ли он тогда со Светкой. Он помнил "привет" в коридоре с книжными полками, на которых красовалась "Библиотека всемирной литературы". Она даже не удивилась, что он приперся. Больше никаких слов Алекс не помнил. Помнил, как ели оленину, которую шведский папа привез из Норильска, куда ездил встречаться с читателями, и какой огромной казалась оленья кость у алых губ миниатюрной Светки, совсем девочки. А когда поставили "Грэйт-

фул Дэд" и когда она села в свое кресло, с цветоч-
ком на щеке, с ленточкой на голове, с сигаретой в
тонких пальцах – ох... Совсем не девочка... В памяти Алекса почему-то всплыла деревянная модель
скандинавской ладьи на серванте. В таких ладьях
Светкины предки грабили побережье Британии.
Мало грабили, мало насиловали. Насиловали бы
больше, Светок в Британии рождалось бы столько,
что и Алексу досталась бы хоть одна – миниатюр-
ная, в тесных джинсах, в больших круглых очках.
С оленьей костью у алых губ.

На следующий день она его не заметила. Алекс
зашел на ее стену – ничего свежего. Посмотрел на
список друзей: Адам Хэвенс там числился. Наш-
лись Дуче с Гробом, Пит отсутствовал. Интересно,
Гроб и Дуче знают, что он тоже на "Облике"? Что
у него дом в Лондоне? И вообще... Кто такой этот
Адам Хэвенс? Какой-нибудь американский профессор, который регулярно мотается в Москву и
содержит там вторую семью? Может, Светка – его
вторая семья? Еще раз посмотрел ее фотографии:
одни тетки. Почему-то на "Облике" тетки были с
тетками: дни рождения, рестораны, театры и вы-
ставки. Стыдились пузатых лысых мужей? Хотели
казаться свободными? Ловили шанс познакомиться? А вдруг Адам Хэвенс – тоже тетка? Как Жорж
Санд? У Хэвенса фоток вообще никаких не было, а
в профиле стоял снимок немецкой овчарки.

А где она работает? Написано: журнал "ХИПС".
Главный редактор. Ну да, что-нибудь культовое,
для московских хипстеров. Не могло быть иначе.

Вечером Адам Хэвенс выложил линк на видео с
австралийской бегуньей Мишель Дженнеке, которая симпатично пританцовывала для разминки

перед стартом, и сопроводил его таким текстом: "Какая прекрасная девушка! Австралийка, но в ней великолепно проявляются все лучшие черты европейской цивилизации. Я считаю, что школа должна уделять больше времени физическому воспитанию. Зачем обременять молодые мозги бесполезным балластом? Из всей громадной массы так называемых школьных знаний мозг удерживает только небольшую часть, и далеко не самое важное. Если в школах на физкультуру отводят пару часов в неделю, то по сравнению с тем временем, которое уделяется умственному развитию, этого очень мало. Каждый молодой человек должен посвящать спорту ежедневно минимум один час до обеда и один час вечером. И тогда у нас будет гораздо больше таких прекрасных девушек, как Мишель Дженнеке."

Светлана Свенссон поставила лайк и откликнулась: "Я вот тоже не загружала мозг всякой фигней. И ничего, не жалуюсь. Правда, свое здоровье я тоже не укрепляла. Каюсь, Адам".

Алекс решил не торопиться и тщательно продумать свое выступление. Как опытный продюсер "Облика", он знал, что спорт – не самая популярная тема, для мужиков, а ему требовались лайки и обожание масс, чтобы продемонстрировать Светке свою крутизну. Про женщин... Надо написать про женщин, женщины любят, когда про них пишут, и они лайкают щедрее мужиков. Как-нибудь так: "Это видео с Мишель навело меня на глубокие размышления о том, за что мы, мужики, любим женщин. На видео с голой теткой никто не обратил бы внимания. И никогда бы оно не набрало 24 миллиона просмотров. Милый пустяк, чертовщинка в глазах, легкое касание, изящное движение бедра – вот что сведет нас с ума и привяжет к вам навсегда. В этой связи вспоминается карикатура Херлуфа Битструпа: на светской тусовке стоят полураздетые тетки в вечерних нарядах, а все мужики тащатся от бантика на переднике у служанки. Не нужно нам ваших драгоценностей и дорогих платьев! Мы любим вас за красивые глаза и ласковые руки".

Опубликовал. Еще погулял по "Облику", несколько раз возвращаясь и перечитывая самого себя. Никто так интересно не пишет на "Облике", как ты сам. Алекс, улыбаясь, проговаривал про себя: "легкое касание... движение бедра... бантик на переднике..." У Бунина – "Легкое дыхание"... Вот, первый лайк! И коммент: "Ага. Тем более, что драгоценности и платья куплены на наши деньги". Гнусная, жлобская нота. Уводит разговор, сейчас начнутся плебейские вопли о том, кто кому чего должен, кто рожает детей, кто их воспитывает, кто оплачивает учительницу по музыке, кто в доме работник. Положение спас сам Адам Хэвенс. Поставил Алексу лайк и поддержал: "Правильно, Алекс. Женщины – наши ласковые подруги и заботливые матери наших детей." После этого посыпались лайки, но Светка игнорировала.

Шло время, пролетели сутки. Адам Хэвенс впервые высказался о современной музыке: "Мне, как человеку немолодому, порой трудно привыкнуть к реалиям 21 века. Что ж поделаешь! Но я стараюсь не отставать от тех, в чьих руках – будущее Европы и всего цивилизованного мира. Изучаю сейчас вопрос о сексуальных меньшинствах. В этой среде иногда попадаются люди, наделенные творческими способностями. В интернете я наткнулся на видеоклипы британской группы "Куин". Не Вагнер, конечно, но некоторые мелодии приятны на слух. Оказывается, солист "Куин" – гомосексуалист! Но это не помешало ему в сжатой, понятной для масс форме бесстрашно выразить свое политическое кредо, которое заставит поморщиться европейских социал-демократов. Я говорю о песне "Одно виде- ние", которую этот певец исполняет в желтой курт- ке, скроенной по образцу камзолов бравых грена- деров императора Фридриха Великого. Конечно, в армии Фридриха Великого гренадеры никогда не носили камзолов желтого цвета – камзолы были синие. Этот прискорбный недочет свидетельствует о том, что, в силу своего развратного образа жиз- ни, данный исполнитель шлягеров недостаточно глубоко изучал великие страницы европейской истории. Однако я готов простить ему эту ошиб- ку, принимая во внимание замечательные слова из его короткого и энергичного сочинения: "Один человек, одна цель. Ха! Одна миссия. Одно сердце, одна душа и лишь одно решение." Удивительно, что этот гомосексуалист в юношеские годы пере- жил такие же чувства, как и я. В его произведении говорится: "Когда я был молод, у меня была мечта, сладкая иллюзорная мечта, проблеск надежды и гармонии, видения одного прекрасного союза. Но дует холодный ветер, падает темный дождь, и это оставляет отпечаток в моем сердце. Смотри, что они сделали с моей мечтой. Да!" Как точно выра- жено! И мне хочется сказать этому подающему на- дежды певцу: не вешай нос, все еще впереди, мы создадим наш прекрасный союз и излечим тебя от твоего недуга за государственный счет. Как поет- ся в твоей песне, "дайте мне ваши руки, дайте мне ваши сердца! Я готов!" Это сказано про меня. А ты напишешь нам новые гимны. Аффтар, пеши исчо."

Алекс ответил мгновенно, пока не налетели другие знатоки рок-музыки и гомофобы: "Между прочим, когда они записывали в Мюнхене эту композицию, они спели как вариант: "один бог, один человек, один политик"". Из уважения к Хэвенсу Алекс не стал уточнять, что Фредди Меркури уже давно не было в живых. И уж тем более – от какой болезни он умер.

Адам поставил Алексу лайк и добавил: "В Мюнхене записывали? Прекрасный город с богатыми культурными традициями. Я бывал там неоднократно и никогда не скучал".

Алекс поставил Адаму лайк и написал: "Да, в Мюнхене. А продюсерами были два парня из Австрии, которых называли "торпедные близнецы". Студия *DoRo Productions*".

Адам поставил Алексу лайк и поблагодарил: "Спасибо, Алекс. Очень интересно. Знавал я одного австрийца в Мюнхене. Тоже торпедный был человек".

Дальше начался бардак, базар, вокзал, пересадка на Кольцевой в московском метро. Модератор "Облика" едва успевал отбиваться от гомофобов, удаляя их комменты, навечно блокируя доступ. Под постом Адама Хэвенса чужие мысли появлялись и мгновенно исчезали, как камни в воде. В бурном потоке "Облика" топили искренних пользователей, как топили интернационалисты белогвардейских офицеров в Крыму. Алекса радовали два обстоятельства: 1. что он сейчас не на смене; 2. что так много народу ничего не знают про комету и переселение на другую планету, иначе они позаботились бы о своей позиции в рейтинге человеческого материала и попридержали бы чувства и откровения. С другой стороны, геи на другой планете не нужны, их не размножишь. Модератор, уничтожая аккаунты гомофобов, в буквальном смысле уничтожал будущее человечества. Как это понимать? Левая рука не знает, что творит правая? Или новенького посадили на ночную смену одного? Или злостный вредитель?

Вдруг что-то упало в личку. От Светки! "Сашка, это ты, что ли? Ты же любил этот пижонский "Куин", я помню! И как танцевал у нас в клубе – помню! Изображал из себя Брайана Мэя с воздушной гитарой, ха! Ты вроде еще "Блонди" слушал, правильно? Как у тебя дела? Ты где? Я так рада тебя видеть!"

Поразительно: никто не смотрит на стену в "Облике". Там же ясно написано, где он: Лондон, Англия. И дом у него в Лондоне... И вообще...

Светка-Шведка пришла! Сама!

# Глава 9

## Роман в электронных письмах

**26 января**

Привет, Свет! Я заходил к тебе на стену раньше. Хотел написать что-нибудь доброе, а потом подумал: как объяснить, кто я такой? Как-то глупо... Думал, что ты меня совсем не помнишь.

Классно у тебя журнал называется. "ХИПС" – современно и сексуально. Хочется обнять девчонку за бедро и повести ее на митинг против чего-нибудь плохого. Я, между прочим, дизайнер-самоучка и горжусь этим. В конце 90-х научился веб-дизайну, сделал несколько сайтов, правда, их уже нет. Потом выучил *Adobe InDesign*. Два года мы тут втроем издавали русский журнал "Гайд-парк", где я был и главным редактором, и дизайнером, и рекламным агентом, и курьером. Просуществовали ровно два года. Не выдержали конкуренции с бесплатными газетами. Журнал был культовый, черно-белый, но на хорошей бумаге. И материалы на уровне. Ужасно жалко, что пришлось его прикрыть. Потом выучил *JavaScript*. Правда, пока не придумал, зачем мне джава нужна.

На "Облике" мне никогда не нравилось. Это корпорация, и уже этим многое сказано. Всем правят менеджеры, чтобы сделать хоть какое-то подобие карьеры, надо стать менеджером. Менеджеров много, они всего боятся, и следят за тем, чтобы никто не нарушил "принципов "Облика"". Творческая личность (это я, в частности :-))) загибается. У нас даже в советское время было совершенно по-другому. А "Облик" – это "совок", которого даже в СССР не было. Помнится, наша начальница-дура по прозвищу Кикимора устроила мне истерику по поводу моей книги "Достоевский и Гитлер", которая вышла у нас в Москве сто лет назад. Оказывается, я должен был дать ей почитать. В общем, достали.

**27 января**

Саша, я должна тебя разочаровать по поводу бедер. "ХИПС" – это "Химчистка и прачечная сегодня", специализированный журнал про стиральные машины, порошки и прочую хрень. так, халтурю потихоньку. меня это устраивает, потому что можно работать из дома. но вообще ты прав, название прикольное. у меня есть мысль выкупить журнал и переделать его во что-нибудь хипстерское. а его прачечное прошлое будет как бы дополнительной фишкой. ищу инвесторов.

я сначала не собиралась тусоваться на "Облике", не хотела давать информацию о себе. но появлялись знакомые лица. я вдруг поняла, что рада их видеть, вот и тебя тоже, и я решилась. очень люблю смотреть наши старые универские фотки. помнишь, давным-давно были переводные картинки? потер чем-нибудь, бумажка сошла, и получилась картинка! так и на "Облике".

слушай, я ведь хотела написать про "бедра", про дизайн. ладно, в другой раз. может, ты большие тексты не любишь. я же не знаю. я вот не люблю.

не, напишу про дизайн, пока время есть. я тоже самоучка. мой первый фотошоп – версия 2.5. первый, который для виндов сделали, помнишь? как же давно это было! потом выучила *html*, потом джаву скрипт. работала в кварке, присматривалась к индизайну, но вроде как незачем было. в "бедрах" у меня вполне профессиональный мальчик.

Сашка! пришли пдф "гайд-парка", плиз. хочу поглядеть, чего ты там надизайнил. кстати, я завтра иду на очередную встречу с инвестором в мои "бедра". так что если ты прочтешь письмо до полудня 28 января по Москве, поругай меня обязательно.

**28 января**

Ругал, как ты велела. Называл земляным червяком :-)) Охмурила инвестора?

Посылаю несколько номеров "Гайд-парка", оптимизированные для интернета.

**28 января**

инвестор будет думать. а какая у тебя фамилия? в смысле в журнале?

**29 января**

Мы все выступали под псевдонимами, поскольку работали в Британской информационной службе. У меня было несколько: Виктор Андреев, Николай Антипов, В.А., Н.А. Самый мой прикольный псевдоним – Клава Виндзор. Я его придумал, когда познакомился с девушкой по имени Маша Чемберлен. Я тогда был главным редактором одной русской газеты в Лондоне, правда, всего пять месяцев. Поругался с ними, ушел и сделал "Гайд-парк".

**30 января**

а ты, оказывается, тоже любишь дверью хлопать. прям как я. и тоже страдал любовью к шрифтовым решениям. я бы твой гайд-парк сверстала с тремя шрифтами, не больше. инвестора вам надо было искать. и, честно говоря, я не просекаю концепцию издания. хотя читать интересно. особенно твои материалы. как бы снова с тобой знакомлюсь на старости лет. ты на меня не злись только, ладно? если ты мне скажешь: Светка, ты – дура и ничего в дизайне не понимаешь, я не обижусь.

**31 января**

Нет, Светка, ты не дура. Ты хуже. Ты – теоретик! :-)))

Разговорами про спонсоров мне мои соратники плешь проели (в переносном смысле, есессно). В теории все это хорошо. На практике это выглядело бы следующим образом. Если бы мы нашли идиота, который захотел бы в нас вложиться, то идиот первым делом потребовал бы от нас, чтобы мы ушли с БИС. Я был к этому готов, двое других – нет. Допустим, ушли бы мы все с работы. Идиот через полгода сообразил бы (ну не совсем же он идиот, раз деньги есть), что на нас не заработаешь, и прикрыл бы издание. Мы остались бы без журнала и без БИС. В Лондоне русскому человеку найти работу гораздо труднее, чем в Москве. Мы были бы в полной зависимости от прихоти идиота. Если бы мы, допустим, взяли ссуду в банке, то ее пришлось бы отдавать с процентами. Идея была в том, что мы могли делать ГП на свои средства. Чернобелый вариант сократил затраты на печать в три раза, плюс придал оригинальный стиль, плюс решил многие проблемы с иллюстрациями.

Теперь по поводу "концепции". Когда я слышу слово концепция, я хватаюсь за что-нибудь тяжелое. Концепции пишут для инвесторов и начальников, чтобы пудрить им мозги. Журнал – живой организм, со временем он меняется, если приходят новые люди, они тоже его меняют. Мы решили делать такой журнал, который был бы интересен нам самим. Вот и вся концепция.

Мы просуществовали ровно два года. За четыре месяца мы вышли на самоокупаемость за счет рекламодателей. И держались так год. В это время в Лондоне выходили две русские еженедельные газеты и один "гламурный" журнал, первый номер которого тоже я делал – как редактор. А потом появились еще три газеты, причем все бесплатные. Они завалили все русские магазины в Лондоне, но самое главное – растащили всех рекламодателей. Всем стало плохо. Сейчас в Лондоне три или четыре газеты, которые все – убыточные. Все! Ни одна концепция не смогла бы предвидеть такого развития событий. Какая на фиг концепция! Не зли меня :-)))

ГП не выдержал конкуренции с бесплатными газетами. Ни один журнал не выжил бы в такой ситуации. В конечном итоге принцип опоры на собственные силы оправдался, поскольку мы прикрыли ГП без потерь и без долгов.

Я надеялся на то, что удастся привлечь британских рекламодателей, связывался со всякими гламурными фирмами и магазинами. Журнал им внешне нравился, но рекламу почти никто не дал.

Я вообще потерял веру в качественную журналистику. Из всей печатной продукции последних лет мне нравился "Новый очевидец". Ну и где он теперь?

А насчет трех основных шрифтов – это догма. Прикольные шрифты помогают тогда, когда не хватает иллюстраций. Соглашусь, что в одной статье не должно быть пестроты шрифтов. Но в объеме всего журнала их может быть больше в заголовках. Мне так ка-а-а-тся. Бывает так, что шрифт очень подходит к теме материала.

**1 февраля**

ну, собственно, Светка, ты дура. в вежливой форме. я довольна.))) сама нарвалась. о шрифтах можно долго базарить, но лучше при встрече. вот как-нибудь кофе выпьем, тогда тебе понадобится тяжелое. а пока – ахтунг. поставь монитор на стол. я все равно далеко. я еще джаву скрипт люблю обсуждать.

**2 февраля**

Суха теория, мой друг, а древо жизни пышно зеленеет! Не я сказал... А мог бы... Если есть три единомышленника, которые согласны по принципиальным вещам, то еще где-то должны быть такие же люди. И они были – и среди русских, и среди англичан, которые знали русский. Один преподаватель русского в школе использовал ГП в качестве наглядного пособия.

**3 февраля**

подвожу под нашей дискуссией черту.

—————————————————————————

возвращаемся к куртуазному общению. а я бы как-нибудь с тобой кофейку выпила. ты как?

**3 февраля**

Кофейку выпить – это как? Ты что, приехать собираешься? Ой... :-)))))

**4 февраля**

а чего ты так испугался? ))))) была я в вашем лондоне. так себе городишко. я имела в виду скайп. хочу поглядеть, какой ты сейчас.

**5 февраля**

Я представил тебя в аэропорту Хитроу с многозначительной фразой: "Ну здравствуй, я приехала..." :-))

Насчет скайпа – у меня веб-камеры нет. Не было надобности. Может, куплю. Кроме того, боюсь не понравиться :-)) Мало ли, освещение плохое, ракурс... Так что смотри пока на мои фотки на "Облике" и пиши письма. Фотки вполне реалистичные, сделаны два года назад в Риме. Я там встречался с семьей своих друзей, с девчонкой мы еще в Москве работали. Отпраздновали мой день варенья. В этом году вроде в Барселоне собирались встретиться, не знаю, получится ли.

Честно говоря, я по телефону не очень люблю болтать. Меня хватает минут на двадцать интенсивного разговора, потом начинает голова болеть и язык заплетаться. Серьезно. Я ведь веду весьма замкнутый образ жизни, разговорной практики никакой. С народом общаюсь емелями. По телефону звонить не люблю. А мне звонят в основном маркетологи из Индии с диким акцентом.

**7 февраля**

насчет "ну здравствуй, я приехала..." – романтик, однако... ;))

не бойся. для этих страхов оснований пока нет. я вижу, жизнь научила тебя ожидать худшего. а про скайп – просто хочу посмотреть на тебя. ладно, поняла, удовлетворюсь кадрами из "римских каникул".

**8 февраля**

Ты не обижайся. Ракурс и освещение – это очень важно. Хочется нравиться, а уверенности в себе уже нет. Если она вообще когда-то была... :-)) Я почти никогда себе не нравился на фотках и ТВ. Я вообще плохо себе представляю, как сейчас молодежь знакомится, встречается и т.п. Такое впечатление, что любая мало-мальски красивая девица работает в эскорт-агентстве или мечтает познакомиться с сыном олигарха. В свое время у меня была теория по поводу того, почему русские (российские, советские) женщины самые красивые в мире. Эта патамушта денежный фактор не имел значения, и люди встречались и женились в основном по любви. Более красивых тянуло к более красивым, а не к богатым. Естественный отбор, селекция и т.п. Что скажешь? Умно или как?

**9 февраля**

ахтунг. про что спич? про красоту нашу? ее у меня много. все мое потрясающее прошлое, весь мой богатейший внутренний мир – на харе лица. вот! а ты про какой-то ракурс... я старая, но прекрасная, и всегда буду такой.

вообще ты, Шура, меня удивил. ты – не уверенный в себе мужчина? в твоем возрасте? с твоими успехами? с культовой книжкой "Достоевский и Гитлер"? да ты должен шагать через штабеля нимфеток! аккуратно, чтобы не наступить. может, и найдешь что-нибудь приличное, не из эскорт-агентства... ;)

**10 февраля**

Про штабеля нимфеток... Гм... Гм... (Кстати, только недавно открыл для себя глагол "гумкать" – то ли у Чехова, то ли у Достоевского.) Да, так, значит, про штабеля... Здесь, душа моя, ты не права. О, как ты не права! Ты даже не подозреваешь, как ты не права! Никогда я не был так одинок, как сейчас.

Моя широкая известность в довольно узких кругах никак не помогает. В общем, не права ты...

**11 февраля**

сейчас скажу интимное. закрой уши, чтобы не краснеть. в моей жизни было время... эээ... как бы это выразить помягче, чтобы тебя не смутить? ну, молодых тел, назовем это так. все мои мужики были значительно моложе меня, годиков так на десяточек, а последний (в смысле крайний, а не вообще – я надеюсь) ну очень моложе. но наступает, Александр, такой момент, когда хочется сказать мужчине: а помнишь, в 88-м? хочу мудрого мужчину, который читает и помнит то же, что и я, и главное – НЕ ТРЕПЛО!!! это моя привилегия – быть глупой. мужик обязан быть умным. вот ты, Сашка, вроде умный. ты умный?

твой пассаж про естественный отбор в совке повеселил )))) значит, в нашу славную эпоху женились только по любви? потому что абрамовичей не было? Шура, вы мне делаете смешно! верно, абрамовичей не было, а про московскую прописку ты забыл? а про нужные связи? а про мальчиков и девочек "из хороших семей"? селекцию в совке проводили большевики-мичуринцы.

слушай, заметила за собой, что слова процеживаю. не хочу, чтобы ты обижался на меня? ммм.... нееееет, не то... кокетничаю по привычке? неужели охмурить хочу? на всякий случай – страшись меня.

**12 февраля**

Через кого бы мне перешагнуть? Ау! Никого... Блин, как в пустыне живу...

Некоторые места в твоем послании меня так перепахали, что я не удержался и бросился строчить ответ. Угадай, какие.:-))

Моя теория! Ты от нее так легко не отмахивайся, это тебе не дарвинизм. Я вот никогда не стремился жениться на чьей-нибудь дочке. Хотя, конечно, ты в чем-то права. Но все-таки морковки и прописки – не такой важный фактор, как золотой телец.

Я наконец-то понял, зачем ты меня уговариваешь наладить видео. Ты хочешь проверить, действительно ли я такой умный, каким кажусь в своих емелях. Или, может, какой-нибудь носатый Сирано де Бержерак пишет емели за меня? Угадал? Ааа-ааа!!! Что ж, гражданин начальник, проверяй... Заказал видеокамеру на Амазоне, придет дней через пять. Налажу – дам знать.

Теперь о главном, о том, что перепахало. Несколько раз перечитал пассаж про твои связи с малолетками. Много думал... Пока думал, посмотрел все твои фотки. Ты в роскошной форме! С таким лицом дурочкой быть у тебя не получится. Не старайся, потеряешь время... Мда... Через такую не перешагнешь :-))

**13 февраля**

какой вы все-таки, Александр! ах! ах! если б я не подняла тему моих сексуально активных мужчин в возрасте за 18, вы не стали бы изучать мои фотографии? значит, вас возбудил вопрос только о том, на кого это там жеребцы позарились? разве это может служить критерием женской сексуальности? очень обидно, да )))) имейте в виду – фотографии не очень свежие...

**14 февраля**

Свет, ты передергиваешь! Ты не передергивай! Свет, ну перестань передергивать!

А что значит – фотографии не очень свежие? Ты теперь брюнетка? Тоже интересно. Ничего, вот привезут мне веб-камеру... Сама предложила!

**15 февраля**

я тебе в скайпе ссылку на Юльку кинула. ты помнишь Юльку? все помнят Юльку.

**15 февраля**

Зачем? Для острых ощущений мне тебя хватает :-))

**16 февраля**

острых ощущений никогда хватать не должно )

**16 февраля**

Мне кажется, я достиг оптимального уровня. :-))

**17 февраля**

тебе кажется. )

**18 февраля**

Свет, ты плохо представляешь, с кем имеешь дело. Я не знаю, как надо себя вести, дико волнуюсь. Каждый раз после того, как отправляю тебе письмо, думаю – ой, переборщил... ой, недосолил... Так что если я тебе покажусь вдруг чересчур напористым, так это от отсутствия опыта, а не от наглости. Смутить меня очень легко. Чуть что – я прячусь под корягу, и фиг меня оттуда вытащишь. И вообще я человек очень замкнутый. Короче, вот что: я просигнализировал свой интерес, а ты делай с этим, что хочешь – регулируй, отмеряй, процеживай, назначай свиданки в своем Стокгольме, приезжай в Лондон. В Москву я не хочу, а вот в стокгольмском интерьере посмотрел бы на тебя с плезиром. В общем, делай, как считаешь нужным. Я ем яблоко и смотрю в окно (из какого-то советского фильма – "Король-олень"?) Здесь мне нужен смайлик, который беззаботно смотрит в голубое небо и что-то насвистывает... :-))

Совершенствуй английский. Как ты будешь отвечать на расспросы интеллектуалов и журналистов: Светлана, каково оно – жить с гением? Вы счастливы или офигенно счастливы? А голливудских звезд будут интересовать интимные подробности. Ты же не будешь рассказывать их через переводчика? Или будешь?

Ох, как бы я хотел увидеть сейчас твое лицо! Пришли фотку. Нахал!.. Зарвался!.. Дать по рукам!.. Поставить на место!.. Я еще с горы не спустилась... И не собираюсь спускаться... А если спущусь, то не для него... Со своей "Спортивной" никуда не посду... От любимой школы... А с другой стороны... Гм... Гм... Вдруг он – новый Достоевский?.. Ведь он уже известен на Западе... Осторожнее, девушка, осторожнее... А то залезет под корягу... С кем бы посоветоваться? С подругой? Да эта курица ни фига в мужиках не понимает! А вот нагрянуть в Лондон – "ну здравствуй..."(с) Стоп. Ахтунг! Надо что-то отвечать. Но что? От этого ответа зависит многое. Моя жизнь! Моя судьба!! Мое СЧАСТЬЕ!!! О, Сашка, свалился ты на мою голову! Милый... Единственный...

**19 февраля**

хм. ну что же, интереееесное письмо. но ты ведь понимаешь, что по законам куртуазного обхождения ты в ближайшее время ответа не получишь? яблоком не подавись.

**20 февраля**

Это хм – неспроста... Само дерево хмыкать не может...

**21 февраля**

знаешь, не хочу я играть в куртуазность. сочинила и отправляю. а то лежит у меня в компе, от серьезных дел отрывает )

начну с главного. ;) у меня уже был гений. даже несколько гениев. так себе вариант. не советую. самовлюбленность, ущемленное самолюбие, подай да обслужи. я решила, что больше у меня не будет ни гениев, ни алкашей.

мне нужен успешный мужик без комплексов. не эгоист. умный и твердый (во всех смыслах – гы!)

такие дела. здесь должен быть смайлик, который беззаботно смотрит в голубое небо и что-то насвистывает... :-))

я прекрасно представляю, с кем имею дело. в наши годы случайные влюбленности не возникают. говорю сейчас о психически нормальных людях. сейчас уже видно, что мы можем стать с тобой приятелями. я очень люблю такие отношения. у меня их несколько, таких приятелей. а теперь подумай: вдруг мы зацепимся посерьезнее, будем ждать Стокгольма какого-нибудь, прилетим туда и... и что? вдруг мы не понравимся друг другу, будем мучиться – какая(ой) я дура(к), что притащилась(лся), какая же из этого фигня получилась... и это еще в лучшем случае.

хочу спросить. а нельзя ли мне как-нибудь уклониться от интимных вопросов во время общения с голливудскими звездами? как-нибудь бровями поиграть, изобразить оскорбленную невинность? или притвориться, что по-аглицки не разумею? я очень сильно тебя этим подставлю?

и самое главное:

моя жизнь! моя судьба!! мое счастье!!! о, Сашка, от нашей переписки никак не зависят ))) хочешь рассмешить Б-га, расскажи ему о своих планах...

**22 февраля**

Да не гений я, не гений... Пошутил... Кажется, есть какие-то способности, которые надо развивать. Я глубоко убежден, что писателями не рождаются, а становятся. Может, поэтами рождаются, не знаю, но писателями – точно нет. Достоевский – яркий пример.

И не алкоголик я. Бокал вина за обедом, бокал – за ужином... Всеееееее! Ненавижу состояние глубокого опьянения. Наркотики не употребляю. Ни разу в жизни не пробовал. Не курю и никогда не курил. Чего там еще? Зарядку делаю. Рост 1 м 85 см, вес – 95 кг. Перебор, конечно, но при таком росте не заметно. Сам не пойму, откуда лишние 10 кг. Но все равно пытаюсь похудеть :-))

Дальше. "День сурка" смотрела? Умный – я... Успешный – я... Твердый – я... я... я... По-французски говорю (впрочем, надо многое вспомнить).

Подай да обслужи? Я просто в шоке! Мужчина должен сам себя обслуживать. Я всю взрослую жизнь себя обстирываю, обглаживаю и т.п. Готовлю я намного лучше многих женщин. Изучаю всякие кухни – итальянскую, китайскую... Купил французские кастрюли, кухонный комбайн, два вока, несколько кулинарных книжек... Так что это я тебя обслужу, а не ты меня :-))

**25 февраля**

Ну чего молчишь? Ты пишешь мне большое письмо? Пиши давай. И задай какой-нибудь каверзный вопрос. Или я задам тебе каверзный вопрос.

**26 февраля**
задай.

**26 февраля**
Каверзный вопрос: ты порнуху любишь смотреть?

**27 февраля**
читать люблю)

**28 февраля**
А с кем же я буду порнуху смотреть? Ты не беспокойся, я буду тебе переводить :-)

**1 марта**
а ты без порнухи не умеешь? а говорил, что твердый. а мы уже обсуждаем постель? не рано ли?

**1 марта**
Ну ты же хотела каверзный вопрос. Это единственный, который у меня был.

**2 марта**
мужчина, вы меня смутили. что-то я не помню, чтобы секс со мной кто-то предварял порнухой. неужели старею?

**3 марта**
Свет, шучу я так... Привыкай... :-))

На самом деле я не такой. Я вот какой: полное внимание Женщине, которая мне нравится. Ее внешность и ее внутренний мир одинаково важны для меня. По-другому я не умею. Это плохо? Я не прав? Скажи.

Видишь, какой я чуткий? А ты не хочешь порнуху со мной смотреть...

**5 марта**
ладно. живи как умеешь. ;) я просто подумала: мы с тобой встретимся в Стокгольме чайку попить, а ты меня за коленки начнешь хватать... а я, может, не созрела...

**6 марта**

Письмо о коленках. Свет, я сам волнуюсь... Очень... Тем более, что твой "внутренний мир" мне очень симпатичен... А вдруг это – ТО САМОЕ? Но мы можем вести этот роман в письмах годами. Я могу послать тебе "каверзный вопрос": а перечисли-ка ты, барышня, свои недостатки! Была такая мысль... Но потом подумал: а какой смысл? То, что ты считаешь своим недостатком, я могу считать достоинством или могу вообще не заметить. На многие недостатки можно закрыть глаза, если достоинства их перевешивают. Мы же не дети, чесслово...

Нам надо встретиться. Есть вещи, которые НАДО сделать. Как экзамен сдать. Не понравимся друг другу, будем дружбанить в интернете, с праздниками друг друга поздравлять. Понравимся – будем думать... Обещаю не хватать тебя за коленки. Вообще не дотронусь, пока сама этого не захочешь. Задача – не в том, чтобы перепихнуться. Задача – посмотреть, сможем ли мы жить долго и счастливо и умереть в один день. Конечно, за несколько дней это не узнаешь. Но с этого НАДО начать...

**7 марта**

вот у нас тут хиханьки да хаханьки, а ведь затянуть может. ахтунг!

твое письмо спать не дает. надо ответить, а то совсем измучаюсь. утром буду плохо выглядеть. а вдруг инвестор?

если мы собираемся всерьез замкнуться друг на друга, то мы должны дышать одинаково. мы должны все обсуждать и все одинаково понимать. мы пересечемся в Стокгольме и прекрасно проведем пару дней. будем обходить табуированные темы, чтобы не ломать настроение, но жить постоянно так невозможно. надо смотреть в одном направлении и одинаково понимать основные вещи – подлость, предательство, а дальше – тоталитаризм, насилие, коррупция, права человека и т.д., и т.п.

я никогда не была бессловесным секс-объектом. мне разговор требуется. а мы с тобой, Сашка, во многих вещах наверняка расходимся в силу разного жизненного опыта.

мне интересно с тобой общаться, мы можем встретиться, и если мы не будем друг другу противны, можем встречаться регулярно в разных концах нашей замечательной планеты. но ты, мне кажется, ищешь подругу жизни. зачем тебе я?

**8 марта**

Я тоже плохо спал. Заснул часа в три, наверно. По поводу табуированных тем и одинакового понимания простых вещей. Почему ты думаешь, что мы понимаем их по-разному? Мне так совершенно не кажется. А что касается конкретных политических, исторических и социальных вопросов, у меня нет четкого мнения ни по одному из них. По каждому вопросу может быть несколько точек зрения в зависимости от многих факторов. Мне все точки зрения интересны, если они обоснованны. Я-то как раз считаю, что если у двух людей точки зрения полностью совпадают, то наступает тоска. Разговаривать не о чем. "Президент – сволочь... Да, сволочь..." Все, поговорили. Поэтому я тебе говорю: обсуждай со мной все, что хочешь. Не надо табуировать темы. Ты человек очень умный, и мне твое мнение всегда интересно. От общения с тобой я ловлю офигенный кайф. Я могу молчать и только слушать, если хочешь. Мне все равно интересно, что ты имеешь сказать. Я не знаю, может, это

Англия на меня так повлияла. Но я абсолютно не вижу никакой проблемы в разнице взглядов. На-оборот.

Насчет того, что я ищу... Я ищу "человека рядом", но найти его, точнее, ее, можно только через ро-ман. Мне кажется, мы можем подойти друг другу. Я абсолютно убежден в том, что надо попробовать, а дальше – как получится... Может, мы останемся на этом уровне, и наши отношения не будут экс-клюзивными, а может, друг друга нам будет вполне достаточно. Посмотрим. Твою свободу я не огра-ничиваю и не смог бы ограничить, даже если бы и хотел.

Ты говоришь – надо перебирать варианты, ша-гать через штабеля... Я перебираю и шагаю, только мысленно. И даже на этом начальном этапе ниче-го интересного до недавнего времени не видел. И вдруг увидел тебя! Я честно перебирал и вот, ка-жется, нашел именно то, что нужно. Ну что ж мне теперь делать? Шагать дальше? Не хочу я шагать дальше. Пока не хочу. А там видно будет...

Кстати, с праздничком тебя! Виртуально чмо-каю тебя в нос. Надеюсь когда-нибудь сделать это по-настоящему. В приложении – праздничная от-крытка: статуя Давида после двух лет в американ-ском музее.

**9 марта**

))))))))))))))))))))))))))))))))))))

класс! спасибо за картинку ;)) хотя я и не признаю изобретение Клары Цеткин.

в одном ты, конечно, прав: если табуировать, мы друг друга никогда не узнаем. но как же все-таки страшно... давай, пока это возможно, избегать эти темы. потому что все может накрыться медным тазом по любой причине. это тебе только кажется, что ты нашел именно то. мне пока ничего не кажется. мне пока просто любопытно.

**11 марта**

Я вот сижу, работу работаю и думу думаю... о ком? Правильно... Я вот думаю, откуда у тебя уверенность в том, что два человека с разными мнениями не могут быть вместе. Версия: тебя мужики подавляли или пытались подавить. Весьма типичное для российских мужичков отношение к женщине. И потому ты думаешь, что по-другому не бывает, что близкие люди должны думать одинаково. Я прав? Или частично прав? Проанализируй себя и сообщи результаты. :-))

**12 марта**

после универа у меня было два основных мужика. чтобы не смешивать просто с телами, назову их гражданскими мужьями. меня безусловно подавлял мой первый муж, он был великий ученый, а я пустое место. мой второй муж никак меня подавить не мог, так как мы начали жить вместе, когда ему было 17, а мне 35. мы вместе работали, интересовались одним и тем же, и это он научил меня джаве скрипту. это я его подавляла, а не он меня.

я согласна разное кино любить. или я – за теннис, ты – за оперу. фигня вопрос. но по поводу Катыни, Холокоста, Голодомора, Сталина двух мнений у нас быть не может. это – не разные мнения. это – социальные коды: "свой-чужой".

**12 марта**

Сильный ответ. Уважаю еще больше. Но ты пойми: когда я говорю обсуждать, я не имею в виду спорить о том, преступление это или не преступление. Конечно, преступление, вопроса нет. Я имею в виду обсуждение причины и следствия. Это не одно и то же.

Но самая главная тема для обсуждения − вот эта: "мы начали жить вместе, когда ему было 17, а мне 35". Вот второму гражданскому мужу повезло! Офигенно завидую! С такой женщиной!

Вот видишь, как полезно обсуждать табуированные темы. :-))

**13 марта**

перечитала наши письма. уже много чего! и что? могу ли я сказать, что четко представляю, какой ты? волнует ли меня, что ты сам себя обстирываешь и обглаживаешь? нет, не волнует. я в любом случае не собираюсь тебя обслуживать. меня уже не заставишь делать то, чего я не хочу: ни на работе, ни в... (вот о чем ты сейчас подумал?)

а что волнует? волнует, что ты придумал себе какую-то телку, она такая и такая, а на самом деле я совсем другая.

я вот тебя помню по универу. голос помню, манеру держаться. и первые твои емели соответствовали образу. а потом вдруг все стало размываться. старое ушло, а новое − какое-то нечеткое. самый ошибочный путь сейчас − додумывать что-то. я себя всегда останавливаю: ахтунг. человек всегда не такой, каким его представляешь. это нормально.

с другой стороны: чем дольше ждешь, тем тяжелее. через несколько месяцев мне будет страшно билет купить. я очень часто перед свиданками жму на тормоза. боюсь, перезваниваю и вру что-нибудь про неожиданные обстоятельства.

вот мы так пообщаемся в виртуале, и, может, эта идея − встретиться − сама отпадет.

не знаю я ничего. письмо какое-то лохматое получилось. не пойму, чего хотела сказать...

**14 марта**

Критерий истины – практика. Вывод: нам надо встретиться. Если ты меня кинешь в виртуальном пространстве, ты так и не узнаешь, проморгала ты свое счастье или нет. А встретимся – будешь знать, хотя бы приблизительно.

Короче, назначай свиданку в Стокгольме. Я думаю, нам надо снять отдельные номера, но в одном отеле.

**15 марта**

"Критерий истины – практика."

да

"Вывод: нам надо встретиться."

да

"Если ты меня кинешь в виртуальном пространстве, ты так и не узнаешь, проморгала ты свое счастье или нет."

да

"А встретимся – будешь знать, хотя бы приблизительно."

да

"Короче, назначай свиданку в Стокгольме. Я думаю, нам надо снять отдельные номера, но в одном отеле."

да

Сашка, какой ты умный... ))))))))

**16 марта**

Мне кажется, не надо встречаться в майские праздники. В Европу все наши ломанутся. Давай до. Ага? С британским паспортом мне виза не нужна.

**17 марта**

шикарно! договорились – до. ага.

**18 марта**

Отель ты будешь выбирать?

**19 марта**

я, наверно, остановлюсь у родственников. спрошу у них, есть ли приличные отели в их районе. для тебя, ненаглядного. чтобы нам близко жить.

**20 марта**

Класс! На данный момент я тащусь :-))

**21 марта**

слууушай, опять перечитала наши письма. круто!

**24 марта**

Я тут подумал: а может, не надо тебе у родственников? Вот, смотри ссылку. Это 2-бедренная (как у нас говорят; в смысле две спальни) квартира. Тихий центр. Там есть туалет, кухня и все, что нужно. Я за все плачу [смайлик падает пьяной рожей в миску с черной икрой]. Покупаем продукты, готовим.

**25 марта**

не, не подходит.
1) приставать начнешь.
2) не начнешь.
и то, и другое плохо.
и готовить я не хочу. и чтоб ты готовил – тоже не хочу.

**26 марта**

Т.е. тебе не нравится, что мы в одной квартире? А какая разница? Скажешь, что голова болит или что-нибудь в этом роде. Как там у вас это делается... Давай так: мы вечером выпиваем, смотрим телевизор, все как у людей. Потом чистим зубы, принимаем душ, расходимся по койкам. Я засыпаю. Если ты меня будишь и зовешь в свою койку, я просыпаюсь, долго соображаю, где я и с кем, потом покорно иду... :-)) Нет – так нет. Не насильник я, Свет! Заодно проверишь, можно мне доверять или нет. :-))

**27 марта**

нет. я не могу спать с мужчиной в одной квартире, но в разных постелях ) это неправильно.

1) "Скажешь, что голова болит".

а зачем мне этот аргумент? просто скажу, что не хочу. обойдусь без дешевой отмазки.

2) "Потом чистим зубы, принимаем душ, расходимся по койкам. Я засыпаю."

обнаглел совсем? как это – ты засыпаешь??? а я?

3) мне твоя покорность ни к чему )))

4) "Не насильник я, Свет!"

успокоил старушку.

**30 марта**

Свет, нам надо выбрать, где мы будем харчеваться. Хорошо бы найти какие-нибудь места с местным колоритом, но не для интуристов. Куда нормальные люди ходят. Я попробую посмотреть по интернету, но и ты спроси у родственников. Ладно?

**1 апреля**

слушай, не напрягайся, а? приедем – все найдем. или ты привык планировать? тогда планируй. только без меня.

**2 апреля**

Я попланирую немножко. Ну немнооооожко... Совсем чуть-чуть.

**3 апреля**

))))

распиши по минутам. все равно будет по-другому.

**4 апреля**

УРАААА!!!

**4 апреля**

:-))

**5 апреля**

Как я готовлюсь к свиданке:
1. худею
2. накачиваю мускулы
3. читаю умную книжку.
Еще чего-нибудь надо?

**6 апреля**

"2. накачиваю мускулы"
только не надейся, что я позволю тебе носить меня на руках. всегда боюсь, что уронят.
"3. читаю умную книжку."
а вот это зря. ты и так умнее меня. остановись.

**7 апреля**

Носить на руках – только фигурально. Я боюсь не столько за тебя, сколько за свою поясницу. :-))

**8 апреля**

а тебя не интересует, как я готовлюсь? худею или нет? правильно, что не интересуешься. это было бы свинством с твоей стороны.

на самом деле я готовлюсь. я убеждаю себя прекратить бояться. и время от времени мне даже хочется лететь в Стокгольм. посмотреть, каким стал Сашка. сильно отличается от универского?

еще: ты спросил, что еще надо. записывай: надо понять, что в первые 10 минут будет шок. потому что мы страшно постарели. к этому надо привыкнуть, а потом все пойдет гладко.

**9 апреля**

"каким стал Сашка. сильно отличается от универского?"

Сильно. Я значительно лучше. Если серьезно, то мне кажется, что как человек я лучше, чем тогда. Ну и добрее стал, особенно к женщинам. Мне так кажется... Хочется в это верить...

"потому что мы страшно постарели."

Да брось ты! Я же видел тебя в Скайпе – ты в отличной форме, очень даже соблазнительная. Я гораздо больше беспокоюсь за себя. Вдруг ты не будешь хватать меня за коленки? Вот облом-то!

ЗЫ: Хочу похвалиться. Только что написал парень, с которым мы в Москве работали. "Саша! С удовольствием прочитал твою книжку про Гитлера и Достоевского. Мне понравилось, что она написана тонко, талантливо."

Пустячок, а приятно... "тонко, талантливо"... Каков человек, такова и книжка... :-))

**10 апреля**

как тонкого человека я тебя не знала. худого – помню. еще помню твою манеру сумку бросать на парту и по сторонам не смотреть. )

"Да брось ты! Я же видел тебя в Скайпе – ты в отличной форме, очень даже соблазнительная."

я очень старая. будь готов.

"Я гораздо больше беспокоюсь за себя. Вдруг ты не будешь хватать меня за коленки? Вот облом-то!"

вот этого не жди. я девка самых честных правил.

"Хочу похвалиться."

круто. Саша! какой ты (... ненужное зачеркнуть).

**11 апреля**

Сумку на парту я уже не швыряю и по сторонам обещаю не смотреть. Только на тебя!

**12 апреля**

Сань, смотри по сторонам. если ты не будешь смотреть по сторонам, как же ты поймешь, что я — лучше всех?

**13 апреля**

Я только и делаю, что смотрю по сторонам, и ничего интересного не наблюдаю. Нет уж, только на тебя! И не сопротивляйся, пожалуйста.

**14 апреля**

поступай так, как считаешь нужным.

**15 апреля**

А как тебе история про вулкан в Исландии и облако над Европой? Самолеты не летают. Обычно посмотришь в небо над Лондоном — обязательно летит, и не один. А сейчас пусто. Мне бы как-нибудь проскочить между извержением вулкана и забастовкой летчиков. :-))

**15 апреля**

не в курсе. если вулкан против нашей шведской свиданки, это заставляет задуматься. )

**16 апреля**

Бритиш Эрвэйс вроде хотел забастовку устроить как раз в эти дни, но пока идут переговоры с менеджерами. Только бы не вулкан, только бы не вулкан...

**16 апреля**

прочитала. вот гад... может, к 21 развиднеется? к ураганам и грозам еще и вулкан добавился... природа восстает против нас? а ты суеверный? )

**16 апреля**

Не, не суеверный. Говорят, что через пару дней нормально будет.

Я тут думал... Вот ты говоришь — не надо планировать. Я всю жизнь старался планировать: расчет вариантов, анализ позиции и все такое... Что-то получалось по плану, что-то сваливалось как снег на голову... В результате личная жизнь у меня получилась довольно бедной. А у тебя богатая личная жизнь, но ты до сих пор живешь на своей "Спортивной". Меня это поражает! Про тебя можно пьесу написать! Единство места и действия...

Зачем я это написал? Черт его знает! Поговорить захотелось :-))

**17 апреля**

хм. расскажу кое-что. устраивайся поудобнее, дружок. одна моя знакомая бабулька еще до войны служила в какой-то конторе в Москве. мужа загребли, потом кто-то настучал и на нее, тоже посадили. муж сгинул в гулаге, она выкарабкалась, отмотала по полной, затем поселение, по рогам, в Москву вернулась в конце 50-х. и вот она рассказывает: очень хотелось сходить на работу, поглядеть, как там... набралась духу, пошла. а в конторе – те же люди перебирают те же бумажки... столько лет прошло! я прожила ужасную, трагическую, интересную жизнь... а они все сидят за теми же столами, и из окна у них видна все та же железная дорога...

на тебя, Сашка, Достоевский влияет. вместе с Гитлером )))

теперь про мою личную жизнь. она не столь богата, как ты себе воображаешь. намного беднее твоих фантазий о ней ;)) чтобы в койку лечь, мне влюбиться надо. а дело это муторное...

а уж второй гражданский муж меня так перепахал, что мне вообще трудно с кем-либо сойтись... пальцев одной руки хватит, чтобы пересчитать. ладно, врать не буду – двух рук.

я рада, что ты поговорить захотел. а то я думала, что до Стокгольма молчать будешь.

**17 апреля**

Ну как ты там? Закрыли Стокгольм из-за облака. Но это хороший признак, я думаю. За четыре дня облако куда-нибудь снесет или оно упадет на землю. Ты на всякий случай дай мне, п-та, свои телефоны – мобильный, домашний со всеми кодами – чтобы я тебе в среду мог позвонить, если я не смогу улететь. Вообще прикол, конечно. Не соскучишься...

**17 апреля**

я там нормально. да, прикольная история, скажи? у меня азарт появился. совместное преодоление препятствий может стать началом большой и нежной дружбы... )

**17 апреля**

Да, я тоже ловлю кайф от "облака в штанах".

Вот, держи. Глубоко выстраданное произведение: Если вдруг вулкан взорвался – не беда! Улечу в Стокгольм я в среду – да, да, да!

**18 апреля**

Сашка, этот вулкан наводит на меня изумление. серьезно. особенно с учетом твоей склонности к планированию. как тебе планируется, крейсер аврора?..

в чем смысл этой увлекательной истории?

версия первая: нам нельзя встречаться.

версия вторая: ставят препятствия. для чего? смотрят, а надо ли нам это на самом деле?

версия третья: нас не пустят и посмотрят, что мы дальше делать будем.

версия четвертая: помучают и пустят. тогда это маркер.

**18 апреля**

"как тебе планируется, крейсер аврора?"

Да, смешно... Ха-ха... Но если бы я жил где-нить в Германии или во Франции, то я бы сейчас планировал путешествие на поездах и автобусах. Или уже ехал бы. Так что не надо... :-))

"версия первая: нам нельзя встречаться."

Ерунду говоришь. Льзя!

"версия вторая: ставят препятствия. для чего? смотрят, а надо ли нам это на самом деле?"

Надо. На самом деле.

"версия третья: нас не пустят и посмотрят, что мы дальше делать будем."

Приедешь в Лондон.

"версия четвертая: помучают и пустят. тогда это маркер."

Ну и классно!

**19 апреля**

Сегодня европейские власти будут обсуждать ситуацию. Уже, наверно, обсуждают. Авиалинии давят на чиновников, чтобы разрешили полеты. У нас еще два дня.

Как ты будешь сдавать билет, если будешь? По телефону? То есть когда, самое позднее, я должен дать тебе знать наверняка, лечу я или нет?

Было уже несколько пробных полетов, в том числе в Британии. Никаких проблем.

**19 апреля**

выйди в скайп, голосом проще обсудить.

**19 апреля**

все, Сашка, раз ты не выходишь в скайп, я спать ложусь. одна ))

**19 апреля**

Свет, меня не было дома. Ездил в центр. Мой старый знакомый, литературный критик, должен был выступать в рамках книжной ярмарки, я хотел с ним потом пива выпить. Позвонил в книжный магазин *Waterstones* на Пиккадилли, где должна была быть встреча, мне сказали, что ничего не отменяется. Я подумал, он проскочил до вулкана. Приехал туда, мне говорят – все отменилось. Вот гады! Но не это главное. ГЛАВНОЕ – что полеты завтра возобновляются во второй половине дня. Я буду держать руку на пульсе, есесенно. В среду я обязан приехать в аэропорт за два часа как минимум. Значит, приеду за три. Т.е. если в среду что-то вдруг изменится, у меня будет время тебя предупредить.

**19 апреля**

расстроился? :(
вы договаривались или ты хотел удивить его своей персоной? не переживай!

**19 апреля**

Не, не расстроился. Не договаривались. Хотел ему сюрприз сделать, мы не виделись сто лет. Лааааадно...

Завтра я могу отойти часа на три-четыре, но ты не волнуйся. Дело в том, что здесь находится мой друг Лешка-банкир. Вся их группа засела из-за вулкана. Мы, может, с ним пойдем пива выпьем, но вечером часам к 6-7 я обязательно буду дома. Трезвый :-))

**19 апреля**

Сашка )))
мне главное, что б ты в среду был как огурец. а завтра – напивайся на здоровье, разве я против. ;) тем более с Лешкой-банкиром.

**20 апреля**

Свет, ну ни фига не ясно пока. На нас надвигается новое облако, извергнутое Эйяфьятлайокудлем.

У меня перед домом растет вишня. Сейчас цветет. Очень красиво. На фоне голубого неба без самолетов. Сейчас сижу и смотрю на нее.

В Шотландии какие-то полеты были, но Глазго опять собираются закрыть в 13.00. В Лондоне все закрыто, когда откроют, никто не знает.

**20 апреля**

Сашка, сделаем так: не будем суетиться.

вечером будет ясно, едешь ты завтра в аэропорт или не едешь.

1) если не едешь, я сдаю билеты.

2) если едешь, я жду твоего вылета. ты мне шлешь смску — лечу. или — не лечу. и я тогда либо зубную щетку снаряжаю, либо билет сдаю.

и мы думаем, как нам жить дальше. здесь тоже есть варианты:

1) забить на это дело и считать, что судьба против.

2) упереться и показать характер.

третий вариант, возможно самый правильный — сделать передышку и пусть все идет, как идет. то есть продолжать общение и посмотреть, умрет наша переписка или, наоборот, захочется еще большего.

**20 апреля**

"не будем суетиться."

Да, согласен.

"1) забить на это дело и считать, что судьба против."

Ни фига! Судьба мне не указ. Ха, мальчика нашли...

"2) упереться и показать характер."

Только так!

"третий вариант, возможно самый правильный – сделать передышку и пусть все идет, как идет. то есть продолжать общение и посмотреть, умрет наша переписка или, наоборот, захочется еще большего."

Передышку в любом случае надо сделать, чтобы посмотреть, как будет вести себя "наш друг" Эйяфьятлайокудль. В 1920-х годах он извергался два года. Т.е. нашу свиданку лучше планировать так, чтобы я смог добраться на поезде или автобусе.

"посмотреть, умрет наша переписка или, наоборот, захочется еще большего".

На самом деле это не показатель. Я не очень разговорчивый человек, и отсутствие письма от меня абсолютно ничего не значит. И еще было бы клево видеться в скайпе время от времени. Мне понравилось :-))

**20 апреля**

показатель. если хочешь написать – пишешь. хочешь увидеть мое потрясающее изображение – включаешь скайп.

если мужчина хочет, он делает. мужики – существа в этом смысле примитивные. у них "хочу" – руководство к действию, "не хочу" – руководство к бездействию ;))

а что если переоформить билеты на май?

**20 апреля**

А какая разница – переоформить или нет? Если мы просто сейчас откажемся, мы ведь ничего не теряем. Если, допустим, к середине мая Эйяфьятлайокудль перестанет буянить, закажем опять. А если переоформим, то будем сидеть и волноваться из-за этого гада.

"мужики – существа в этом смысле примитивные. у них "хочу" – руководство к действию, "не хочу" – руководство к бездействию ;))"

Это у мужчин, которые думают членом. Я постараюсь оправдать твои ожидания... :-))

**20 апреля**

"Это у мужчин, которые думают членом. Я постараюсь оправдать твои ожидания... :-))"

)))))))))))))))))))))))))) браво!

смутил девушку... ))))

**21 апреля**

Отменил резервацию в отеле. А с самолетом какая-то фигня. Напрямую отменить нельзя, надо через компанию expedia, через которую я все заказывал. Но телефон там все время занят. Если я все-таки дозвонюсь и отменю, меня оштрафуют на сколько-то. Если самолет все-таки улетит, а меня там не будет, меня тоже оштрафуют. Но если рейс отменят, то мне возместят полную стоимость... Ооооох...

**21 апреля**

ну, значит, надо хотеть все наоборот – чтобы рейс отменили.

**22 апреля**

Пока не ясно, чего там со штрафами и компенсациями. В Британии поднялся дикий скандал, авиакомпании обвиняют правительство в том, что оно проявило излишнюю осторожность, и это обошлось Папаше Дорсату в сотни миллионов фунтов. С другой стороны, если бы грохнулся хоть один самолет...

С "Облика":

Два исландца общаются. – Слышал, Эйяфьятлайокюдль ожил? – А ты уверен, что не Хваннадальснукюр? – Конечно, Хваннадальснукюр возле самого Каульвафедльсстадюра, а Эйяфьятлайокюдль ближе к Вестманнаэйяру, если ехать в сторону Снайфедльсйокюдля. – Слава богу, а то у меня родственники в Брюнхоульскиркья!

**27 апреля**

на всякий случай: у меня завтра в 12 по Москве и послезавтра в 10 по Москве встречи с инвесторами в мой ХИПС. Поругай меня, пожалуйста.

**28 апреля**

Ругал. Помогло?

**28 апреля**

фиг знает.

а ты во сне ругать умеешь? ранним утром по вашему?

**28 апреля**

Если ты сумеешь мне присниться и сделаешь мне во сне какую-нибудь гадость, то я назову тебя "не самой восхитительной девушкой в мире". Вот!

**28 апреля**

сделаем так: я тебе приснюсь, не проблема. но без гадостей. ты будешь мне потом припоминать – мне это надо?

**29 апреля**

Ну как инвестор? Инвестирует в "Бедра"?

**29 апреля**

прошло нормально. посмотрим.

Сашка, пора решать, что нам делать. вот варианты. я предлагаю, ты тыкаешь пальцем, я выполняю.

1) я на самом деле хочу с тобой в Стокгольме встретиться. я хочу. когда я чего-то хочу, я этого

добиваюсь. правда, потом иногда жалею, что добилась.

2) я хочу с тобой жить долго и счастливо (в разных странах) и умереть в один день. мы с тобой вместе отдыхаем, путешествуем, трахаемся, обсуждаем, надо ли тебе починить дома забор, а мне нанять нового дизайнера для "Бедер".

3) я думаю, что мы можем крепко дружить на "Облике" и пить кофе в скайпе. личные встречи исключаются, мы сожительствуем в виртуальном пространстве.

4) может, ты чего-нибудь придумаешь?

**30 апреля**

"мы с тобой вместе отдыхаем, путешествуем, трахаемся."

В этом месте я почувствовал эрекцию. Хорошее место.

А ты хорошо водишь машину? В Европе водила? Дело в том, что я вообще не вожу. Британские права есть, и даже машина была 10 лет назад, но потом я на это дело забил.

"я на самом деле хочу с тобой в Стокгольме встретиться. я хочу."

Когда? Можно в середине мая, в 20-х числах. Я хочу дождаться ответа от Экспидии насчет того, какую компенсацию я получу, если получу. По идее должен. Или будет вариант бесплатного переноса на май. Не знаю, как там у них чего.

**1 мая**

"В этом месте я почувствовал эрекцию. Хорошее место."

я и не предполагала, что починка забора может так возбудить.

"А ты хорошо водишь машину? В Европе водила? Дело в том, что я вообще не вожу. Британские права есть, и даже машина была 10 лет назад, но потом я на это дело забил."

не бойтесь, мужчина, не зашибу. мне нравится водить. особенно со штурманом, который не хватает меня за коленки. в таких случаях меня штрафуют за превышение скорости – на газ жму ;)))

"Когда? Можно в середине мая, в 20-х числах. Я хочу дождаться ответа от Экспидии насчет того, какую компенсацию я получу, если получу. По идее должен. Или будет вариант бесплатного переноса на май. Не знаю, как там у них чего."

Сань, мы же договорились, что ты решаешь, когда. пока я не нашла инвестора, возможны варианты. если вдруг найду – зависаю.

ты меня завел, Сашка. я никак не могу понять, кто ты и какой ты. не угомонюсь, пока не пойму – интересен ты мне или нет. ))) а этот вывод можно сделать только после личного общения.

"Есть вещи, которые НАДО сделать. Как экзамен сдать. Не понравимся друг другу, будем дружбанить в интернете, с праздниками друг друга поздравлять. Понравимся – будем думать..."

да. ДА. ДА!!!

**2 мая**

С днем рожденья, дорогуша! Желаю тебе крепкого здоровья, большой любви, интересных путешествий и мешков денег, заработанных честным и легким трудом. Поскольку себе я желаю того же, готов с тобой поделиться в случае реализации намеченного. Целую.

**3 мая**

чем?

**3 мая**

Чем целую? Губами. Чем поделиться? Всем. Прежде всего – честным трудом :-))

**4 мая**

"Прежде всего – честным трудом :-))"
это можешь оставить себе. из предлагаемого ассортимента выбираю первые три наименования.
спасибо, что поздравил.

**7 мая**

Зашел к тебе на стену. Среди твоих френдов: Алексей Качкаев, 22 апреля, 1993!!!!!!??????
Когда же ты успокоишься?! :-)) Еще один счастливчик... А лицо такое невинное... Пока невинное...

**10 мая**

Только что позвонили из Экспидии: мне возвращают все деньги полностью! С таким сервисом мне никакой вулкан не страшен! Так что готовься, мой друг. Какие числа тебе удобны?

**11 мая**

не знаю. завтра встречаюсь с инвестором в "Бедра", послезавтра – еще с одним. черт бы их побрал, на самом деле. если все получится, придется садиться за работу. тогда мы с тобой зависли до... до не знаю когда... ваше планирование, Александр, всегда наводило на меня истерический хохот.

**11 мая**

Ну ваще... Мда, это серьезно... Ну что делать? Буду ждать. Держи меня в курсе. И вулкан сегодня чего-то опять – Ирландию закрыли утром. Зато встреча будет ух какая вулканическая! :-))

**14 мая**

Сашка, с днем рождения! я желаю тебе того, что ты мне пожелал. хорошо родиться рядом в календаре, да? еще желаю тебе востребованности в литературе. ты ведь что-то сейчас пишешь наверняка. и чтобы вишня цвела круглый год у тебя перед домом.)

если ты будешь сегодня праздновать, я тебе желаю всяких вкусностей! обнимаю.

**14 мая**

Спасибо тебе, душа моя. Праздновать ДР я никуда не пойду, в гости мне приглашать особо некого. У меня в планах – сидеть дома, смотреть ТВ, лепить китайские пельмени, а потом их есть, запивая шампанским.

Лучший мой подарочек – это ты :-))

**17 мая**

я хочу посадить картошку. где-нибудь. но никто не зовет. хочу посадить всего разного (укроп обязательно!), но дома с участком у меня нет. впрочем, всяко может случиться. вдруг свалится мне на голову олигарх и подарит мне возможность сажать укроп.

у нас все уже зеленеет. почки на рябине – такие пушистики!

я отчиталась. теперь, пока не придет от тебя большое послание, ни звука не издам. кто из нас писатель, ваще? пиши.

**18 мая**

Ты плохо информирована насчет олигархов, душа моя. Это ужасные люди! Они запрещают своим женам сажать картошку и так заваливают их брильянтами, что дышать трудно. Тут уж не до картошки... В общем, не советую...

Слушай, я не знаю, о чем писать. В моей личной жизни ничего не происходит.

**19 мая**

а раньше знааааал... а теперь не знаааааешь... раньше хотеееел...

зарыдать что ли? фиг тебе.

**20 мая**

"раньше хотеееел..."

Я и сейчас хочу. Не реви.

**22 мая**

а чего ты хочешь? а тебя мои письма возбуждают? да или нет?

**23 мая**

"а тебя мои письма возбуждают? да или нет?"

Ты на что намекаешь? На то, что ты уже давно занимаешься со мной сексом, а я этого не чувствую в силу своей чистоты и невинности? Ой, меня уже используют...

**26 мая**

я? намекаю? я вопросы спрашиваю. Шура, оставьте сказки про чистоту и невинность при себе. не верю! (© Станиславский)

использую, дорогой, использую, и не сумлевайся. тема закрыта.

**27 мая**

Слушай, чего хочу спросить... Вот в Союзе для мальчиков не было никаких ролевых моделей того, как надо вести себя с девчонками. Поэтому учебником в этом плане для меня было поведение Печорина в отношении княжны Мэри, фраза Пушкина "чем меньше женщину мы любим, тем легче нравимся мы ей", а также романы Бальзака (Растиньяк и пр.) Фиговые учебные пособия, на самом деле, но других-то не было (Тимура и его команду не предлагать). А для девчонок? Когда ты соблазняла мужиков, ты чем руководствовалась? Только ли инстинктами?

**27 мая**

ща. окно домою и про мужиков отвечу.

**27 мая**

ну вот, окно чистое. и жизнь счастливая.

я всегда благодарила судьбу за то, что родилась девчонкой. русская литература учит нас, что барышня не должна проявлять инициативы, а должна ждать прекрасного принца на белом коне. сидеть и ждать — меня это очень даже устраивало. реальная жизнь в жесткой форме доказала мне обратное. пока сама не хлопнешь принца балалайкой по голове, ничего не произойдет. но очень хочется, чтобы принц пришел и меня забрал. не идет.)))

а ведь ты прав. и я подходящих ролевых моделей не припомню. в русской литературе женщины — жертвы, как правило. у Мопассана — сексуальные объекты.

по поводу соблазнения — не могу сказать. все просто на самом деле. если мужик тебе не безразличен, внутри начинает что-то происходить. но вообще мои друзья говорят, что я кокетничаю даже с фонарным столбом.

**28 мая**

я больше всего люблю линнею. и если я не увижу, как цветет линнея, я считаю, что год прожит зря.

**28 мая**

Ну и как мне на это отвечать? А я люблю кактусы... А я вчера приготовил креветки с грибами и ростками бамбука...

**28 мая**

дурак ты, Александр. ехать надо, пока линнея не отцвела. вот и весь ответ.

**28 мая**

Посмотрел, что такое линнея. Вечнозеленый стелющийся кустарничек, названный в честь выдающегося шведского ботаника Карла Линнея. На вид – сорняк сорняком. А там в Стокгольме ничего более приличного не растет? Ну там... Сирень, например?

**28 мая**

ничего "приличного" там не растет. попадаются деревья, но редко. есть кусочки травки и даже где-то клумбочки. Стокгольм стоит на каменном плато, расти и зеленеть там трудно. зато фундамент под дома делать не надо. шведюки ценят любую травинку и знают все названия. вдоль дорог стоят щиты с фотками и описаниями растений, которые ты считаешь сорняками.

**28 мая**

Слушай, ехать ну вот прям щас я не могу. У меня какие-то непонятки со сменами на "Облике".

**28 мая**

не можешь – значит, не едем. продолжай работать.

**29 мая**

Опять эта фигня – завтра могут запретить полеты до вторника.

**29 мая**

но ведь ты же никуда не едешь. или я чего-то не поняла?

**29 мая**

Свет, ночью Лондон был закрыт, сейчас открыт частично. Вчера вечером по ТВ говорили, что в воскресенье или в понедельник Лондон может закрыться полностью.

Вулкан извергается, и все зависит от направления ветра. Все должно быть точно синхронизировано, а если мой рейс перенесут, допустим, на ночь или на следующее утро, то все пропало. А мне ведь не только надо прилететь в Стокгольм – мне же надо еще и вернуться! Это не отдых, а фигня какая-то. Сплошная нервотрепка. А еще представь: вдруг мы действительно друг другу сильно понравимся? Как мы дальше-то жить будем втроем с вулканом? :-)) Короче, я предлагаю подождать. Ищи инвесторов, бери отпуск через полгода и приезжай нормально куда-нибудь в Европу, куда я смогу доехать на поезде. Спокойно проведем несколько дней вместе, а там видно будет.

**29 мая**

**29 мая**

извини. задумалась. ) нажала на кнопку и случайно отправила пустую емелю.

твои опасения, Шура, мне понятны. если мы действительно друг другу сильно понравимся, как жить??.. да еще втроем! я девушка старомодная.

ок. ежели намылюсь в Европу когда-нибудь, дам тебе знать. подскочишь чаю выпить, если желание будет.

**29 августа**

привет. у меня все хорошо, если вдруг захочешь спросить. я просто соскучилась без нашей переписки. хотя, с другой стороны, мы слишком много лишнего наговорили. будем считать, что ничего не было.

**30 августа**

"я просто соскучилась без нашей переписки." Обращайтесь...

"мы слишком много лишнего наговорили. будем считать, что ничего не было."

Фигушки! Ты – самое интересное, что произошло со мной в этом году.

**31 августа**

не, сдается мне, что было слишком много стриптиза. я все-таки сотру все на фиг.

**2 сентября**

"я все-таки сотру все на фиг."

А как ты будешь мемуары про меня писать? Гм...

**2 сентября**

"А как ты будешь мемуары про меня писать? Гм..."

а мне вспомнить нечего. :-P

**21 января**

Сашка,

сейчас ехала и вспомнила о тебе. дело было так. проезжала мимо ресторана одного моего приятеля. подумала о том, что приятель – умный. потом подумала – умных мужиков не так уж и много. мне вот попадаются в основном дураки. потом подумала – но не только дураки. вот Сашка умный.

и вдруг я резко ощутила, что соскучилась.

как ты там? все еще один? или? был у нас с тобой шанс, Саня, а мы не реализовали. что-то тебе почудилось, что-то мне. а надо было посмотреть в глаза друг другу, прежде чем спинами разворачиваться. ведь в жизни такое нечасто случается.

**25 января**

Не, правильно сделали, что спинами развернулись. Я осознал, что должен быть один в этой жизни. Мне так лучше, а значит, всем остальным лучше, кто не со мной, а значит, и тебе лучше. У меня никого нет. Как тут сказала одна моя платоническая приятельница, я – самодостаточный. Во!

Так что – спасибо вулкану! Надо все-таки выучить, как он там называется. А то бы ты сейчас со мной мучилась, швыряла бы в меня сковородки. А они у меня чугунные. Французские.

**30 января**

может, ты и прав, Сашка. сказать вулкану спасибо – не проблема. хотя я люблю Стокгольм, и было бы классно там с тобой встретиться.

если у тебя такое в мозгах, и ты осознал одиночество как правильный образ жизни, я искренне рада за тебя. мне казалось, что оно тебя тяготило. а если ты просто понял, что я – не для тебя, то я благодарна тебе за мягкую и деликатную форму, в которой ты это выразил.

в любом раскладе письмо твое порадовало.

## Глава 10

Усама бин Ладен держался особняком. Он выходил в своих белых одеждах на задний двор и подолгу сидел на подгнившей, когда-то покрашенной в синий цвет лавочке, наслаждаясь природой Хэрроу-на-Холме. Часто он приседал на корточки, проводил рукой по траве, рассматривал каждую букашку, которой он попадался на пути. Любое творение Аллаха, даже самое малое, приводило Усаму в восторг. Исключение Усама делал для мышей и ворон. Если он замечал мышь, то пытался раздавить ее своим посохом. До ворон он добраться не мог и лишь злобно поглядывал на них. Никто не решался приблизиться к Усаме, когда он вступал во взаимодействие с окружающей средой. Гитлер, покоробленный этой надменной обособленностью, как-то усмехнулся и сказал Рите:

— С ним никакой возни. Завернул в белую простыню — и готов костюмчик.

В душе Гитлера таилось еще одно чувство, в котором он не мог признаться даже Рите: ревность. Кот Васька быстро переметнулся от фюрера к Усаме, от которого вкусно пахло рыбой и морскими просторами. Ученые, собравшие молекулы Усамы бин Ладена, захватили частицы Индийского океана, куда американцы после удачной операции в Пакистане сбросили его труп. Значит, сделал вывод генерал Вавилов, вторая жизнь зависит от первой; важно, в каких условиях умирает человек и что потом происходит с его останками. Древние ритуалы погребения вдруг обрели земной, вполне практический смысл. "Нет, весь я не умру..." – бормотал он себе под нос.

Вавилова интересовала также юридическая сторона воскрешения Усамы: что с его женами? Браки аннулированы или нет? Если браки считались недействительными, то у бин Ладена было четыре вакантных позиции для жен. Вдруг Рита заинтересуется? А почему нет? Усама – высокий, видный мужик, намного моложе Вавилова. Конечно, если Рита станет первой женой, вторую она не допустит, но террорист об этом пока не знал.

– О, звезда моих очей, ты бы это... знаешь чего... оделась бы как-нибудь поскромнее, – робко предлагал генерал своей боевой подруге. – Юбчонку подлиннее, платочек на голову. А?

В ответ Рита подносила к самому носу Вавилова изящную, ухоженную, благоухающую фигу с яркокрасными ногтями. Чтобы разрядить обстановку, он принимался целовать каждый пальчик. Ночью, в постели, Рита делала генералу больно, но потом жалела долго и ласково.

Усама бин Ладен изнывал от безделья. В сарае он нашел полупустую банку с зеленой краской и покрасил скамейку. Пока краска сохла, он целеустремленно ходил по двору, что-то высматривал, что-то вымерял шагами.

– Мой фюрер, как вы думаете, что он там делает? – спросила Рита Гитлера, когда они вместе наблюдали за бин Ладеном, стоя у окна.

– Бомбоубежище собирается строить. Глупая затея. Нет уж, меня в бункер больше не затащишь.

Лучше умереть стоя, чем жить в подземелье. Не помните, в какой речи я это сказал?

Рита пожаловалась Вавилову, Вавилов подошел к Усаме.

– Как дела? Что проектируете?

– Ничего особенного. Здесь надо вырыть ямы.

– Можно. Но зачем?

– Мы должны готовиться к испытаниям. Выроем ямы, будем в них ночевать.

– Так холодно же!

– Вот и хорошо, что холодно.

Вавилов пожал плечами и ничего не сказал. С Гитлером и Бен-Гурионом он знал, о чем беседовать, да и они между собой разговорились. Иногда даже посмеивались, бросая косые взгляды на Усаму бин Ладена.

– Антисемит чертов, – бормотал Гитлер. – Как можно отказывать Израилю в праве на существование? Дикость какая-то! Средневековье!

Бен-Гурион кивал головой. Он не простил Гитлера, но понимал его. Два выдающихся лидера, два архитектора национальных государств сошлись в ненависти к опасной интернациональной идее, которая затапливала человечество, отнимала у людей привычные радости и яркие краски, превращала женщин в ходячие мумии, насаждала единение разных народов в убожестве, на коленях, задницами кверху. Вавилов не желал быть третьим в антиисламском междусобойчике Гитлера и Бен-Гуриона, хотя наступление нового интернационала беспокоило его давно. Генерал не знал, как с ним бороться. С коммунизмом все было значительно проще. Коммунисты запретили Бога, поэтому не могли обещать загробного счастья. Они сулили рай на земле, дружбу, братство и всеобщую любовь, но материальная составляющая тоже имела значение: каждой семье – отдельную квартиру, в каждой квартире – цветной телевизор. И в этом была их ошибка. Материального счастья всем не хватило, более того, рост потребностей не позволял зафиксировать состояние счастья, отчитаться о достигнутых результатах. Невозможно было выделить хотя бы небольшую группу людей, показать на них пальцем и провозгласить: вот, смотрите, абсолютно счастливые товарищи, уже живут в коммунизме. Те, у кого была отдельная квартира, хотели квартиру побольше; те, у кого был цветной телевизор, хотели два. Эта гонка за возрастающими материальными потребностями продолжается вечно, на такой базе нельзя строить идеологию. Примитивная бытовая зависть мешала воцарению братства и всеобщей любви. Новые люди, пригодные для коммунистического завтра, были в страшном дефиците; их не хватало для устойчивого и быстрого размножения. Ростки светлого будущего не смогли пробиться через мещанскую крапиву жадности и зависти.

Ох и натерпелся Вавилов от этой зависти! Он же в советское время за границу мотался. Привези да привези! Двоюродному племяннику джинсы, обязательно американские, а не позорную мексиканскую печатку; дочке давней знакомой – новый альбом *Dire Straits*. Вроде не от него дочка, но считал своим долгом порадовать. Другим – ну хоть пластиковый пакетик, заграничный, красивый. Вот знаешь, яркие женские губы держат во рту... Да что держат-то? Не помню, что держат, но очень красиво. Привези!

Теперь эти люди, которые клянчили когда-то пластиковые пакетики, ворочали миллиардами в Москве и держали свои роскошные яхты на Сардинии. Постоянно звали Вавилова отдохнуть: на моем самолете прилетишь, из аэропорта тебя вертолет прямо на яхту доставит. Приезжай, старик, и Риту с собой возьми. А не хочешь с Ритой, мы тебе там кого-нибудь организуем.

На такие приглашения Вавилов отвечал сдержанной улыбкой, вежливым электронным письмом. Генерал знал, что эти люди не могут простить ему красивый заграничный пакетик и хотят отомстить сардинским солнцем, белой яхтой и дорогими телками за давнее унижение. Ничего у вас, ребята, не выйдет. Пока долг за пакетик не оплачен, счет всегда 1:0 в пользу Вавилова.

Мухаммед ловчее Маркса. В исламе цветной телевизор не имеет никакого значения; лучше, если бы его вообще не было. Все люди – братья, если молятся Аллаху. А в раю будет еще лучше! Абсолютно неуязвимая идеология. С большой тревогой генерал Вавилов читал сообщения из России о том, что все больше русских принимают ислам, что даже среди смертников находятся русские.

Вавилов без лишней скромности считал себя блестящим аналитиком. Рита придерживалась того же мнения. Но быстрое распространение ислама ставило его в тупик. Единственное объяснение, которое он находил, казалось абсолютно иррациональным: человечество обожралось прогрессом и плотскими наслаждениями, люди стремились к простоте, твердым правилам повседневной жизни. Благочестивый труженик выбрасывал на свалку истории извращенного интеллектуала. Женщины мечтали о мужьях и детях, мужчины – о подвиге. Неужели интерес к Аллаху – это подсознательная реакция людей на приближающуюся катастрофу западной цивилизации? Неужели они прячутся в ислам, как животные, залезающие в норы, чтобы спастись от землетрясения?

Гитлер и Бен-Гурион тоже боролись за чистоту нравов и светлое будущее, но для своих. Чужие их не интересовали, главное, чтобы не портили немцев и евреев. Усама бин Ладен ставил перед собой более амбициозную задачу: он стремился осчастливить весь мир, уничтожив сомневающихся в исламских ценностях.

Вавилов очень хотел сблизиться с Усамой, но не знал, с какого боку подойти к этому высокому, сухому, молчаливому человеку, первые слова которого прозвучали неприветливо:

– Зачем вы кота изувечили?

Генерал молча выразил удивление. Ваське в его доме жилось лучше всех. Животное не хотело уходить к своим официальным хозяевам даже на ночь, и Гитлеру каждый вечер приходилось выставлять его за дверь, царапающегося, шипящего от возмущения.

– Зачем вы его кастрировали? Аллах создал его таким, какой он есть. Кот имеет право радоваться жизни и размножаться. Портить работу Аллаха – это преступление. Вы, конечно же, христианин? У вас в сердце хватит жестокости, чтобы кастрировать своего коня и верблюда.

– Но у меня нет верблюда, – пожал плечами генерал. – И кот не наш. Соседский. Он оттуда к нам приходит.

Вавилов ткнул пальцем в направлении соседнего дома и сразу же почувствовал себя неловко, словно подвел приличных людей под смертный приговор.

– Одна женщина морила свою кошку голодом и за это попала в ад, – сказал Усама бин Ладен.

– Какая женщина?

– Это не имеет значения. Главное, что это было.

– Откуда вы знаете?

– Об этом рассказал Пророк (мир ему и благословение). И еще он сказал, что Аллах проклял того, кто ставит клеймо на морду животного. Представляете, что сделает Аллах с тем, кто коту яйца отрезал?

При этих словах Усама бин Ладен изобразил своими пальцами ножницы. По возрасту он годился генералу в сыновья, но под его строгим взором Вавилов чувствовал себя нашкодившим школьником. Появление Усамы в доме не обещало ничего приятного. Генерал стал проводить больше времени с представителями европейской культуры – с Гитлером и Бен-Гурионом.

На Риту Усама бин Ладен даже не смотрел. Когда она появлялась в поле его зрения, он отводил глаза, когда приносила в столовую обед – принимался рассматривать свое отражение в суповой ложке. Однажды Вавилов увидел, как Усама простукивал своим посохом стенку в коридоре.

– Клад ищите? – спросил генерал.

– Если пробить стену здесь и здесь, то сократится путь вашей женщины из кухни в столовую.

– Хорошая идея. Не уверен, что у нас будет время этим заняться, но Рита будет очень рада такой заботе с вашей стороны. Я ей передам. Она...

– Вот здесь, – перебил Усама бин Ладен, – надо будет поставить ширмы или еще лучше – возвести новую стену. Тогда ваша женщина сможет приносить нам еду и оставаться невидимой.

– Невидимой? Рита?

Бин Ладен явно не понимал, о ком и о чем он говорил.

– Она может оставаться невидимой, как вы говорите, в ходе какой-нибудь спецоперации, но в свободное от работы время это вряд ли возможно, – усмехнулся Вавилов.

– Когда наступит Судный день, ангелы соберут всех людей в долине аль-Махшар. Там будет так жарко, что некоторые грешники утонут в собственном поту. Другие будут завидовать утопшим, ибо будут желать смерти, чтобы избавиться от мучений. Праведники же укроются под сенью Небесного престола. Пророк (мир ему и благословение) определил семь категорий таких праведников: справедливый руководитель; имам, который верил в Аллаха с самого детства; человек, регулярно посещающий мечеть; люди, любящие друг друга ради Аллаха; человек, раздающий милостыню так, что левая рука не знает, что дает правая; человек, находящийся в уединении и от страха перед Всевышним проливающий слезы; и последняя категория – человек, которого соблазняет красивая женщина, но он отказывается от нее ради Аллаха.

– То есть вы считаете Риту красивой женщиной? Спасибо. Я ей передам, она оценит. Как вы думаете, она попадет в рай?

– Однажды мимо Пророка (мир ему и благословение) прошла женщина, набросившая на шею лук, и Посланник Аллаха (мир ему и благословение) сказал: "Всевышний проклял женщин, уподобляющихся мужчинам, и мужчин, уподобляющихся женщинам".

— Понятно, — тяжело вздохнул Вавилов. — А вот вы сказали, что Пророк...

— Мир ему и благословение.

— Да, да, само собой. Всех благ. Вы сказали, что есть категория для справедливых руководителей. А какие тут критерии? Вот я, например, руковожу сложным проектом, и вы не представляете, как бывает порой...

Усама бин Ладен сурово посмотрел на Вавилова, повернулся и медленно направился в свою комнату, опираясь на посох.

О воскрешении Усамы с Вавиловым не посоветовались. Решение принимали китайские банкиры, в существование которых Рита, например, не верила. По ее мнению, были еврейские банкиры, проникшие в Китай, чтобы заработать там еще больше миллиардов и плести оттуда новые сети всемирного еврейского заговора. Но появление Усамы бин Ладена в Хэрроу-на-Холме опровергало теорию Риты: невозможно представить более злостного для евреев врага, чем Усама. Ну да, ну да, есть еще Гитлер, но он ведь все объяснил, и если разобраться... Непредвзято рассмотреть аргументы сторон... Что же касается Усамы, то он не оставлял даже крохотной лазейки для сомнений в его намерениях.

— Это ничего не доказывает, — упиралась Рита.

— Очень даже доказывает.

— Ой, Вава, я тебя умоляю! Да ты копни родословную любого китайского банкира и обязательно найдешь Розалию Самуиловну.

— Но зачем им Усама?

– А вот об этом надо их спросить. Чего они там еще надумали...

Впрочем, вскоре все прояснилось. Китайские (уж давайте их так называть, пока Рита не представит твердых доказательств насчет Розалии Самуиловны), в общем, китайские банкиры получили информацию о том, что планета, на которую намечалось переселить человечество, уже занята. Какая-то другая цивилизация подсуетилась. Попытки переговоров о совместном проживании провалились: в другой цивилизации понятия о переговорах просто не существовало. Планету надо было завоевывать силой, через кровь – или что там у них в организмах течет?

Проанализировав ситуацию, китайские банкиры пришли к выводу, что ни Гитлер, ни Бен-Гурион не способны поднять достаточное количество героев на борьбу с этой нечистью. Либералы заткнут им рот, заболтают, заплюют. Единственной силой, которая могла бросить вызов другой цивилизации и расчистить жизненное пространство для землян, были радикальные исламисты, существовавшие в особом культурном измерении, неуязвимые для либеральных мыслителей. Вот зачем понадобился Усама бин Ладен. Он должен был повести своих сторонников на завоевание Вселенной во имя Аллаха. Китайские банкиры задумали создать из воинов джихада штурмовые отряды и отправить их на первых кораблях.

Когда Рита узнала про этот план, она отреагировала так:

– Ха!

Ткнула пальцем в лицо Вавилова, почти дотронувшись. И повторила:

– Ха!

– Это весьма спорное утверждение, – сказал Вавилов, делая шаг назад, чтобы поберечь глаза.

– Не о чем тут спорить. Я была права.

– Насчет чего?

– Насчет твоих китайских банкиров. Розалия Самуиловна, кругом одна Розалия Самуиловна! И никуда от нее не денешься.

– Аргументируй.

– А ты не понимаешь? Идея в том, чтобы исламисты и эти уроды из чужой галактики перебили друг друга как можно больше. В выигрыше, как обычно, останутся банкиры.

– Но вместе с ними выиграет и европейская культура. Это же очевидно. Так что я склонен поддержать в этом деле банкиров, китайские они или не китайские. Один черт, какая разница! Перебьют радикальных исламистов – ну и прекрасно! На новой планете заживем без этой заразы. Да тут все выигрывают, если разобраться. Погибшие исламисты станут шахидами, отправятся в свой рай – они об этом только и мечтают. Банкиры отлично все придумали.

Равнодушие к судьбе воинствующих мусульман появилось в сердце генерала Вавилова на пустом месте. Это был результат напряженных размышлений о теории и практике джихада, которые привели генерала к выводу, что радикальные исламские проповедники совершают концептуальную ошибку. Нет, дело не в оправдании насилия ради Аллаха. Бог ты мой (любой бог), кто нынче не убивает! Если не своими, то чужими руками или беспилотниками всякими. Есть упоение в бою, если бой ведется на основе глубоко продуманных принципов, ради правильно осмысленных идеалов.

Несмотря на преклонный возраст генерала, его разум не утратил юношеской свежести. В откровенной беседе, если бы вам выпало такое редкое счастье – поговорить с Вавиловым по душам, он признался бы, что родился слишком поздно, что в Германии 1930-х годов он был бы ярым эсэсовцем (но обязательно с дворянским титулом), а в Палестине 1940-х – командиром сионистской боевой организации "Иргун". Он процитировал бы вам строчки своей любимой Цветаевой:

> Я жажду сразу всех дорог!
> Всего хочу: с душой цыгана
> Идти под песни на разбой,
> За всех страдать под звук органа
> И амазонкой мчаться в бой...

Процитировал бы с оговоркой, что цыганом стать он никогда не хотел и что эту строчку надо воспринимать в метафорическом смысле. То же – в отношении амазонки. Бывают ли амазоны? А почему нет?

– И джихадистом мчаться в бой, – подскажете вы ему с лукавой усмешкой.

– Нет, – ответит Вавилов и прочитает вам лекцию об эстетике войны.

Раньше ведь как было? Существовала арийская концепция войны, в которой элемент духовности занимал первостепенное место, отодвигая на задний план низменные факторы физического наслаждения и материальной выгоды. Война давала мужчине возможность стать героем, вместе с собственной кровью выдавить из себя городского мещанина и познать главный секрет земной жизни в ее последнее мгновение. А главный секрет заключается в том, что конец земной жизни героя – это не конец существования. "Сражайся за свою землю и, если нужно, прими смерть, ибо смерть есть победа и освобождение души", – вот как наставляли воинов у древних кельтов. У германцев и скандинавов погибший герой отправлялся во дворец Валхалла и обретал там бессмертие. Эта концепция перешла в средневековое христианство и нашла свое конкретное отражение в рыцарстве и крестовых походах. Ее также унаследовали великая Персия и древние индийцы.

– Помните, как в "Бхагават-Гите" Кришна учит Арджуну? – спросит Вавилов, и вы засуетитесь, потом нахмуритесь, делая вид, что припоминаете, что вот-вот сейчас вспомните. В какой главе?

Генерал Вавилов сжалится над вами.

– "Или тебя убьют, и ты попадешь на небеса, или, победив, ты насладишься земным царством. Поэтому встань и решайся на битву", – вот как говорит Кришна. И при этом герой во время битвы должен освободиться от желаний и страстей, он должен думать только о Кришне. "Сражайся, относясь одинаково к счастью и горю, к потере и приобретению, к победе и поражению. Так ты избегнешь греха".

Тут Вавилов совсем увлечется и не обратит никакого внимания на то, как вы скрываете зевоту за бокалом пива.

– "Кто считает, что он убивает и кто полагает, что его можно убить, – оба пребывают в заблуждении. Он не может убивать и быть убитым. Душа не возникала, не возникает и не возникнет. Она нерожденная, вечная, постоянная и древнейшая. Она не погибает, когда убивают тело". Вы чувствуете, как современно это звучит?

– Да, конечно, очень современно, – послушно ответите вы.

– Поскольку уже сегодня можно воскрешать людей...

Здесь Вавилов запнется, останавливая себя, чтобы не сболтнуть лишнего.

– Как считают ученые...

– Британские? – уточните вы.

– Всякие. Они считают, что скоро можно будет воскрешать людей. То есть человека нельзя будет убить. Его и сейчас нельзя убить, потому что возможность воскрешения появится очень скоро. Типа завтра.

– Ну да, ну да... Так а что там с джихадом? – спросите вы, чтобы перевести разговор в разумное русло.

– Арийская эстетика войны, как я уже сказал, перешла в Персию, а уже оттуда – в ислам. Крестоносцы-христиане и мусульмане, которые сражались друг с другом в Палестине, фактически исповедовали одни и те же идеалы. Любопытно, не правда ли?

– Безумно.

– Но это еще не все! Корни теории о большом и малом джихаде мы находим в "Бхагават-Гите"!

– Неужели? Так есть еще и малый джихад?

– Конечно! Как же без малого? Малый – это как раз когда они христиан убивают. А большой – это борьба со своим нафсом.

– А-а-а... – кивнете вы понимающе.

– Мусульмане, которые приходили с войны против неверных, говорили: "Мы вернулись с малого джихада на большой". Нафс – это враг внутри тебя, враг невидимый, поэтому и бороться с ним труднее, чем с неверными.

– Внутренний враг? Типа пятой колонны?

– Ну да! Пятая колонна дьявола! Нафс все время соблазняет тебя, он все время в тебе, поэтому этот джихад – большой. И вот тут-то эти ребята – современные джихадисты – допускают концептуальную ошибку, на которую я должен указать им. Они извращают ислам.

– И как же вы собираетесь указать им, генерал? – усмехнетесь вы, воображая себя умнее генерала. – Начнете вести блог на "Облике"?

В этот момент глаза у него заблестят. Вавилов откроет рот, чтобы рассказать вам невероятную, но правдивую историю о том, чем он занимается, но он опять остановит себя, проявив выдержку, выработанную десятилетиями беспорочной службы.

– Представьте себе, мой юный друг, что Усама бин Ладен жив, – скажет вам Вавилов с ленинским прищуром. – Подхожу я к нему и говорю: "Вот что, старик бин Ладен, ты не прав".

– А кстати, сколько ему лет было, когда его убили?

– Он 1957-го года.

– А вам, я извиняюсь, сколько, генерал?

– Какая разница? Я недавно на "Облике" прошел один тест. Ну знаете, там выкладывают всякие тесты: надо ответить на кучу вопросов, и тебе говорят, в какой стране тебе следовало родиться, на какой женщине тебе следовало жениться и тому подобное. Ну вот, я прошел тест на возраст, и оказалось, что мне 32 года. Совершенно точно! Я и ощущаю себя где-то на тридцатник, молодым и дерзким майором.

– Ну что ж, отлично! Значит, подходите вы к бин Ладену...

– Беру его за жиденькую бороденку и начинаю объяснять его ошибки. Для начала рассказываю про арийскую концепцию войны, "Бхагават-Гиту" и древнюю Персию. А потом довожу главную мысль: в этих традициях герои сражались с героями. Рыцари-крестоносцы против сарацинов. Арджуна против Дурьйодханы, сына царя Дхритараштры. Нигде не написано, что герои должны убивать мирных жителей. И вот еще что, Усама: вы, ребята, хотите легко отделаться. Взорвал себя в метро – и готово, добро пожаловать в рай, дорогой шахид? А про большой джихад вы забыли? Кто за вас будет бороться с вашим нафсом? Папа Римский? Если нафс не побежден, вас в рай никто не пустит.

– Я уверен, генерал, что ваши наставления изменили бы судьбы человечества, – скажете вы, чтобы сделать Вавилову приятное. – Но, к сожалению, Усама бин Ладен мертв, и поговорить вам не с кем.

На самом деле все было не так. Когда генерал Вавилов узнал, какую роль уготовили Усаме бин Ладену китайские банкиры, он вышел на задний двор с двумя лопатами. Копали вместе, молча. Усама оказался значительно крепче Вавилова: ему помогала относительная молодость и абсолютная вера.

– Послушайте, генерал, у меня есть к вам одна маленькая просьба, – сказал бин Ладен, когда Вавилов, окончательно вымотавшись, осел на зеленую лавочку.

– Больше не копать? Могу не копать.

– Нет, копайте, если угодно. Аллах вознаградит вас за это. Я хотел бы... Вы не могли бы купить мне одну вещь.

– Какую?

– Краску для волос *Just For Men*. Если вас не затруднит.

– Нет, конечно.

Вместе с краской Вавилов вручил бин Ладену автомат Калашникова, правда, с пустым магазином. Теперь Усама выходил на задний двор с посохом, помолодевшей бородой и автоматом через плечо – как в предыдущей жизни, как на горе Тора-Бора. Впрочем, выходил редко, потому что было некогда. В связи с новой исторической ролью, которую ему предписали китайские банкиры, Усама бин Ладен проводил свою вторую жизнь за компьютером. Вавилов подключил его к интернету, Гитлер объяснил, как обдуривать модераторов "Облика". Бен-Гурион по-прежнему отказывался общаться с бин Ладеном, но тихо радовался тому, что банкирам удалось перенаправить энтузиазм исламских радикалов за пределы Солнечной системы.

Да все радовались! Рита устала от молчаливого осуждения, от уклончивого взгляда вечно раздраженного Усамы. Теперь она могла спокойно войти в столовую и искупаться в обожающих взорах Гитлера, поскольку еду в комнату бин Ладена носил Вавилов. Генерал с подносом осторожно подходил к двери и прислушивался: не проповедует ли Усама вселенский джихад по скайпу? Если за дверью было тихо, он осторожно стучался ногой и входил.

Кота Ваську бин Ладен в свою комнату теперь не пускал. Однажды, во время видеопроповеди, в ходе которой Усама с автоматом в руках сидел на подушках на фоне зеленого знамени, Васька запрыгнул ему на колени и тем самым нарушил пафос очередного воззвания к мусульманам. Да и рыбой теперь от Усамы не пахло; несло героизмом, бессмертием и маслом КРМ для протирки автомата. Васька вернулся к Гитлеру, который принял животное с радостью и великодушно простил ему измену.

## Глава 11

**В**Лондон под знамена Усамы бин Ладена быстро собирались джихадисты со всего мира. Его воскрешение мусульмане восприняли как чудо, которое доказывало непобедимость ислама.

Не обошлось без досадных накладок. На улице, среди бела дня, двое чернокожих мусульман зарезали кухонными ножами солдата британской армии, а потом рассказали прохожим, зачем они это сделали. К ним подошла английская женщина, чтобы объяснить, что они поступили нехорошо. В толпе испуганных свидетелей стоял Алекс. Ему было жутко и интересно, жутко интересно, чем закончится этот неоднозначный инцидент. Он снял все на смартфон и заторопился на работу только тогда, когда приехала полиция. Алекс не хотел давать показания, чтобы его не заподозрили в том, что он уверен в чьей-либо виновности или правоте.

На работе Алекса ждал неприятный сюрприз. Руководство "Облика" разослало сообщение о том, что ученые открыли несколько планет, пригодных для жизни. Раньше их не заметили, потому что они как бы скрывались позади одной большой, за которую надо было воевать с чужими. А оказалось по крайней мере еще пять! Все в пределах досягаемости.

У Алекса отняли привилегированный талон на выживание. В накатившейся депрессии он никак не отреагировал на второе сообщение менеджеров:

комета, которую все так боялись, пройдет мимо Земли. Историческое значение этих новостей начало доходить до него, когда он увидел опрос на "Облике":

"С каким лидером вы хотели бы переселиться на другую планету?

1. Адольф Гитлер.

2. Давид Бен-Гурион.

3. Усама бин Ладен.

4. Хочу остаться на Земле."

www.ingramcontent.com/pod-product-compliance
Lightning Source LLC
Chambersburg PA
CBHW051245260626
47162CB00002B/616